岗课赛证融合创新教材

幼儿文学
综合实践

彭秀春　罗笑芳　主编
卢永平　苑　敏　陈丽华　副主编

同济大学出版社
TONGJI UNIVERSITY PRESS
·上海·

图书在版编目(CIP)数据

幼儿文学综合实践 / 彭秀春，罗笑芳主编；卢永平，苑敏，陈丽华副主编. —上海：同济大学出版社，2024.2

ISBN 978-7-5765-0725-6

Ⅰ. ①幼… Ⅱ. ①彭… ②罗… ③卢… ④苑… ⑤陈… Ⅲ. ①儿童文学理论-幼儿师范学校-教材 Ⅳ. ①I058

中国国家版本馆CIP数据核字(2023)第014432号

幼儿文学综合实践

彭秀春　罗笑芳　主编　　卢永平　苑　敏　陈丽华　副主编

责任编辑　任学敏　　助理编辑　夏晗丹　　责任校对　徐春莲　　装帧设计　张　微

出版发行　同济大学出版社　www.tongjipress.com.cn
（地址：上海市四平路1239号　邮编：200092　电话：021-65985622）

经　　销　全国各地新华书店、网络书店

排版制作　南京展望文化发展有限公司

印　　刷　上海颛辉印刷厂有限公司

开　　本　787mm × 1092mm　1/16

印　　张　14.75

字　　数　341 000

版　　次　2024年2月第1版

印　　次　2024年2月第1次印刷

书　　号　ISBN 978-7-5765-0725-6

定　　价　68.00元

前言

幼儿文学是以 0～6 岁的幼儿读者为主要受众，能够满足幼儿的审美需求和成长需要，符合幼儿的接受能力并具有独特艺术特征的文学。它是人类最早接触的启蒙文学，是幼儿不可缺少的精神食粮，具有四大基本功能，即教育功能、认知功能、审美功能和娱乐功能。

党的二十大报告提出："坚守中华文化立场，提炼展示中华文明的精神标识和文化精髓，加快构建中国话语和中国叙事体系，讲好中国故事、传播好中国声音，展现可信、可爱、可敬的中国形象。""深化文明交流互鉴，推动中华文化更好走向世界。"幼儿文学是传承和弘扬中华优秀传统文化的重要载体，能向幼儿传递中华优秀传统文化的价值观和精神内涵，培育幼儿对中华文明的认同感和归属感。开展具体的文学教学活动，更能引导幼儿自信讲述中国故事，以童声传播中国声音，在幼儿心中播下文明传承的火种。

《3～6 岁儿童学习与发展指南》和《幼儿园教育指导纲要》建议，提供童谣、故事和诗歌等不同体裁的儿童文学作品，让幼儿自主选择和阅读；引导幼儿感受文学作品的美，使之感受语言的丰富和优美，并通过多种活动帮助幼儿加深对作品的体验和理解。在贯彻落实相关文件精神的过程中，幼儿文学对于幼儿全面发展的意义已在全社会达成共识。优秀的幼儿文学作品总是以其充沛的美感使幼儿产生情感上的共鸣，获得精神上的愉悦和满足，同时也以此陶冶他们的思想情操，培养他们欣赏美、创造美的能力。它通常会涉及一些与幼儿生活和成长相关的话题，如友情、勇气、想象力、创造力等。在当前课程整合理念的影响下，学前教育的很多教育和教学目标都要借助幼儿文学作品来实现，幼儿文学的重要性自然不言而喻。

本书是从学前教育专业群的课程设置出发，依据托幼一体化教育需要，以幼儿文学和幼儿教育的先进理念为支点，以就业导向、双证融通为原则进行编写，理实一体，定位清晰。全书共八大模块，从幼儿文学的基本原理，各类作品基本理论、阅读欣赏、朗诵讲演、创作编排等方面进行阐述，内容丰富多样。本书吸收国内外最新研究成果，反映教学改革成果，特色如下：

1. 坚守中华文化立场。突出介绍各类文学体裁在中国的发展脉络，侧重选取能反映中华文明先进成果的作品，做到"春风化雨思与行，课程思政巧融入"。

2. 理论与实践相结合。理论部分（"知识殿堂"）以"必需、够用"为准则；实践部分（"实践任务"）以任务驱动模式强化实操。两部分前后呼应，有助于知识巩固。

3. 契合"岗课赛证"融通的要求。设有"技能指导"板块，突出对幼儿园教学活动相关技能的培训与指导，点对点实训，实用性强，并提供实用的幼儿园活动案例，可满足学前教育专业学生的需要。

4. 增加了顺应新时代的文学元素。介绍手指谣、卡通漫画、幼儿影视等，以反映新时代幼儿生活的趣味。相关作品配有手绘插画，也增加了趣味性和审美性。

本书由闽西职业技术学院彭秀春、罗笑芳担任主编，卢永平、苑敏、陈丽华担任副主编。探寻一、探寻二、探寻六、探寻七由彭秀春编写，约 13 万字；探寻三、探寻四、探寻五由罗笑芳编写，约 11 万字；探寻八由卢永平编写，约 3.5 万字；教学视频的录制及作品的整理校对由苑敏负责，合约 3.2 万字；手绘插图的绘制及教学活动、实践任务的设计由陈丽华负责，合约 3.1 万字。

欢迎开设“幼儿文学”课程的院校使用本书。由于时间仓促，本书在编写过程中难免存在疏漏之处，诚挚欢迎广大读者提出宝贵建议，以便我们进一步修改和完善！

编者

2024 年 1 月

目录

探寻五　幼儿故事综合实践

探寻六　幼儿图画书综合实践

探寻七　幼儿戏剧综合实践

探寻八　幼儿影视动画综合实践

探寻一　幼儿文学概述

◎学习目标

【知识目标】

1. 了解幼儿文学的基本含义。
2. 掌握幼儿文学的特征。
3. 掌握幼儿文学在幼儿园教育中的意义。

【技能目标】

能够结合具体作品，阐述幼儿文学的特征。

【素质目标】

树立正确的儿童观、教育观，激发对幼儿文学的热爱。

◎知识殿堂

一、幼儿文学的基本含义

（一）幼儿文学与儿童文学

关于幼儿文学的概念界定，国内外研究界说法不一，国内不同时期观点也不一。因为幼儿文学由创作主体的创作、文本特征和接受主体组成一个整体，所以给幼儿文学下定义时需涉及创作主体、文本和接受主体三个方面。接受主体范围的模糊性使得幼儿文学的内涵和外延都具有模糊性，因而目前研究界有不同的观点。

从接受主体来看，年龄特点是主要划分依据。联合国《儿童权利公约》指出，儿童系指 18 岁以下的任何人。所以，儿童文学的主要接受对象是 18 岁以下的儿童。

不同年龄阶段的儿童身心发展的特点和审美的需求不同，对应不同年龄阶段的儿童文学作品在题材、表现手法、语言，图书装帧、印刷等方面也存在明显的差异。0～18 岁的儿童成长阶段可划分为婴幼儿期（0～6 岁）、童年期（7～12 岁）和少年期（13～18 岁），与之相对应的，文学可分为幼儿文学、儿童文学（狭义）和少年文学。

从广义上来说，儿童文学是相对于成人文学而言的，包含了幼儿文学；幼儿文学是儿童文学内部根据接受对象年龄段而划分出的一个分支。狭义的儿童文学与幼儿文学、少年文学并列存在。

（二）幼儿文学的概念

幼儿文学，是以 0～6 岁的幼儿为主要接受对象，为促进其健康成长而专门创作或改编的，适应其审美需求的文学作品。严格来说，幼儿文学分为 0～3 岁的婴儿阶段和 3～6 岁的幼儿阶段的文学作品。

在幼儿文学内部，低龄和大龄幼儿的文学阅读的界限并非泾渭分明，二者的边界具有一定的模糊性，婴儿阶段听赏的作品和幼儿阶段听赏的作品有很大部分重合。所以，本书所说的“幼儿文学”包含了以上两个阶段，不再细分。

幼儿文学作为文学系统的一部分，遵循文学的一般规律，具有文学的共同特点，即以书面语言为手段塑造形象，反映生活，表达情感。因此，书面语言表现的间接性、形象性和情感性是它的本质特点。幼儿文学中常常配有大量的图画，很多人把幼儿读物和幼儿文学混为一谈。其实这是两个既有联系又有区别的概念。

幼儿读物是适宜幼儿听赏或阅读的各种书籍的总称，既包含幼儿文学读物，也包含非文学或文学特征不明显的知识、美术、游戏读物等，其外延比幼儿文学广泛。幼儿读物虽然也具有适合幼儿阅读的特点，但并不是所有的幼儿读物都具有文学性。所以，幼儿文学是幼儿读物中的一个种类。

（三）中国幼儿文学的发生与发展

在古代，没有专门为儿童创作的文学作品。儿童文学是一个属于现代文学的概念，作为儿童文学分支之一的幼儿文学也是如此。

中国历史文化源远流长，中国幼儿文学的产生有其深厚的民族文化渊源和优秀的文学传统。在中国古代民间文学、古典文学及传统启蒙读物中，有许多优秀的作品适合幼儿欣赏。

中国民间文学如神话《女娲补天》《后羿射日》《夸父逐日》，传说《牛郎织女》《天仙配》《鲁班的故事》，民间故事《田螺姑娘》《狼外婆》，寓言《狐假虎威》《守株待兔》以及口耳相传的童谣等，由于其思想内容积极向上、情节离奇、幻想多彩、韵律和谐、童趣浓郁等特点，深受幼儿喜爱。

中国古典文学宝库中灿若群星的诗歌作品，如《咏鹅》《悯农》《春晓》《游子吟》《静夜思》《山村咏怀》等，表现自然界美好的景物，饱含真情和生动活泼的幼儿情趣，其内容通俗浅显，感情健康质朴，意境优美高远，语言生动简练，叩开了一代又一代的幼儿心扉，对提高幼儿的审美情趣和生活认知水平产生了积极的作用。一些小说名著，如《西游记》《水浒传》《封神演义》等，其有趣的人物形象和引人入胜的故事也在幼儿的心里留下深刻的印象。

中国古代有不少幼儿启蒙读物，如《千字文》《三字经》《百家姓》《弟子规》等，舍弃封建统治阶级的道德说教成分，其中涉及天文、历史、地理、人伦和博物等方方面面的知识，丰富了幼儿的认知。也有一些幼儿喜爱的颇具文学色彩的故事，如“司马光砸缸”“孔融让梨”“曹冲称象”等，至今仍有启发和教育意义。这些启蒙读物，不仅朗朗上口，而且通俗易懂，是中国文化宝库中重要的文化遗产。

虽然古代民间文学、古典文学及传统启蒙读物中的作品不是专门为幼儿创作，但这些文学作品天然地契合了幼儿的好奇天性和文学趣味，古代社会的幼儿以自发的方式从民间文学和成人文学中吸收着他们所需要的文学养分。

中国幼儿文学真正的萌芽与发展是从“五四”新文化运动开始的，至此中国幼儿文学才进入一个自觉和独立的历史发展时期。

“五四”时期，思想文化界开始提倡人格独立、思想解放，同时也提倡发现儿童、解放儿童。中国大地上飘扬着“民主”和“科学”两面大旗，“收纳新潮，脱离旧套”（鲁迅语）成为汹涌澎湃的时代思潮，猛烈地冲击着长期禁锢人们思想的儒家纲常之说。这时，陈独秀率先指出“文学应该是儿童教育问题之一”；鲁迅也最先呐喊“救救孩子”。此后，郭沫若、茅盾、郑振铎、刘半农、胡适等人，以幼儿生活为题材创作白话诗文，先后发表在《新青年》等进步刊物上。一场空前规模的“儿童文学运动”，终于在神州大地蓬勃兴起，最后，汇入了“五四”新文化运动的洪流。

这一时期，各地纷纷开展儿歌的收集和整理，出版了一大批幼儿歌谣，如朱天民的《各省童谣集》、沈百英的《儿童文学读本》、林兰的《小朋友山歌》等，大大推动了幼儿文学的发展。与此同时，以现代白话文创作的儿歌也开始涌现，如胡适的《蝴蝶》、刘大白的《两个老鼠抬了一个梦》、叶圣陶的《蝴蝶歌》、胡怀琛的《大人国、小人国》等，从语言形式上突破了文言文的束缚，深受幼儿喜爱。

“五四”前后出现了翻译介绍西方幼儿文学的热潮，《安徒生童话》《格林童话》《爱的教育》《木偶奇遇记》《爱丽丝漫游奇境记》等世界著名幼儿文学作品被翻译成中文并传入中国。

除翻译作品外，本土原创作品也开始问世。叶圣陶于1921年开始创作童话，在1923年出版了我国第一部短篇童话集《稻草人》。1922年，郑振铎在上海创办了中国现代最具影响力的幼儿刊物《儿童世界》，为中国童话的创作提供了一个发表的平台。1923—1926年，冰心创作了影响几代小读者的散文《寄小读者》。1921年，黎锦晖编导的《麻雀与小孩》《月明之夜》等11部幼儿歌舞剧开始风靡全国。20世纪30年代以后还有一大批童话作家在不断的创作过程中迅速成长起来，如陈伯吹、张天翼、黄庆云、董纯才、严文井、金近、包蕾、鲁兵等。

二十世纪三四十年代幼儿文学作家创造了艺术童话、幼儿小说、幼儿诗等新的文体，创作了一批经典的文学作品。但那时的中国内忧外患，幼儿文学作家同样关注民族命运，总体而言，创作以体现现实主义的戏剧、报告文学和小说等居多，童话、散文等相对较少。

“五四”时期开始出现幼儿图画书。郑振铎先后创作了《两个小猴的冒险》《河马幼儿园》《小鱼遇险记》等40多部图画故事作品。赵景深的《幼儿图画故事论》从理论上分析了图画故事对幼儿成长的意义，还创编了诸如《一粒豌豆》《到小人国去》等50多部幼儿图画故事作品。

随着幼儿文学体裁的不断丰富，创作队伍的逐步稳定以及幼儿文学理论探索得到重视，中国幼儿文学取得了长足的发展。

20世纪50年代后，我国幼儿文学的创作深受苏联的影响，中华人民共和国成立初期的幼儿文学创作题材大多受限于经济改革的影响。1949—1979年的30年间，大多数幼儿文学作品缺乏艺术性，只有少数作品具有艺术感染力。

改革开放以后，中国幼儿文学进入了一个复苏的时代，同时进入了一个系统化的建设时期。中国幼儿文学的艺术团体和机构相继成立，推动了中国幼儿文学的发展。幼儿文学创作开始回归幼儿、回归文学，并积极追求艺术个性，以冰波、周锐、郑渊洁、郑春华等为代表的一批作家，用自己的创作实践一步步作出了创新。

20世纪90年代以后的幼儿文学，其文学性和幼儿性进一步彰显，如郑春华的《大头儿子和小头爸爸》、汤素兰的《笨狼的故事》都为幼儿文学的创作带来了新的思路。

进入21世纪，大量欧美、日本的优秀图画书被翻译介绍到中国，国内原创图画书也有了长足的发展。回归文学，回归幼儿，追求艺术个性，成为幼儿文学创作者、理论研究者和幼儿教育工作者共同的目标，中国幼儿文学的发展日益繁荣。

（四）幼儿文学的分类与形式

1. 按作品呈现方式分

（1）唱诵类：儿歌、幼儿诗。

（2）讲述类：幼儿童话、幼儿故事、幼儿散文、幼儿科学文艺和寓言。

（3）综合类：图画故事、卡通和幼儿戏剧。

2. 按幼儿接受和欣赏文学的途径分

（1）听赏类：儿歌、幼儿诗、幼儿散文、幼儿童话和幼儿故事。

（2）视觉欣赏类：图画故事。

（3）视听欣赏类：幼儿戏剧。

3. 按幼儿文学的装帧设计分

（1）立体画册：书的画面凸出来，立体感强，让幼儿感到真实。

（2）活动的书：书的立体画面可以活动，人物可以移动，门可以开关等。

（3）附有唱片或者录音设备的书：书中附有声音文件，翻开书页触动机关就会发出声音，犹如八音盒的设置，可以模仿动物叫声，播放诗歌、散文的配音或者直接讲故事。

（4）有香味的书：书中物体如鲜花、水果、蔬菜、糕点等在印制时被涂上了相应的香味，摩擦它们就会有香味溢出。

（5）玩具书：书的外形制成某种玩具形式，非常逼真，幼儿可以边看书边玩耍。例如，有的书角是口哨，可以吹响；有的书可以放洗澡盆里给幼儿看；有的书用印有专门图案的棉布缝成，像一叠柔软手巾，幼儿随便摔打都不会弄坏，还可以当手巾用。

任何文体的分类都是相对的，幼儿文学里各种文体交叉的情形并不少见，如幼儿诗中有童话诗、散文诗，幼儿戏剧中有童话剧、歌舞剧。在同类文体中，相互交融的情形就更普遍。有的幼儿诗吸收了儿歌的特征，有的幼儿故事也采用了童话的表现方法，它们之间有时很难区别。

本书对幼儿文学的分类不作过多的理论解释，也不刻意去厘清还有待研究和定论的分类标准问题，本书只针对目前幼儿园里通用的文学作品作大致的归类介绍，将同一类文学作品的本质特征尽可能展现出来，让大家对同类文学作品的特点有一个基本的认识，以便引导幼儿听赏时采取适当的欣赏方法。

本书将重点介绍儿歌、幼儿诗、幼儿散文、幼儿故事、图画故事、幼儿童话、幼儿寓言、幼儿戏剧和幼儿影视动画等形式。

二、幼儿文学的特征

幼儿文学作为文学大家族的成员，其特点和文学的一般特点是一致的。但幼儿在认知、情感、心理、语言、思维和审美等方面的独特性，使得幼儿文学具有自身的文本和审美特性，主要表现在以下四个方面。

（一）童真童趣

幼儿文学是纯真稚拙的童真文学，是趣味盎然的快乐文学。

所谓童真童趣，是指幼儿在特定的心理素质条件下，思维方式、行为方式、语言表达等方面所显示出来的一切特点，如爱幻想、好奇、幼稚、天真等。童真童趣是情感与趣味的有机结合。童真是内在核心，童趣是外在形式。幼儿文学中的童真童趣是指让幼儿读者感到有趣，并能引起他们对美好事物的向往与追求的一种艺术趣味。

1. 展现幼儿生活

现实中的幼儿生活世界是一个丰富而神奇的世界，幼儿生活中的一切，如兴趣、爱好、快乐、烦恼等，抹上了幼儿的色彩，便具有了幼儿的情趣。幼儿文学的创作者只有细心观察体验幼儿的生活、情感，才能将幼儿生活中浓浓的幼儿情趣融入自己的作品。例如柯岩的幼儿诗《帽子的秘密》便是一首有着浓郁生活气息和生活情趣的诗歌。其中写“我”侦察被抓一段，是极有情趣的幼儿生活的反映。作品中的“我”是那么认真，认真得不愿随便被人指为奸细，“随便说我是奸细就不成”，更不能让别人“枪毙”，也“不管它是疼还是不疼”，这些内容构成了一种戏剧冲突，童趣盎然。作品完全取材于幼儿的日常游戏，诗中十分具体地展现了幼儿的生活画面。这里的幼儿情趣不是作者虚构的，而是作者用心观察幼儿生活得来的。

再如，美国作家艾诺·洛贝尔的童话集《青蛙和蛤蟆是朋友》讲述了性情开朗、性格外向的青蛙和性情忧郁、性格内向的蛤蟆之间纯洁、动人的友情故事。其中一篇《寄给蛤蟆的信》中，蛤蟆因为从未收到过信而难过，青蛙得知后，立即回家给蛤蟆写了一封信，并请蜗牛把信送给蛤蟆，然后又去蛤蟆家与蛤蟆一起等信。当信迟迟未送到时，青蛙又忍不住将实情告诉了蛤蟆。直到第四天，行动迟缓的蜗牛才终于把信送到蛤蟆家。青蛙和蛤蟆一起阅读信件，共同享受了一段美好时光。它们之间纯真的友谊纤尘不染，读后让人忍俊不禁而又感动至深（图 1-1）。

图 1-1 《寄给蛤蟆的信》（陈小辉画）

幼儿文学作品中，童真童趣不仅仅体现在对幼儿现实生活的描写与反映上，也体现在对幼儿的内心情感、想象世界的真实呈现上。例如童话故事《小飞侠》中，温蒂和弟弟们渴望挣脱家长的束缚，于是在小飞侠彼得·潘的带领下，自由地飞离了家，离开了爸爸妈妈，开始了他们的冒险之旅，也开始了他们的成长之旅。孩子们一起在体验爱、友谊、勇敢、坚强的过程中成长，最终除了彼得·潘，所有的孩子都回到家中。故事中，最让人动心的莫过于孩子们对自由的强烈渴望。温蒂跟着彼得·潘一起飞过彩色的云彩，自由自在，幼儿心中那份强大的自由的力量以充满幼儿情趣的幻想的方式呈现出来，不仅感染着孩子，也同样感染着大人们。故事中，孩子们一起与传说中险恶的独眼船长胡克斗智斗勇，表达了孩子们对冒险的渴望，表现了他们特有的幼儿式的好奇心与奇思妙想。胡克问：“彼得·潘，你究竟是谁，是什么？”而彼得·潘随口回答：“我是童年，我是快乐，我是才出壳的幼鸟。”大人们也许忘记了小时候的奇思妙想和对冒险的渴望，在平淡的生活中遗失了天真、童趣与飞翔的梦想。正因如此，守护人类的童年，就是守护人性的源头、灵魂的净土。

2. 塑造神奇、可爱的形象

幼儿文学作品中活跃着各种各样的栩栩如生的形象，正是它们滋养着一代又一代幼儿健康快乐地成长，同时也得到了幼儿们的喜爱和认可。

在瑞典作家阿斯特丽德·林格伦创作的《长袜子皮皮》中，皮皮是一个豪爽、仗义、力大无比且不受约束、来去自由的女孩。这一通常被成人视为“坏孩子”的形象得到了全新的诠释，作品对幼儿天性中不可随意抑制的宝贵一面大加赞扬，使千百万幼儿从精神桎梏中解脱出来，这一形象也得到了广大幼儿的喜爱。

在幼儿的价值取向中，对强势人物是崇拜的，对弱势人物是同情的，他们不能分辨出更深层的善与恶、好与坏。无所不能、行侠仗义是强势人物的特征；而一无所有、一事无成是弱势人物的特点，幼儿的判断简单明了，倾向性也十分明显。艾丽丝、长袜子皮皮、彼得·潘、匹诺曹、机器猫等童话形象都是神化了的幼儿，他们既具备强势人物呼风唤雨的特点，又有弱势人物幼稚可笑的特点，他们的无所不能常常与他们的幼稚和率性，甚至是自以为是并存，这种放大了的冲突构成人物的性格特征，也制造出滑稽、夸张的故事效果，无疑使幼儿非常喜欢。此外，幼儿文学中还有各种性格鲜明的形象，如美丽、单纯的小美人鱼，凶狠、狡诈的狼，愚笨、憨厚的狗熊，油滑、聪明的狐狸，美丽、善良的灰姑娘，英俊、睿智的王子等。

3. 语言稚拙天真

让·皮亚杰认为，在幼儿认知发展的“感知运动阶段”与“前运算阶段”，幼儿思维的特点是从主客体一体化的无意识认知，逐渐向主客体互渗的意识发展。此时，幼儿的思维通常是物我一体的、泛灵化的。这样一来，在幼儿的观念中，人类所独有的情感、意识、语言、思维等生命灵性就极大地“泛化”了。不仅自然界一切动物、植物都具有了人的语言、行为、情感、心理，而且就连天空、大地、高山、海洋、日月、星辰等自然界的物质存在，也同样获得了人的生命体貌、情感特质。因此，对幼儿来说，与小蚂蚁对话，听小青蛙唱歌，陪月亮姐姐散步，和太阳公公玩，就成为非常自然的事情。在这样的心理状态下，幼儿感觉自己和身外的世界完全是一体的。我的感觉，就是他的感觉；我想什么，就是什么；我要什么，就是什么……也因为幼儿思维中这种无处不在、无时不有的泛灵化意识，以表现幼儿生活内容、生命状态、情感心理、精神结构为旨趣的幼儿文学就充满了拟人化的“禽言兽语”和“幼儿化”的语言。

圣野的幼儿诗《欢迎小雨点》就以幼儿的眼睛看待周围的世界，用幼儿化的语言将其表现出来。这首幼儿诗向我们形象地展示了这样的画面：泥土咧开了嘴巴，急切地等；小菌撑着小雨伞，小荷叶站出水面，期待地等；小水塘“一点一个笑窝”，小野菊“一点敬一个礼”。生动、稚拙、天真的儿童化语言，使得泥土、小菌、小荷叶和小水塘欢快的神态，小野菊感激的神态历历在目，每一幅画面都既具有动作性、充满动态感，又明快可感、情趣盎然。幼儿盼望雨的到来，渴望享受雨水沐浴的兴奋、欢快之情在诗中得到了尽情的抒发，“小雨点”活泼的身影跃然纸上。

欢迎小雨点

圣野

来一点，
不要太多。

来一点，
不要太少。

来一点，
泥土咧开了嘴巴等。

来一点，
小菌们撑着小伞等。

来一点，
小荷叶站出水面来等。

小野菊笑了，
一点敬一个礼。

小水塘笑了，
一点一个笑窝。

（二）快乐游戏

幼儿文学富于游戏性，它是快乐的文学。

游戏是幼儿的存在状态，游戏不仅仅是幼儿娱乐的方式，也是幼儿学习与创造的活动。幼儿文学是一种特殊的游戏，它是由语言文字创造的一个游戏世界，幼儿听赏或阅读一个幼儿文学作品就是在参与一场游戏。一个幼儿文学作品，首先且必须是“好玩”的，因为只有这样，它才能够吸引幼儿的注意，也才有可能被幼儿顺利接受。这里所说的“好玩”，就包含了对于幼儿文学游戏性特征的一种朴素的认识。对幼儿来说，幼儿文学作品提供给他们的，首先也是一个游戏，这个游戏以语言为最基本的承载物，其游戏内容也主要是在语言的层面上展开的。在此基础上，它同样可以被转化为普通的幼儿游戏。

幼儿文学的游戏性体现在形式、内容和操作层面。

1. 形式的游戏性

幼儿文学格外重视语音上的韵律感，本身就指向某种游戏的特性。对幼儿来说，他们总是在理解一首儿歌的意义之前，先爱上它所带来的“声音游戏”。这些结构工整、排列有序、高低顿挫、抑扬和谐的歌谣，在形式上包含了很大的语言游戏成分。

幼儿文学作品在形式上的游戏性特征，也可通过多样的文本呈现形式予以表现。对幼儿来说，图书是“特殊的玩具”，如发声书、触摸书、立体书、洞洞书、布偶书、洗澡书等。例如幼儿所喜欢的立体书，是在书页翻开时利用事先设计好的折纸效果，将故事场景立体地呈现在幼儿面前。这样的设计使平面的书页中容纳了立体的景象，从而能够给阅读过程带来变魔术般的游戏效果。这些图书都将游戏的元素添加到了传统的图画和文字故事中，从而进一步增添了阅读的游戏性。

2. 内容的游戏性

幼儿文学离不开故事的编织，而故事在某种程度上就意味着游戏。即便是在短小的童谣中，除了音韵上的语言游戏之外，也往往包含了含有游戏内容的小情节。例如林芳萍的儿歌《捉迷藏》:

捉迷藏，
哪里藏？
绿草丛里藏一藏。
伸出头，
望一望，
头上一只绿螳螂。

这首儿歌所吟唱的内容，本身就是一个有趣的幼儿捉迷藏游戏。

与此同时，幼儿文学作品也常常通过离奇、夸张的想象，来刻意制造情节的游戏性。例如苏斯博士的韵文体童话《戴帽子的猫》，在语言游戏之外，也讲述了一个富于游戏趣味的故事：在一只戴帽子的猫的帽子下，我们看到了另一只戴帽子的猫；就在这只猫的帽子里，又有另一只戴帽子的猫……这样讲述下去，没有穷尽。随着帽子变得越来越小，从里面出来的猫也一只比一只小。这个故事并不传达什么特别的生活知识或内涵，就是一个滑稽、好笑的游戏，但这个游戏给一代又一代幼儿带来了难忘的快乐。

日本幼儿文学作家、插画家宫西达也的图画书《好饿的小蛇》，展示了另一种夸张的故事游戏。好饿的小蛇吃下什么，它的身体就会变成什么形状。于是我们看到了小蛇的身体先后变成圆圆的苹果、弯弯的香蕉、三角形的饭团、串状的葡萄、带刺的菠萝等形状，当小蛇最后吞下一棵结满红苹果的树时，它的身体也完全变成了苹果树的形状。图画书的整个故事就是一次奇想的游戏，尽管在现实生活中，小蛇并不真的把这些东西当作食物，但这并不妨碍游戏过程的展开。在阅读实践中，幼儿对这样的故事游戏表现出了超乎寻常的兴趣和热情。

3. 操作的游戏性

最早的幼儿文学是伴随着游戏而诞生的，它本身就是游戏的一个部分。传统歌谣中，至今仍然保存着大量幼儿游戏歌谣，这些歌谣是各个游戏活动中不可或缺的“唱词”。例如“又会哭，又会笑 / 三只黄狗来抬轿 / 一抬抬到城隍庙 / 城隍菩萨看见哈哈笑”，是大人与婴儿之间做逗笑游戏时念诵的歌谣；“扯扯拉拉 / 抱个娃娃 / 抱抱喂喂 / 上床睡睡”，是幼儿过家家游戏的歌谣；“炒蚕豆炒豌豆 / 骨碌骨碌翻跟头”，则是配合一种手拉手的动作游戏所唱的歌谣。此外还有配合跳绳、踢毽子等游戏所吟唱的歌谣。例如游戏儿歌《一个毽儿踢八踢》：

一个毽儿踢八踢，
马兰花开二十一；
二五六，二五七，
二八，二九，三十一；
三五六，三五七，
三八，三九，四十一；
四五六，四五七，
四八，四九，五十一；
五五六，五五七，
五八，五九，六十一；
六五六，六五七，
六八，六九，七十一；
七五六，七五七，
七八，七九，八十一；
八五六，八五七，
八八，八九，九十一；
九五六，九五七，
九八，九九，一百一！

这是一首配合踢毽子游戏时吟唱的数数歌，它具有双重功能，一是作为一个完整的游戏环节从开始到结束的标志，二是增加游戏的趣味性。

将游戏的特点运用于作品中，就能更好地满足幼儿的学习需要，带给幼儿快乐。那些生动地表现游戏过程的作品，会特别受幼儿的欢迎。这是因为幼儿更注重游戏的过程，而不太注意它的目的。例如由阿尔克谢·托尔斯泰的童话名篇改编的《拔萝卜》，无论是故事中的人物，还是人物之间互相拉着拔萝卜的动作，甚至他们互相喊的话“‘嗨哟，嗨哟’拔呀拔，还是拔不动”，都会因为其游戏的特点带给幼儿快乐的体验和感受。

（三）直观形象

幼儿的思维特点主要表现为直观行动思维和具体形象性思维。这种思维特点要求幼儿文学要注意直感性。文学语言应不同程度地反映出能够为人的感官直接感知的事物特征，诸如动态、形状、颜色、声音、滋味、冷暖、粗细、大小、气味等，使得“字立于纸面”，最大程度上诱导人进行再造性想象。在具体作品中，表现为写具体的物，写物的具体形状和色彩；写具体的事，写事件的具体经过，写具体的行为动作过程；写具体的人，写容易为幼儿观察到的体态与表情等。例如故事《小兔子找太阳》（图1−2）中，小兔子对太阳的颜色、形状、冷暖等抽象概念的理解，通过灯笼、红萝卜、气球等既具体又形象地表达出来。

图 1−2 《小兔子找太阳》（吴文玲画）

（四）单纯浅显

幼儿的知识积累少，辨别能力差，对是非的判定还较为浮浅，“好”和“坏”是他们评判人物和是非的尺度，有时他们甚至只注意情节，对作品的主题思想不太关心。因此幼儿文学的主题一般单纯鲜明，让幼儿能直观地明白“什么好”“什么坏”或者“为什么好”“为什么坏”。例如任溶溶的诗歌《小孩、小猫和大人的话》的主题就浅显鲜明：小孩看见小猫白天睡觉就说小猫懒；小猫看见小孩夜晚睡觉就说小孩懒；而大人说“一天二十四小时，白天夜晚各一半。小孩只看到白天，小猫只看到夜晚。白天夜晚全看看，小孩小猫都不懒”，让孩子们学会辩证、全面地看问题。鲜明、单纯、浅显是对幼儿文学主题的基本要求。

当然，鲜明单纯的主题并不是简单地浮于文字表面的附加物，它讲究文学的形象性和美感，需要隐匿在形象之中，需要读者去感悟。文学的教育功能是潜移默化地影响读者，不是贴上教育的标签，到处张扬。正如洪汛涛所打的比喻：“中药房里的药酒，是将中药没在酒里慢慢泡成的。幼儿文学作品里的思想性，应该像制药酒那样，把教育意义浸在作品里，让它慢慢地散发。”例如普希金的童话诗《渔夫和金鱼的故事》没有单纯说教的句子，最后几句描写景物的诗句，形象地暗示了主题：“在他面前的仍然是那所小泥棚，他的老太婆坐在门槛上，她的面前还是那只破木盆。”幼儿听完这个故事，自己就会明白：都是那个老太婆不好，她太贪心了。这就是活生生的教训，善良与邪恶、公平与不公平对照鲜明。幼儿因此有了自己的是非评判标准。

以上四个特征主要从幼儿文学文本和审美特点提出，也是最突出的特征。当然，幼儿文学还有诸如音韵和谐、幻想荒诞、情节曲折、结构完整、图文并茂等特征，留待后文再作阐述。

三、幼儿文学在幼儿园教育中的意义

（一）幼儿文学是幼儿语言教育的载体

《幼儿园教育指导纲要》（以下简称《纲要》）指出，要引导幼儿接触优秀的儿童文学作品，使之感受语言的丰富和优美，并通过多种活动帮助幼儿加深对作品的体验和理解。幼儿文学是语言的艺术。幼儿文学以优美形象的语言抒发幼儿的情感，表现幼儿的情趣，展示幼儿浪漫奇妙的内心世界和生活天地。幼儿在阅读或听读文学作品时，不仅可以感受到作品的艺术美，而且可以得到语言的训练，自然而然地接受语言的熏陶。

幼儿文学作品是语言艺术的结晶，其浅显易懂、优美规范的语言是幼儿学习语言最好的材料和范例，能够帮助幼儿学到大量的词汇、规范的语法以及多样化的表达形式，从而提高幼儿的语言表达能力。朗朗上口的儿歌，节奏明快的故事，幽默诙谐的童话和寓言，不仅可以使幼儿分辨、掌握正确的字音，学到大量的词汇，而且可以帮助幼儿初步建立语言范式，帮助他们准确规范地使用语言。

（二）幼儿文学是幼儿知识启蒙的摇篮

幼儿的知识经验缺乏，对世界充满了好奇。幼儿文学作为一种以形象反映生活的艺术形态，包含了丰富的社会文化内容，蕴含着丰富的生活知识、自然知识和科学知识等。幼儿在广阔的文学世界里拓宽视野、增长知识，逐步认识世界，了解社会人生，从而逐渐融入社会并适应社会。

例如，《数字谣》把数字巧妙地融入幼儿感兴趣的事物中，从而帮助幼儿形象地认知数字。儿歌《睡觉》通过人与动物睡觉姿势的对比，告诉幼儿睡觉的常识。童话《没有牙齿的大老虎》借助聪明的小狐狸给大老虎拔牙的故事告诉幼儿怎样爱护牙齿。鲁兵的童话诗《小猪奴尼》讲述了淘气的小猪由于不讲卫生而被大家嫌弃的故事，告诉幼儿只有讲卫生，朋友们才愿意交往的道理。

（三）幼儿文学是幼儿审美教育的天堂

美感是客观事物符合个人审美需要而产生的个人情感体验。审美能力的提升有助于个体拥有良好的情感体验，从而促进其身心健康和谐发展。在幼儿园教育中，幼儿文学对于幼儿审美能力的提升有重要的作用，是音乐和美术活动所不能替代的。幼儿文学作品蕴含着丰富的审美资源，其纯真、稚拙、荒诞等特质与幼儿的思维、情感和想象力发展有密切的关系，因此阅读或听读幼儿文学作品是提升幼儿的审美能力的重要手段。

（四）幼儿文学是幼儿道德价值教育的土壤

幼儿文学对于幼儿德育有不可替代的作用，能引导幼儿从自然人向社会人转化。任何社会都有自己的道德规范，社会人必须遵守这些道德规范，幼儿从自然人转化为社会人的第一步就是接受这些道德规范的教育。但是传统的说教和指责的教育方式是不妥当的，容易使得幼儿失去信心和兴趣，而利用直观形象的幼儿文学对幼儿进行教育，却能够达到良好的教育效果。幼儿文学作品能够把教育意图巧妙地隐藏在鲜明的人物形象和生动的故事情节中，使得幼儿无形中受到道德教育。

例如，包蕾的《小兔子“我知道”》写一只聪明活泼的小兔子自以为懂得了世界上的一切，对于许多事情往往没有弄清楚就说“我知道”，然后跑开了。一天，他自己出去觅食，由于没耐心，没听完妈妈和别人教导他的话，结果把山羊公公和小松鼠当成了狼，而当真正遇到狼时却不认得，险些被狼吃掉。这篇童话通过小兔子的遭遇告诉幼儿做任何事情都要谦虚、耐心的道理。方轶群的《萝卜回来了》讲述的是一个非常暖心的故事，一个萝卜传递的是被人惦记的温暖，通过小动物们对萝卜的传递，展现了朋友之间的关爱，在潜移默化之中告诉幼儿要学会分享，传递善良、温暖与感恩。

（五）幼儿文学有助于构建幼儿教师的幼儿本位精神

《幼儿园教师专业标准》基本理念的第二条就体现了“幼儿为本”的精神：“尊重幼儿权益，以幼儿为主体，充分调动和发挥幼儿的主动性；遵循幼儿身心发展特点和保教活动规律，提供适合的教育，保障幼儿快乐健康成长。”中外幼儿文学发展史实际上就是人类对幼儿认识的演变史，学习幼儿文学能帮助学前教育专业学生（未来的幼儿教师）以更感性、更直观、更具体的方式体验童年，认识幼儿，关爱幼儿。虽然幼儿文学的主要接受对象是幼儿，但是教师可以通过对幼儿文学作品的赏析，学会从幼儿的视角看待世界万物，了解幼儿的内心世界，真正站在幼儿的角度思考问题，进而树立正确的教育观和幼儿观。

（六）幼儿文学整合幼儿园五大领域课程

《纲要》提出了幼儿园教育内容的“全面性”“启蒙性”和各种教育内容的“相互渗透”，反映了新的幼儿教育课程整合理念的导向。《纲要》具体指出幼儿园教育内容“可以相对划分为健康、语言、社会、科学和艺术五个领域，也可作其他不同的划分。各领域的内容相互渗透，从不同的角度促进幼儿情感、态度、能力、知识、技能等方面的发展”。这种整合课程理念的具体实施必须要借助合适的媒介来完成。

幼儿对具体形象的事物较易认识，对抽象的事物较难理解，必须借助具体生动的形象来理解客观世界，这使得幼儿教育必须适应幼儿的理解水平，在内容和形式上都必须是形象生动、寓教于乐的，必须避免空洞生硬的说教和简单枯燥的训斥。幼儿文学形象生动的特点使它在幼儿教育中占有得天独厚的优势，能够成为整合幼儿园课程、实现诸多教育目标的媒介。

四、幼儿文学素养提升路径

（一）提升理论与理念的高度

1. 提升理论高度

文学理论水平达到一定高度，教师就能在教学中对幼儿文学作品进行整体全面的分析与评价，还能深入浅出地进行文学活动的组织。例如组织儿歌活动，试想，一名幼儿教师不懂儿歌的特点，又如何能把儿歌的节奏性和音乐性完好地展现出来呢？在幼儿诗歌欣赏活动中，一名具备丰富诗歌理论的幼儿教师，不是教会幼儿诗歌的朗诵，让孩子机械地记忆，而是能根据诗歌的意象、节奏、语言来引导幼儿感受诗歌的意境，领会诗歌中的情感。不仅如此，一名合格的幼儿教师除了要掌握文学的基本原理，关注与幼儿文学相关的知识或文艺理论，还要掌握教育学和心理学关于幼儿身心发展特点的知识，构建自己对于幼儿教育教学的正确理念，缩短理论与实践的距离，对幼儿的不同文学体验能够有积极、正确的指导、反应和评价。

2. 树立传承中华优秀传统文化的意识

从近两年出现在幼儿教师资格考试中的幼儿文学作品分析题来看，考题越来越趋向于传统的、经典的作品，如《游子吟》《山村咏怀》《江南》等古典诗歌，《小马过河》《小猫钓鱼》等经典幼儿故事不在少数。幼儿是祖国的未来花朵，作为培养祖国未来花朵的幼儿教师应树立正确的幼儿文学观。要把提升幼儿文学素养当作一份责任和担当，除了包容世界多元文化外，更要对博大精深的中华文化充满自信，对纯真稚拙的幼儿文学饱含热爱，对传承中华优秀传统文化充满情怀。然后，在幼儿的心灵深处播撒下文学的种子，代代相传。

（二）拓宽阅读视野，丰富阅读积淀

阅读对于教师的意义与对于常人的不同，既是情怀也是担当。教师在阅读幼儿文学作品的过程中不仅了解了优秀作品的艺术美，还了解了幼儿纯真稚拙的心理特点和行为表现，从而反省自己的教育教学方式，进而更加理解幼儿教师这份职业。教育家朱永新曾经说过：教师读书是开展教育的前提。幼儿教师大量阅读幼儿文学作品是强化专业意识、完善专业知识、增强专业能力的过程。

（三）提高作品鉴赏能力

有了一定的理论基础和深厚的文学积淀，鉴赏才不会成为无本之木、无源之水。教师需要具有辨认好作品的能力，这样才能带给幼儿更好的作品，从而让幼儿感受文字的魅力。因此，教师要尊重幼儿的鉴赏心理和特点，遵从幼儿文学的基本原理，从语言、意象、意境、形象、手法以及主题等角度引导幼儿多维度欣赏，最主要的是运用朗诵、表演等多元手段帮助幼儿体验和理解幼儿文学作品的美。

（四）加强创作改编能力

近年的教师资格考试在创编方面的题目有如下类型：（1）创作型，如看图创作儿歌、诗歌或故事；（2）仿编型，如仿照已给儿歌编新的儿歌；（3）续编型，如给一个未完的故事，要求续编故事；（4）特定情境创作，根据特定的情境创编故事；等等。《纲要》强调，教师要“通过多种活动帮助幼儿加深对作品的体验和理解”，使他们“在快乐的童年生活中获得有益身心发展的经验”。这就要求教师不仅能够精准品读文学作品，还需要具有文学作品二次呈现和改编创作的能力。

（五）转化领域知识的能力

幼儿园课程是相互融通、相互渗透的，因此教师应具备将幼儿文学作品转化为其他领域活动的资源的能力。例如，根据小孩喜欢喝饮料、不喜欢喝白开水的情境创编故事的题目，考察了语言领域和社会领域知识的融合。其他领域间相互融合的案例不胜枚举，如根据儿歌配插图，根据儿歌编儿童歌曲，利用制作的手工作品开展其他活动等。

（六）开发幼儿文学游戏能力

《纲要》明确指出“幼儿园以游戏为基本活动”。教师资格考试的面试环节充分体现了这一要求，如故事表演、角色扮演、语言游戏、手指游戏等。这对教师的文学活动游戏转化能力提出了更高要求。教师在教育教学过程中，要注重用游戏的思维以及方法来进行幼儿文学的实践。

◎实践任务

任务一：回忆儿时所学文学作品

任务目标：唤醒童年记忆，为后面学习各类文学作品作准备。

任务材料：实践任务表（表 1-1）。

表 1-1　实践任务表

组　别		成员名字		时　间	
类　型	作品名称				
儿　歌					
幼儿诗歌					
幼儿散文					
幼儿故事					
图画故事					
幼儿寓言					
幼儿图画					
幼儿戏剧					
幼儿影视					
……					

任务要求：

1. 以小组为单位，回忆儿时文学作品，填写完成实践任务表。
2. 表中每一种类型所列作品不少于 5 个。

任务二：体验幼儿文学的特征

任务目标：体验幼儿文学的特征。

任务材料：实践任务表（表1-2）。

表1-2 实践任务表

组　别		成员名字		时　间	
幼儿文学特征	作品及其分析				
童真童趣					
快乐游戏					
直观形象					
单纯浅显					
……					

任务要求：

1. 以小组为单位，根据自选的幼儿文学作品填写完成实践任务表。
2. 共同讨论后，写出分析内容。

◎经典推荐

（一）《数字谣》

1像铅笔细长条，
2像小鸭水上漂，
3像耳朵听声音，
4像小旗随风摇，
5像秤钩来卖菜，
6像豆芽咧嘴笑，
7像镰刀割青草，
8像麻花拧一道，
9像勺子能吃饭，
10像鸡蛋做蛋糕。

（二）《小兔子找太阳》

有一只可爱的小兔子，听说太阳是红红的、圆圆的，便要去找太阳。

它来到屋子里，提着两盏红红的、圆圆的灯笼问妈妈："妈妈，这是太阳吗？"

妈妈说："不，这是两盏红灯笼，太阳在屋子外面呢！"

小兔子来到菜园子里，看见三个红红的、圆圆的萝卜问妈妈："妈妈，这是太阳吗？"

妈妈说："不，这是三个红萝卜，太阳在天上呢！"

小兔子抬起头，看见天上飘着红红的、圆圆的气球问妈妈："妈妈，这是太阳吗？"

妈妈说："不，这是红气球……"

小兔子焦急地喊："真急人，太阳到底在哪儿呢？"

妈妈说："瞧，太阳只有一个，还会发光呢！"

小兔子顺着妈妈手指的方向，抬起头，大声叫：“妈妈，我找到了，太阳红红的、圆圆的、亮亮的，照在身上暖洋洋的。”

（三）［美］艾诺·洛贝尔《寄给蛤蟆的信》（史济豪译）

一只蛤蟆坐在家门口。青蛙走过来说：“蛤蟆，出了什么事啦？你好像在发愁嘛！”

蛤蟆说：“是呀！每次我站在信箱旁边等信，总是很难过的。”

青蛙问：“那为什么呢？”

蛤蟆说：“我从来没有等到过一封信，我的信箱总是空空的。”

青蛙和蛤蟆一起坐在门口，他们都很难过。青蛙说：“我要回家了，蛤蟆，我有点儿事要做。”

青蛙一到家，马上写了一封信，装进信封。信封上写着：“蛤蟆收”。青蛙跑出屋子，刚好碰见一只蜗牛，就对他说：“蜗牛，请你把这封信送到蛤蟆家，放到他的信箱里去，好吗？”

“行。”蜗牛说，“我就去。”

于是，青蛙马上跑到蛤蟆家。蛤蟆正躺在床上睡午觉。青蛙说：“蛤蟆，该起床了，快去等信吧！”

“不！”蛤蟆伸了一个懒腰说，“不会有我的信，我不去等了。”

青蛙往窗外看了看蛤蟆的信箱，对蛤蟆说：“会有的，会有人给你写信的。”

“不，不，不会有的。”蛤蟆说。

青蛙又看看窗外，蜗牛还没有到。他回头对蛤蟆说：“蛤蟆，今天一定会有人来这儿，来给你送信。”

“别骗我了。”蛤蟆还是不相信，“从前没人给我送过信，今天也不会有人来给我送信！”

青蛙又朝窗外看看，蜗牛还是没到。蛤蟆问：“青蛙，你为什么老往窗外看？”

青蛙说：“我在等信哪！”

蛤蟆说：“别看了，不会有信的。”

青蛙说：“嗯，会有的，一定会有的。告诉你吧，是我给你寄了一封信。”

“你写了些什么？”蛤蟆听了很高兴。

青蛙说：“我写着：‘亲爱的蛤蟆：我有你做我的好朋友，我真是幸福！你的好朋友——青蛙。’”

蛤蟆跳起来，拍着手说：“啊！那是一封多么好的信啊。”

于是青蛙和蛤蟆一起，坐在门口等信。他们都非常快乐。等啊等啊，等了整整四天，蜗牛才到了蛤蟆家，带来了青蛙给蛤蟆的信。蛤蟆读着信，笑得合不拢嘴。

（四）包蕾《小兔子“我知道”》（梗概）

有一天，雪下得很大。兔妈妈病了，她对小兔子说：“孩子，你自个儿出去找点吃的吧，当心碰上狼……”没等妈妈说完，小兔子就说：“我知道，我知道。”兔妈妈说：“你知道狼是什么样子？你听我说，狼的样子很可怕，小小的眼睛……”

还没等妈妈的话说完，小兔子就跳出洞去，跑走了。小兔子在森林里碰上了一个

"咩咩"叫，长着毛的怪东西，弯弯的角，还长了一双小眼睛。小兔子想起了妈妈的话，心想，这一定是狼了，吓得转身就逃。那怪东西没有去追小兔子，笑着说："你这小兔子，连我山羊公公也不认识啦。"小兔子听妈妈说过，山羊公公可好了，这才松了一口气。山羊公公对小兔子说："你大概还没见过狼吧，他长着条粗粗的尾巴……"

小兔子没等山羊公公说完话，就说："我知道，我知道！"边说边跳着跑远了。小兔子正跑着，抬头一看，树枝上蹲着个小动物，小小的眼睛，粗粗的尾巴，小兔子害怕得叫了起来："狼！狼！"那小动物听小兔子这么一喊，以为真的狼来了，吓得马上钻进树洞躲了起来。这一来，小兔子才知道那小动物不是狼。一会儿，小动物从树洞里钻出头来，对小兔子说："我不是狼，我是小松鼠！你没见过狼吧，我告诉你，那狼嘛，尖尖的爪子，血红的嘴巴……"还没等小松鼠说完，小兔子抢着说："我知道，我知道！"说着又跳着跑开了。

突然，大树后面窜出个东西来，长了一身灰灰的毛，样子挺难看，可是说话挺和气。小兔子望着他，心里有点害怕，他想，会不会是狼呢？狼到底是什么样子呢？他真后悔没把妈妈、老山羊和小松鼠告诉他的话听完。这时候，那东西便一步一步朝着他走过来了。"孩子！快跑！他是狼！"小兔子听出来了，是老兔奶奶的声音。他转身就没命地跑。小兔子跑着，跑着，跑不动了，眼看快给狼追上了，正在这时，老兔奶奶从树丛里奔了出来，在狼面前一闪，狼看见了老兔奶奶，就丢下了小兔子，来追老兔奶奶了。小兔子钻进了树洞躲起来。老兔奶奶绕着一棵大树兜了几圈，突然钻进一个土洞里去了，狼只好拖着尾巴走开。天快黑了，老兔奶奶知道狼跑远了，才从土洞里出来，找到了小兔子，把他带回家去。兔妈妈向兔奶奶谢了又谢，回头对小兔子说："你出去了大半天，懂得点什么没有？"小兔子说："我认识了山羊公公、小松鼠，还认识了狼这个大坏蛋。""还有呢？""还有就是我以后再也不老说'我知道，我知道了'。"

（五）方轶群《萝卜回来了》

雪这么大，天气这么冷，地里、山上都盖满了雪。小白兔没有东西吃了，饿得很。他跑出门去找。

小白兔一面找一面想："雪这么大，天气这么冷，小猴在家里，一定也很饿。我找到了东西，去和他一起吃。"

小白兔扒开雪，嘿，雪底下有两个萝卜。他多高兴呀！

小白兔抱着萝卜，跑到小猴家，敲敲门，没人答应。小白兔把门推开，屋里一个人没有。原来小猴不在家，也去找东西吃了。

小白兔就吃掉了小萝卜，把大萝卜放在桌子上。

这时候，小猴在雪地里找呀找，他一面找一面想："雪这么大，天气这么冷，小鹿在家里，一定也很饿。我找到了东西，去和他一起吃。"

小猴扒开雪，嘿，雪底下有几颗花生。他多高兴呀！

小猴带着花生，向小鹿家跑去，跑过自己的家，看见门开着。他想："谁来过啦？"

他走进屋子，看见萝卜，很奇怪，说："这是从哪来的？"他想了想，知道是好朋友送来的，就说："把萝卜也带去，和小鹿一起吃！"

小猴跑到小鹿家，门关得紧紧的。他跳上窗台一看，屋子里一个人也没有。原来小鹿不在家，也去找东西吃了。

小猴就把萝卜放在窗台上。

这时候，小鹿在雪地里找呀找，他一面找一面想：“雪这么大，天气这么冷，小熊在家里，一定也很饿。我找到了东西，去和他一起吃。”

小鹿扒开雪，嘿，雪底下有一棵青菜。他多高兴呀！

小鹿提着青菜，向小熊家跑去，跑过自己的家，看见雪地上有许多脚印，他想：“谁来过啦？”

他走近屋子，看见窗台上有个萝卜，很奇怪，说：“这是从哪来的？”他想了想，知道是好朋友送来给他吃的，就说：“把萝卜也带去，和小熊一起吃！”

小鹿跑到小熊家，在门外叫：“开门！开门！”屋子里没有人答应。原来小熊不在家，也去找东西吃了。

小鹿就把萝卜放在门口。

这时候，小熊在雪地里找呀找，他一面找一面想：“雪这么大，天气这么冷，小白兔在家里，一定也很饿。我找到了东西，去和他一起吃。”

小熊扒开雪，嘿，雪底下有一只白薯。他多高兴呀！

小熊拿着白薯，向小白兔家跑去，跑过自己的家，看见门口有个萝卜，他很奇怪，说：“这是从哪来的？”他想了想，知道是好朋友送来给他吃的，就说：“把萝卜也带去，和小白兔一起吃！”

小熊跑到小白兔家，轻轻推开门。这时候，小白兔吃饱了，睡得正甜哩。小熊不愿吵醒他，把萝卜轻轻放在小白兔的床边。

小白兔醒来，睁开眼睛一看：“咦！萝卜回来了！”他想了想，说：“我知道了，是好朋友送来给我吃的。”

◎思考与练习

1. 结合自己的阅读经历，谈一谈幼儿文学对自己成长的作用。
2. 结合具体作品，谈一谈幼儿文学有哪些特点。

探寻二　儿歌综合实践

◎学习目标

【知识目标】

1. 了解儿歌的起源与发展概况。
2. 掌握儿歌的概念、分类与特征。
3. 掌握手指游戏的教育价值。

【技能目标】

1. 掌握儿歌鉴赏的方法。
2. 能够根据儿歌内容进行朗诵及表演。
3. 能够设计手指谣游戏动作。
4. 掌握儿歌创编、仿编和续编的方法。
5. 掌握儿歌教学活动的方法。

【素质目标】

1. 树立正确的幼儿观和教育观。
2. 传承中国童谣文化，坚定文化自信。

一、儿歌概述

儿歌是人的一生中最早接触的文学样式，也是幼儿最喜闻乐见的文学样式之一。它是童年最美好的记忆，大部分人总还依稀记得儿时听过、念唱过的歌谣。儿歌就像一个快乐的天使，为幼儿带来欢乐，陪伴他们度过美好的童年时光。

（一）儿歌的起源与发展

儿歌起源于民间，历史悠久。我国最早有文字记载的儿歌是《左传》中的《卜偃引童谣》：“丙之晨，龙尾伏辰，均服振振，取虢之旂。鹑之贲贲，天策焞焞，火中成军，虢公其奔。”它反映了当时晋侯灭虢的社会现实。由于时代的局限，古籍中的童谣大部分是反映当时政治变故的“谶语”（时政歌），真正供幼儿念唱的童谣不多。而民间创编的童谣很少流传下来。

到了明代，社会对儿歌的认识有了变化，一些有识之士从儿歌世代口耳相传的实际情形出发诠释儿歌的特点及作用，出现了由吕坤搜集整理的我国第一部儿歌集《演小儿语》。吕坤强调儿歌的内容要饶有趣味、形象生动，语言要通俗谐和，使幼儿乐于接受。这表明以吕坤为代表的明代知识分子对儿歌的创作及研究已有了较大的突破。

清代，儿歌的搜集整理和研究工作有所发展。在江浙地区先后出现了优秀的儿歌集《天籁集》《广天籁集》，北方也出现了无名氏的抄本儿歌。清末，改良主义者和资产阶级革命者看到了儿歌的作用，创编了不少童谣宣传他们的观点。

“五四”新文化运动中，在蔡元培、沈尹默、刘半农等人的倡议下，歌谣研究会成立。研究工作者开始重视儿歌的搜集整理工作，揭开了现代儿歌史的序幕。

中华人民共和国成立后，我国儿歌的搜集整理得到充分的重视和发展。20 世纪 50 年代至 20 世纪 60 年代中期，儿歌的整理创作进入繁荣兴旺阶段。当时，出版了大量儿歌集如《红色儿童歌谣》《革命红旗满山冈》《少年歌谣》等。这一时期的儿歌搜集整理和创作，无论在质量和数量上，都超过了以前的水平。儿歌创作也出现了欣欣向荣的景象。

随着人们对儿歌功能认识的深化，儿歌的题材更加广泛有趣，内容更加丰富多彩，风格更加新颖多样，儿歌的艺术品位大大提高，更多的作家投身儿歌创作，更多的儿歌集问世。

（二）儿歌的概念

儿歌是最古老的一类儿童文学文体，它是以幼儿为主要接受对象，采用韵语的形式，适合幼儿听赏、念唱的歌谣。其作品篇幅短小，结构齐整，语言质朴，韵律分明。

儿歌有传统的、民间流传的童谣，也有作家创作的新儿歌。

我国古代称儿歌为童谣、孺子歌、小儿语、小儿谣等。古人将“谣”解释为：“曲合乐曰歌，徒歌曰谣。”（《毛传》）“谣”即不用乐器伴奏，没有固定曲调，唱法自由的“徒歌”。传统的儿歌诞生于民间，经过口耳相授，代代流传，形成了特殊的传统艺术形式，如摇篮曲、游戏歌、问答歌、颠倒歌、谜语歌和绕口令等。中国传统童谣是中华民族文化宝库中的一颗明珠。保护传承童谣文化，对弘扬中华优秀传统文化，坚定文化自信，以及丰富幼儿精神文化生活有很大的现实意义。

创作儿歌是由幼儿文学作家专门为幼儿创作的儿歌作品。它继承了传统儿歌的一些基本形式特点，同时又拥有独特的审美趣味。与传统儿歌相比，创作儿歌具有自觉而明确的幼儿本位意识，其内容更注重对幼儿视角和幼儿情趣的表现。

0～6 岁是幼儿语言发展的关键时期。儿歌是语言和声韵的结合，篇幅短小精悍，歌词朗朗上口，韵律轻松活泼。它不仅能帮助幼儿培养语感，体会词汇的语音规律，更能激发幼儿对语言的兴趣，在潜移默化中为幼儿打开一扇语言启蒙的大门。

（三）儿歌的特征

儿歌和幼儿诗都属于韵文体幼儿文学。有时幼儿诗和文人创作的儿歌之间界限并不分明。但在幼儿文学里，还是普遍将儿歌和幼儿诗分开阐述，因为儿歌和幼儿诗的作用、接受对象、表现形式等还是有明显的不同的，所以本书遵循惯例把儿歌和幼儿诗分开来阐述。

儿歌生长于民间文学的土壤，主要的流传方式是“口耳相授，代代相传”。对于欣赏者来说，它主要是一种听觉艺术，这在一定程度上造就了儿歌的以下特征。

1. 浅语性

儿歌是以低幼儿童为读者对象的，幼儿的年龄、心理特点决定了他们是以直观形象的形式进行思维活动的。因此，作为一种浅语艺术，儿歌的语言要求浅显、明快，通俗、易懂、口语化。如传统儿歌《排排坐》（图 2-1）：

排排坐，
吃果果，
你一个，
我一个，
妹妹睡了留一个。

图 2-1 《排排坐》（吴慧婷画）

《排排坐》的语言通俗、口语化，“排排”“果果”符合幼儿的表达方式，通俗易懂地写出了小朋友分果子、吃果子的活动过程，幼儿很容易听明白，且易记住。

幼儿期是人的一生中语言能力发展的关键期，通俗易懂、朗朗上口的儿歌能让幼儿产生愉悦的情绪，促进其语言能力的发展。

2. 音乐性

音乐性是儿歌最本质的特征。儿歌节奏鲜明、音韵和谐，与幼儿文学中的其他文学样式相比，儿歌的音乐性特征显得最为直接与强烈。它主要表现为节拍明快、自然，有近似于音乐的节奏和韵律。有些儿歌在内容上没有深刻内涵，但是其和谐的韵律从听觉上给人以愉悦。

作为文学体裁的儿歌和音乐上的儿童歌曲是有差别的。作为文学体裁的儿歌，其构成材料为汉字与汉语，汉语的四声构成一定的音高，但并不具备像儿童歌曲那样的音乐基本特征，即由音高形成旋律与和声。

儿歌的音乐性主要表现在鲜明的节奏和押韵上。

（1）节奏。节奏鲜明是儿歌的灵魂。节奏又称节拍或音顿。它是指每句音组的长短和多少有一定的规律，在吟唱儿歌时，节奏是由适当的停顿来表现的。儿歌的节奏，更多地反映在由实际的停顿构成的节拍上。一般说来，三字句、四字句为两个节拍，五字句、六字句为三个节拍，七字句为四个节拍。不过，也有节拍不固定的儿歌，其节拍可根据内容的需要而灵活运用。

节拍会产生悦耳动听的节奏美感，反映在儿歌中，就是在句式的错落有致中形成整齐而又跳跃的美感。如《小金鱼》：

小金鱼，	X　X X ｜（｜表示停顿）
水中游，	X X　X　｜
快快活活头碰头。	X X　X X ｜ X X　X ｜

这首儿歌开头整齐的三字句式，都是两个节拍，最后一句是儿歌中常见的七字句式，共四个节拍，使音节和韵律整齐中有变化，朗诵起来欢快明朗。

儿歌也常常采用叠词、叠韵、连锁、反复的手法摹声、摹色、摹状，形成回环往复的节奏感、音韵美。如河南传统儿歌《菊花开》：

板凳板凳歪歪，
菊花菊花开开！
开几朵？开三朵。
爹一朵，妈一朵，
妹妹头上戴一朵。

这首儿歌运用了叠词的手法，节奏鲜明，音韵流畅而不失变化，简洁工整又错落有致，音乐性极强。

（2）押韵。押韵是构成儿歌音韵美的重要方面。所谓押韵，指的是儿歌中相关句子的最后一个字的韵母相同或相近，使儿歌读起来产生音韵上的和谐美。

儿歌押韵的方式主要有：

① 句句押韵，一韵到底。这种押韵较规矩，容易上口，吟唱起来悦耳动听。

② 隔句押韵，即每逢双句押韵，首句则可押可不押。这种押韵方法限制较少，用词造句较为方便，比句句押韵容易掌握，因而是用得最多的一种押韵方式。

③ 几行一转韵，称为“中途换韵”，多用在“连锁调”的押韵上。一般每两句换一个韵脚，用韵灵活方便，错落有致，便于吟唱。

④ 用同一个韵母押韵，称为“一韵到底”，一般用于传统儿歌中的“字头歌”。这其实是一种特殊的句句押韵方式，作品通篇都用同一个字作为韵脚。如《小蚱蜢》（图 2-2）：

小 / 蚱蜢，学 / 跳高。
一跳 / 跳上 / 狗尾草。
腿 / 一弹，脚 / 一跷，
哪个 / 有我 / 跳得高？
草 / 一摇，摔 / 一跤，
头上 / 跌个 / 大青包。

图 2-2 《小蚱蜢》（修丹丹画）

这首儿歌由三段三三七言构成，每段的第二、三两句均以“ao”韵母结尾，一韵到底，音韵和谐动听，情趣盎然。

心理学研究发现，幼儿听觉发展较快，对声音异常敏感，且有浓厚的兴趣和较强的识别能力，因此，他们特别喜爱音乐性强的韵语。幼儿对有节奏的声音相当敏感和迷恋，而儿歌明显的节奏感正好契合幼儿天生对声音和节奏的敏感性。让幼儿多接触优秀的儿歌，对他们的成长非常重要。儿童文学作家金波也曾说过，儿歌是幼儿接触最早的文学样式，幼儿在文学启蒙、培养音乐感受力及语言学习方面，都离不开儿歌。

3. 稚趣美

稚，天真稚拙。趣，童趣盎然。在幼儿的审美心理中，“自我中心”思维非常突出，他们的知识、生活经验等非常有限，却喜欢以自己有限的经验来解释周围的一切，这就使得他们的想法、行为充满了童真童趣，形成幼儿文学独有的审美品质——稚趣美。如传统童谣《小老鼠上灯台》：

小老鼠，上灯台，
偷油吃，下不来。
喵喵喵，猫来了，
叽哩咕噜滚下来。

这首童谣最大的艺术魅力就在于作品以拟人化的手法，为我们刻画了一只淘气顽皮、活泼健壮、富有冒险精神却又“顾此失彼”的小老鼠的形象。作品通过对小老鼠爬灯台时的情态描写，将小老鼠的形象描绘得灵活灵现，字里行间充满了诙谐幽默的意味，读来令人忍俊不禁。

4. 游戏性

儿歌的游戏性也是它的典型特征。儿歌与幼儿游戏密不可分，二者相辅相成。幼儿在玩乐时，不管是先唱歌后游戏，还是边唱歌边游戏，或者是歌谣为游戏服务，儿歌往往都具有组织游戏的作用。儿歌伴随着游戏唱诵，重在音节和谐，起到统一游戏动作的作用。如传统儿歌《跳绳谣》：

小皮球，下脚踢，
马兰花开二十一，

二呀二五六，
二呀二五七，
二八二九三十一，
三呀三五六，
三呀三五七，
三八三九四十一。
……

这首《跳绳谣》表现了跳绳过程中，孩子们在歌谣的指挥下，边跳边数数以及统一动作的游戏情形。

从某种意义上说，儿歌是供幼儿游戏的文学样式。儿歌具有歌戏互补的可操作性，它包含了身体游戏、手指游戏、智力游戏、语音游戏、表演游戏等。如柯岩的《坐火车》：

小板凳，摆一排，
小朋友们坐上来，
这是火车跑得快，
我当司机把车开。
（轰隆隆隆，轰隆隆隆，呜！呜！）

穿大山，过大河，
火车跑遍全中国。
大站小站我都停，
注意车站别下错。
（轰隆隆隆，轰隆隆隆，呜！呜！）

抱娃娃的靠窗坐，
牵小熊的往后挪，
皮球积木都摆好，
大家坐稳就开车。
（轰隆隆隆，轰隆隆隆，呜！呜！）

唉呀呀，怎么啦，
你们一个也不下？
收票啦，下去吧，
让别人上车坐会吧。
（轰隆隆隆，轰隆隆隆，呜！呜！）

孩子们在欢快的游戏中一边念儿歌，一边“开火车”，既得到了语言的训练，获得了吟诵的快乐，又获得了游戏的愉悦和乐趣。

又如传统儿歌《拉大锯》（图 2−3）：

拉大锯，扯大锯。
姥姥家，唱大戏。
接闺女，请女婿。
小外孙子也要去。

图 2−3 《拉大锯》（陈延炜画）

这首儿歌描绘了一种民间传统的幼儿游戏，这种游戏是锻炼幼儿手臂和胸部肌肉力量的绝佳方式。可以两个幼儿一起做，也可以一个大人带着幼儿做。大人拉着幼儿的双手一拉一送作锯木头状，口里吟诵儿歌，既培养了幼儿的语言节奏感，又锻炼了幼儿的肌肉力量。

二、儿歌的分类与形式

儿歌可以按多种方式进行分类。

按作者来分，儿歌可以分为民间儿歌和创作儿歌；

按念唱者来分，儿歌可以分为“育儿歌”和“儿戏歌”；

按功能来分，儿歌可以分为帮助幼儿训练发音、吐字的绕口令，锻炼智力的谜语歌、数数歌，安抚孩子睡眠的摇篮歌，娱乐戏耍的游戏歌等；

按句式来分，从每行的字数看，儿歌可以分为三言、四言、五言、六言、七言、三三七言和杂言儿歌等。

不管怎样，任何分类都是相对的，一些儿歌往往同时具有多种类型的特征。我国儿歌在千百年的历史传承中，经过一代又一代人自觉或不自觉的润色加工，形成了许多备受幼儿喜爱的特殊的传统艺术形式。

归纳起来，大体有以下九种特殊的艺术形式。

（一）摇篮曲

摇篮曲也称摇篮歌、催眠曲，属于“母歌”。如果说，幼儿文学是爱的文学，那么就应该从摇篮曲开始。世界各国都有摇篮曲，我国古代曾称之为“抚儿歌”。它是幼儿最早接触的文学样式，也是最古老的一种幼儿文学形式。摇篮曲通常词句简短，含义单纯，音调柔和动听。主要功能在于使幼儿的情绪平静下来，使其获得足够的愉悦和安全感，从而安然入睡。古今中外，流传于世的摇篮曲不计其数，无论它们以什么语言被哼唱出来，都表达了成人对幼小生命的柔情与关爱。印度作家泰戈尔认为：“从母亲嘴里听来的儿歌，倒是孩子们最初学到的文学，在他们的心上最有吸引盘踞的力量。”（《我的童年》）可见摇篮曲饱含着长辈对下一代的最美好、最温暖的感情。

生活中的摇篮曲，或是流传下来的传统歌谣，或是由作家创编的作品，或是吟唱者的即兴创作，有些甚至是父母亲或其他亲人的即兴之作，并没有歌词，只是随意“喔喔喔，喔喔喔……”地吟唱。对将要入睡的幼儿来说，摇篮曲的内容并不重要，重要的是温柔悠扬的声调和有节奏的摇晃所形成的静谧温馨的氛围，能给幼儿一种满足感、安全感，从而笑着进入梦乡。如舒伯特的《摇篮曲》歌词（节选）：

睡吧，睡吧，我亲爱的宝贝，
妈妈的双手轻轻摇着你。
摇篮摇你快快安睡，
夜已安静，被里多温暖。

睡吧，睡吧，我亲爱的宝贝，
妈妈的手臂永远保护你。
世上一切幸福愿望，
一切温暖，全都属于你。

睡吧，睡吧，我亲爱的宝贝，
妈妈爱你，妈妈喜欢你。
一束百合一束玫瑰，
等你睡醒，妈妈全给你。

又如陈伯吹的《摇篮曲》(图 2-4):

风不吹，浪不高，
小小的船儿轻轻摇，
小宝宝啊要睡觉。

风不吹，树不摇，
小鸟不飞也不叫，
小宝宝啊快睡觉。

风不吹，云不飘，
蓝蓝的天空静悄悄，
小宝宝啊好好睡一觉。

图 2-4 《摇篮曲》(黄巧明画)

大部分的摇篮曲配有音乐旋律，使得原本动听舒扬的摇篮曲好像插上翅膀，成为艺术珍品。例如戈特尔作词、莫扎特作曲的《摇篮曲》，克劳迪乌斯作词、舒伯特作曲的《摇篮曲》，都深受大家的喜爱和欢迎。

(二)数数歌

数数歌是适应幼儿接受能力，符合幼儿审美心理，将数学与文学巧妙结合，训练幼儿识数能力的儿歌。它将教育性、知识性、文学性融为一体，让抽象的数字变得具体形象，加上一定的游戏活动，使识数活动变得生动有趣。

在数数歌中，有的是帮助幼儿认识数序的，如儿歌《一二三》:

一二三，爬上山，
四五六，翻跟头，
七八九，拍皮球，
张开两只手，
十个手指头。

又如《七个阿姨来摘果》(图 2-5):

一二三四五六七，
七六五四三二一，
七个阿姨来摘果，
七个花篮手中提，
七个果子摆七样:
苹果、桃儿、石榴、
柿子、李子、栗子、梨。

图 2-5 《七个阿姨来摘果》(黄琳欣画)

有的数数歌不仅培养幼儿的数序观念，还训练他们的运算能力和语言表达能力。如儿歌《数蛤蟆》(图 2-6):

一个蛤蟆一张嘴，
两只眼睛四条腿，
扑通一声跳下水。
两个蛤蟆两张嘴，
四只眼睛八条腿，
扑通扑通跳下水。
……

图 2-6 《数蛤蟆》(林梅榕画)

有的数数歌既有数学，又有其他方面的知识，不仅可以帮助幼儿练习数数，而且还可以让幼儿认识自己两手的用途。如滕毓旭的《手指头》:

一个指头按电钮，
两个指头拣豆豆，
三个指头解扣扣，
四个指头提兜兜，
五个指头握一起，
攥个拳头有劲头。

(三) 谜语歌

谜语歌是一种抓住谜底与谜面间的某种联系，以歌谣形式叙说现象或事物的特征，请对方说出谜底的儿歌。谜语歌的特点是充满悬念，符合幼儿好奇的心理，是益智类的儿歌。幼儿可通过字面的字义联系，进行联想、推理和判断。如谜底为“雪”的谜语歌：

普天之下是一家，
家家户户种棉花，
今年种棉没留种，
明年冬日又开花。

浓缩、象征的形式中包含着强烈的悬念，这正投合了幼儿好奇心强的特点。

谜语一般由谜面和谜底组成。谜底就是所猜测的对象，谜面则是启示猜谜者的内容，往往用比喻、拟人等方法来描绘事物，突出本体的特征。猜谜作为中国的一种传统文化活动，有深厚的文化底蕴，涉及多种文化艺术，内容和形式都很复杂。但是，一般情况下，供幼儿吟诵猜想的谜语歌应符合他们的认知能力和理解水平，困难程度可略高于他们的理解能力，但不能太复杂艰深，也不应像成人猜谜语那样迂回曲折，否则会使幼儿丧失自信心从而失去兴趣。当幼儿运用自己的智慧找到谜底时，他们会格外愉悦、欢欣，在心理上获得满足。

例如下面这些谜语歌，谜底与谜面之间的联系非常形象：

（1）名字叫小花，喜欢摇尾巴。夜晚睡门口，小偷最怕它。（谜底：小狗）

（2）五个兄弟，住在一起，名字不同，高矮不齐。（谜底：手指）

（3）明又明，亮又亮，一团火球挂天上。冬天呆的时间短，夏天呆的时间长。（谜底：太阳）

（4）有面没有口，有脚没有手，虽有四只脚，自己不会走。（谜底：桌子）

（四）问答歌

问答歌，又称对歌，有的地区称为盘歌，是指采用设问的形式，一问一答或连问连答来叙述事物、反映生活的儿歌。有问有答是问答歌的基本特点。通过“问”和“答”启发幼儿思考，让幼儿懂得一些知识和明白某些道理，富有节奏感和韵律感的问答形式，能让幼儿得到快乐，在问答的过程中，幼儿的求知欲能获得满足。

一问一答式儿歌，如传统儿歌《什么好》：

什么好？公鸡好，公鸡喔喔起得早。
什么好？小鸭好，小鸭呷呷爱洗澡。
什么好？小羊好，小羊细细吃青草。
什么好？小兔好，小兔玩耍不吵闹。

连问连答式儿歌，如欧澄裁的《豆儿对歌》：

什么豆儿圆？
什么豆儿扁？
什么豆儿长？
什么豆儿小不点儿？

豌豆粒儿圆，
蚕豆粒儿扁，
豇豆粒儿长，
绿豆粒儿小不点儿。

（五）连锁调

教学实录：《唐僧骑马咚那个咚》

连锁调，即连珠体儿歌。顶针的修辞手法贯穿全歌，即将前句的结尾词语作为后句的开头，或前后句随韵粘合，逐句相连，环环相扣，一气呵成。传统儿歌中的连锁调，歌词往往不完整，没有明确的意思，但句式简短，连用谐音，节奏鲜明，韵律感极强，生动有趣，顺口易记。如樊家信的《孙悟空打妖怪》（图 2-7），内容生动，趣味十足，简练地讲述了“三打白骨精”的全部故事。《孙悟空打妖怪》形式讲究，押韵自然，环环相扣，是连锁调中的精品：

唐僧骑马咚那个咚，后面跟着个孙悟空。
孙悟空，跑得快，后面跟着个猪八戒。
猪八戒，鼻子长，后面跟着个沙和尚。
沙和尚，挑着箩，后面来个老妖婆。
老妖婆，诡计多，骗过唐僧和八戒。
唐僧八戒真糊涂，是人是妖分不出。
分不出，上了当，多亏孙悟空眼睛亮。
眼睛亮，冒金光，高高举起金箍棒。
金箍棒，有力量，妖魔鬼怪消灭光。

图 2-7 《孙悟空打妖怪》（陈延炜画）

又如金波的《野牵牛》：

野牵牛，爬高楼；
高楼高，爬树梢；
树梢长，爬东墙；
东墙滑，爬篱笆；
篱笆细，不敢爬；
躺在地上吹喇叭：
嘀嘀嗒！嘀嘀嗒！

（六）绕口令

绕口令，也称拗口令或急口令。它的特点是在一首作品中组合若干双声、叠韵的词语或者发音相近、相同的字词构成容易读错的绕口句子，要求吟诵者快速无误地读出。幼儿念绕口令时，其唇、舌、齿、腭等发音部位会得到强化锻炼，可以矫正发音，使其口齿清楚、吐字辨音正确，思维的敏捷性也能得到相应的提高。同时，练习绕口令时，稍不留意就会口误，产生滑稽效果，可使幼儿获得语言游戏的愉悦感。

例如常见的《四和十》：“四是四，十是十，十四是十四，四十是四十，谁能分得清，请来试一试。”这首绕口令就是专门用来区别声母“s”“sh”的发音的。

又如《高高山上一条藤》（图 2-8）：

高高山上一条藤，
藤条头上挂铜铃。
风吹藤动铜铃动，
风定藤停铜铃停。

图 2-8 《高高山上一条藤》（黄琳欣画）

这首绕口令就是专门用来区别韵母“eng”“ong”“ing”的发音的。

（七）颠倒歌

颠倒歌，也称错了歌、古怪歌、滑稽歌，指故意把事物的本来面目颠倒过来叙述，内容违背常情常理，跟实际相反，这就产生了离奇诙谐、荒唐可笑的效果。这类儿歌幽默诙谐，可使幼儿感到轻松愉快，也可训练幼儿辨别事物的能力。

民间流传和作家创作的颠倒歌，在儿歌的题目上多用“颠倒歌”为名，没有具体的名称。如四川儿歌《颠倒歌》：

河里石头滚上坡，
先生我，后生哥，
生了妈妈生外婆，
……

又如河南儿歌《小槐树》：

小槐树，结樱桃，
杨柳树上结辣椒。
吹着鼓，打着号，
抬着大车拉着轿。
蚊子踢死驴，
蚂蚁踩塌桥，
木头沉了底，
石头水上漂。
小鸡叼个饿老雕，
小老鼠拉个大狸猫，
你说好笑不好笑？

（八）字头歌

字头歌是指每句尾字几乎完全相同，多以“子”“头”“儿”作为每句结尾的儿歌形式。如夏晓红的“子”字歌《猴子搭戏台子》：

小猴子搭戏台子，
穿起一条小裙子，
引出两头小狮子，
舞起三个响铃子，
穿过四个小圈子，
抛起五顶小帽子，
叠起六把小椅子，
摆出七张小桌子，
转动八个小盘子，
挂起九面小旗子，
变出十个小果子，
人人都夸小猴子。

又如“头”字歌：

天上日头，地下石头。
嘴里舌头，手上指头。

桌上笔头，床上枕头。
背上斧头，爬上山头。
喜在眉头，乐在心头。
锅里馒头，碗里鱼头。
……

再如刘章的“儿”字歌《小黄狗》：

小黄狗儿，
真不离儿，
又看鸡鸭又开门儿。

串墙根儿，
钻草堆儿，
帮着小猫抓耗子儿。

管正事儿，
管闲事儿，
它是我家小宝贝儿。

（九）手指谣

手指谣《园里的番茄》

手指谣，是手指游戏儿歌，幼儿可在诵读儿歌的过程中，认识自己的手指，协调自己的手脚，通过诵读和手指的动作将手指谣的内容表现出来，幼儿可从中体会到独特的童趣。手指谣取材于幼儿生活，内容浅显易懂，语言流畅，生动有趣，情节纯真、活泼，节奏明快，配上手指的动作，幼儿能随时随地学做，不受时间、地点的限制。

手指游戏的教育价值在于，可以促进幼儿语言能力的发展，培养幼儿的音乐节奏感，促进幼儿小肌肉动作的灵活性和协调性，培养幼儿的合作能力，锻炼幼儿的思维和创造力，有效增进亲子关系等。如手指谣《炒青菜，包饺子》：

炒青菜，炒青菜，切切切。
包饺子，包饺子，捏捏捏。
小嘴巴，小嘴巴，叭叭叭。
全吃光，全吃光，嗷呜呜。

这个手指谣的玩法是幼儿两人一组或家长与幼儿合作游戏，两人一起念儿歌。一人的手心朝上当作锅，另一个人边念儿歌边做动作。念“炒青菜，炒青菜”时，在对方的手心上做翻炒的动作；念“切切切”时，将手比作刀在对方手臂上切三下；念“包饺子，包饺子”时，依次将对方的大拇指及四个手指压在手心；念“捏捏捏”时，将对方五指捏拢在一起；念“叭叭叭”时，双唇先闭紧再张开，发出爆破音；念“嗷呜呜”时，抓起对方的手臂假装咬三大口。

◎技能指导

一、儿歌鉴赏

受接受对象特点的影响，儿歌在内容和语言上要求浅显易懂，是一种浅语的艺术形式，正因为如此，有些人对儿歌不以为意，觉得没什么可供咀嚼回味的，将其归于“小儿科”一类。这是对儿歌的一种深深的误解，其实真正优秀的儿歌作品往往浅而不薄，有着独特的审美价值。

儿歌的鉴赏可以不拘一格，根据儿歌具体内容具体分析。在抓住儿歌的体裁特点的基础上，我们可以从主题特征、语言特色、音乐美、稚趣美、游戏性、表现手法等方面鉴赏儿歌。如张继楼的《小蚱蜢》:

小蚱蜢，学跳高，
一跳跳上狗尾草。

腿一弹，脚一翘，
哪个有我跳得高?

草一摇，摔一跤，
头上跌个大青包。

从主题和内容来看，儿歌的内容选取了自然界中一只小蚱蜢的生活瞬间，充满自然情趣，内容非常简单浅显。儿歌以小蚱蜢为对象，描写了小蚱蜢跳到草上后又摔下来的情景，塑造了一只骄傲的小蚱蜢的形象。

从儿歌的节奏韵律来看，首先，这是一首三节儿歌，每一节采用的都是儿歌中常见的“三三七”句式，使得句节的形式相呼应，在反复中构成有序的节奏感。其次，每句句末的字分别是“高”“草”“翘”“跤”“包”，句句押“ao”的韵，一韵到底。明快反复的节奏和句句押韵使这首儿歌读起来音韵和谐，生动有趣。

从儿歌的稚趣美来看，这首儿歌采用拟人的表现手法，为了突出小蚱蜢的个性特征，作者采用了多个连续的动词“跳”“弹”“翘”“摇”“摔”“跌”进行描写，寥寥几句就把小蚱蜢得意洋洋但摔了一跤的可笑行为描写得生动传神。整体语言幽默风趣，善意地嘲笑了小蚱蜢骄傲自满的行为，稚拙中透出浓浓的童趣。

从儿歌的游戏性来看，这首儿歌的动作性强，可勾起幼儿比谁跳得高的比赛兴趣，这足以让幼儿玩得很开心。

二、儿歌朗诵与表演

（一）正确把握感情基调

基调，指作品的基本情调，即作品总的态度感情，总的色彩和分量。朗诵时是坚定深沉，还是悲观绝望，或是欢快喜悦，都是感情基调的范畴。要朗诵好儿歌，首先要确定儿歌的感情基调，以便在朗诵时对音色、语气的变化进行处理。如陈伯吹的《摇篮曲》：

风不吹，浪不高，
小小的船儿轻轻摇，
小宝宝啊要睡觉。

风不吹，树不摇，
小鸟不飞也不叫，
小宝宝啊快睡觉。

风不吹，云不飘，
蓝蓝的天空静悄悄，
小宝宝啊好好睡一觉。

这是一首哄幼儿睡觉的摇篮曲，语言典雅，充满着浓浓的母爱。由于是要哄幼儿睡觉，所以朗诵这类儿歌时应以轻柔舒缓为感情基调，要放慢语速，要充满慈爱，声音要舒展。

儿歌的主题往往是积极向上的，或是让幼儿获取知识，或是让其接受道德品质的教育，或是让其养成良好的生活和学习习惯，或是表达对大自然的探索和喜爱等。如《跳绳歌》：

花儿红，鸟儿叫，
柳树底下把绳跳，
单脚跳，双脚跳，
脚步越跳越灵巧。
你也跳，我也跳，
一个挨着一个跳，
挺起胸，向前瞧，
脚儿轻轻别摔跤。

这首儿歌是幼儿跳绳时吟诵的跳绳的技巧，感情基调是欢快高兴、轻松活泼的。大多数儿歌都是欢快喜悦的感情基调，如《拔萝卜》《小老鼠上灯台》等；忧郁悲伤的儿歌难以引起幼儿的共鸣，一般较少出现。还有些儿歌没有明确的主题，但充满快乐的游戏精神，如颠倒歌具有极强的娱乐功能，朗诵时可以以风趣幽默为感情基调。

诵读儿歌要领会感情，把握性格特征，还要注意语气语调。如蒋应武的《小熊过桥》（图 2-9）：

小竹桥，摇摇摇，
有只小熊来过桥。
立不稳，站不牢，
走到桥上心乱跳。
头上乌鸦哇哇叫，
桥下流水哗哗笑。
“妈妈，妈妈你来呀，
快把小熊抱过桥！”
河里鲤鱼跳出水，
对着小熊大声叫：
“小熊，小熊不要怕，
眼睛向着前面瞧！”
一二三，向前跑，
小熊过桥回头笑，
鲤鱼乐得尾巴摇。

图 2-9 《小熊过桥》（邱铃薇画）

在朗诵中，情感要随主人公的经历变化，设身处地地展开思维活动，能像主人公一样在紧张时刻感到畏惧，在取得胜利时感到轻松和愉快。如读到“立不稳，站不牢，走到桥上心乱跳”时，注意让幼儿体会小熊过桥时的紧张心情。又如读“妈妈，妈妈你来呀，快把小熊抱过桥”时，声调要高，语气要急，读得要快一些，让幼儿体会小熊害怕过桥的心情。读“小熊过桥回头笑，鲤鱼乐得尾巴摇”时，让幼儿体会小熊过桥后轻松愉快的心情。

（二）读出儿歌的音乐美

儿歌的本质属性是音乐性，这决定了欣赏它必须以诵读为主要方法。儿歌属于歌谣体，虽然没有严格的格律要求，追求的是自然的节奏和响亮的音韵，但它的语言停顿有一定规律，与古诗（不讲究格律要求，与唐朝的格律诗相对的一种诗歌体裁）很相似，也称半格律诗，诵读欣赏时要注意准确把握音节的变化和节奏。

1. 用“顿”形成鲜明的节奏

在中国民歌和古典诗歌中，一般每两个音节在一起形成一“顿”，有人将“顿”称为音组或者音步。四言诗两顿，音节为二二；五言诗三顿，音节为二二一或者二一二；七言诗四顿，音节为二二二一或者二二一二。这样整齐中有变化，显得生动活泼。儿歌继承了古典诗歌这一特点，只不过一首儿歌语言的句式和字数并不固定，二言、三言、五言、六言和七言间杂运用，但规律与古典诗歌是一样的。如童谣《摇到外婆桥》：

摇，/ 摇，/ 摇，
摇到 / 外婆 / 桥。
外婆 / 叫我 / 好 / 宝宝，

糖 / 一包，果 / 一包，
少吃 / 滋味多，多吃 / 滋味少。

第一句三个“摇”字自然停顿形成三顿，第二句组合成“二二一”三顿，“外婆叫我好宝宝”是“二二一二”的停顿形式。

另外，儿歌的句式以三言、五言、七言综合居多，尤其以三三七句式为典型。三三七句式参差错落，音节自然响亮，韵律优美和谐，幼儿容易学，唱诵起来朗朗上口，非常好听。如：“千条 / 线，万条 / 线，掉到 / 地上 / 看不见，落到 / 水里 / 起泡泡”。

2. 利用押韵形成和谐的韵律

押韵是诗歌音乐美的标志之一。它是字音中韵母部分按规律在一定位置上的重复。同韵收尾能形成声音循环往复的旋律，产生节奏。同一韵母有规律地出现，犹如乐曲中反复出现的一个音符，把整首乐曲贯穿起来。如经典儿歌《小白兔》：“小白兔，白又白，两只耳朵竖起来，蹦蹦跳跳真可爱。”其韵脚是“ai”韵，这个韵是开口呼，发音响亮，欢快明朗。

3. 利用平仄构成鲜明的语音对比

平与仄有音高的对比，平扬仄抑，音节间有对比的形式美。如传统儿歌《数青蛙》就用平仄相对的词语组成诗句（“一只青蛙一张嘴，两只眼睛四条腿，扑通扑通跳下水。”），抑扬顿挫、朗朗上口。

4. 利用叠音字

叠音字是相同字音的重复，有和谐对称的形式美。当它们以音节的“顿”为基础有规律地交替出现时，就能产生具有音调的回环往复的音乐美。如童谣《大公鸡，喔喔叫》：

大公鸡，喔喔叫，
叫醒小弟弟，
去做广播操。
伸伸手，弯弯腰，
蹦蹦跳跳身体好。

这首儿歌一共用了六个叠音词夹杂在不同节奏的歌词中，使得音节在整齐中有变化，活泼灵动。

诵读儿歌时，为了强化儿歌的节奏，可以配合拍手、拍腿、拍肩、点头、跺脚等动作，也可以借助打击乐器或自制乐器来打出节奏，鲜明的节奏可以调动幼儿情绪，使其兴趣盎然地学习儿歌。

诵读儿歌，一方面必须对汉语音韵有一定了解，熟悉古典诗歌、民歌的创作规律及形式特点，具有扎实的语言表达基本功；另一方面要加强对优秀儿歌的阅读和欣赏，不断进行揣摩、练习，提高欣赏水平。

在带领幼儿诵读的过程中，要掌握不同类型儿歌语言的诵读重点。摇篮曲注重的是舒缓的音乐美，烘托语言的舒缓节奏是诵读的关键；数数歌的重点在数目的认识上，诵读时要突出数目的字音；谜语歌里那些生动的比喻是引领幼儿认识事物之间的相关性特征的重要钥匙，从语音上强化这些词语是必要的；而连锁调、问答歌、绕口令、颠倒歌、字头歌等都有自己独特的个性，抓住这些本质特征，在诵读时重点突出相应字词和句子是教幼儿诵读儿歌的关键。

（三）演出儿歌的稚趣美

儿歌表演《小毛驴》

体态也是一种语言，适当使用体态语是辅助有声语言进行表达的有效手段。在表演儿歌时，除了“诵”的口头功夫，还要通过身体形态、手势动作、眼神表情等让儿歌更加生动有趣，这样更能吸引幼儿的注意力。

儿歌表演要注意以下三点：

（1）表情相对夸张。

（2）体态、动作等要与儿歌内容匹配。

（3）体态语运用要恰到好处。体态语运用过多，会干扰儿歌内容的正常表达，分散幼儿的注意力；运用过少，会显得单调，没有趣味性。

三、手指谣游戏动作创编

手指游戏《炒萝卜》

手指谣表演属于儿歌表演类，但是它相对侧重手指的小动作。

手指谣游戏包含专门的手指操和结合作品的手指游戏。其中，专门的手指操是指为了锻炼手指的灵活性而设计的手指活动，包括各个手指的弯曲练习、点指练习、弹指练习、轮指练习以及手指之间的协调配合练习等。

结合儿歌作品创编手指游戏的基本方法和要求如下：

（1）掌握储备手指操基本手型。

（2）动作或手型要与儿歌内容匹配。手指游戏动作是根据儿歌进行创编的，创编的动作和情感要与儿歌内容一致。

（3）创编的动作要符合幼儿各年龄阶段动作发展和心理发展特点，由浅入深，循序渐进。幼儿年龄小，手指的关节和肌肉尚在发育时期。因此，教师设计手指游戏的动作不应太难，变化不宜太多，且动作可多次重复，便于幼儿掌握动作要领。

（4）手指游戏的创编注重互动性。在手指游戏中，注意互动性，幼儿同伴之间可通过凝视、声音交流、身体接触等分享合作与交往的愉悦。

根据儿童心理学的研究，学前儿童重直观行动思维和具体形象思维。直观的动作不仅能让幼儿很好地理解动作，也会调动幼儿的积极性。如在儿歌《小白小白上楼梯》中，手指动作很直观形象地给幼儿展示了上楼梯这个动作，使幼儿学习、记忆的过程更简单。

下面举例介绍手指谣《两个好朋友》、《五只猴子荡秋千》（图 2-10）、《手指爬山》的玩法。

两个好朋友

两个好朋友，（双手握拳，伸出食指）

出来走一走，（一个食指叠在另一个食指上，交替进行）

见面点点头，（两个食指相对弯一弯）
再来握握手。（两个食指拉拉勾）

图 2-10 《五只猴子荡秋千》（林梅榕画）

五只猴子荡秋千

五只猴子荡秋千，嘲笑鳄鱼被水淹。（右手出相应的数字当小猴，左右来回摇晃）

鳄鱼来了鳄鱼来了，嗷嗷嗷。（右手固定，左手五指并拢立起，像鳄鱼游泳状靠近右手，吃掉一根手指）

四只猴子荡秋千，嘲笑鳄鱼被水淹。（右手出相应的数字当小猴，左右来回摇晃）

鳄鱼来了鳄鱼来了，嗷嗷嗷。（右手固定，左手五指并拢立起，像鳄鱼游泳状靠近右手，吃掉一根手指）

三只猴子荡秋千，嘲笑鳄鱼被水淹。（右手出相应的数字当小猴，左右来回摇晃）

鳄鱼来了鳄鱼来了，嗷嗷嗷。（右手固定，左手五指并拢立起，像鳄鱼游泳状靠近右手，吃掉一根手指）

两只猴子荡秋千，嘲笑鳄鱼被水淹。（右手出相应的数字当小猴，左右来回摇晃）

鳄鱼来了鳄鱼来了，嗷嗷嗷。（右手固定，左手五指并拢立起，像鳄鱼游泳状靠近右手，吃掉一根手指）

一只猴子荡秋千，嘲笑鳄鱼被水淹。（右手出相应的数字当小猴，左右来回摇晃）

鳄鱼来了鳄鱼来了，嗷嗷嗷。（右手固定，左手五指并拢立起，像鳄鱼游泳状靠近右手，吃掉最后一根手指）

手指爬山

大拇哥，二拇弟，（分别伸出大拇指和食指）
中鼓楼，四兄弟，（分别伸出中指和无名指）
小妞妞，来爬山，爬呀爬呀爬上山。（伸出小指，在胳膊上爬动）
耳朵听听，（捏捏耳朵）
眼睛看看，（指指眼睛）
鼻子闻闻，（指指鼻子）
嘴巴尝尝，（指指嘴巴）
咯吱一下。（老师挠一下幼儿或幼儿相互挠一下）

四、儿歌创作

（一）儿歌的创编

1. 题材贴近幼儿的生活

围绕幼儿感兴趣或熟悉的美好事物和事件进行创作，如身边的亲人、家庭、幼儿园、小朋友及花鸟鱼虫等。

2. 围绕儿歌的特点进行创作

在语言方面尽量用幼儿能理解的规范准确的词语，力求通俗易懂。在运用韵语上，力求句尾押韵，可以一韵到底或隔句押韵，易于幼儿诵读，幼儿在诵读时也能体会到音乐美和节奏美。如张秋生的《蒲公英》旨在向幼儿讲解自然事物，让他们了解蒲公英繁衍生长的特点。作者抓住了蒲公英和“小伞兵”的相似之处，把蒲公英比作小伞兵，比喻贴切生动，诗句简洁明快，音韵节奏轻松而整齐，鲜明地表现出了儿歌易学易唱的特点。

3. 灵活运用多种表现手法

儿歌常用的表现手法有比喻、拟人、反复、对比、夸张、设问、摹声等，恰当地运用这些表现手法，可让儿歌作品变得形象生动。

（二）儿歌的仿编

仿编儿歌是以原儿歌为基础，按照原儿歌的句式、结构、韵脚来仿写新的儿歌。常用的仿编方法就是词语替换。要求是句式一致、结构相同、字数相等。如仿编“小猫怎么叫？喵喵喵”。前面一句是问句，后面是回答且为重复句。可以仿编为：“小狗怎么叫？汪汪汪”。

（三）儿歌的续编

续编儿歌是指从原儿歌出发，在理解原儿歌内容的基础上，遵循原儿歌的思路，续编原儿歌的后半部分。续编要注意不破坏原作品的整体性，避免文不对题、内容重复、形式错位、押韵不当等问题。续写部分必须与原文保持同一性。所谓同一，即主题同一、线索同一、语言同一。主题同一就是在续写时紧扣原儿歌的中心，使主题得以深化和升华，不得脱离原主题；线索同一就是续写时要遵循原儿歌明示或暗示的线索；语言同一就是要使续写部分与原儿歌保持一样的语言风格。

作为幼儿教师，读懂、读透原儿歌，积极引导幼儿续编儿歌，调动幼儿的经验，发挥幼儿的想象力是关键。如为儿歌《家》续写一句：

蓝蓝的天空是白云的家，
密密的树林是小鸟的家，
绿绿的草地是小羊的家，
清清的河水是小鱼的家，
红红的花儿是蝴蝶的家，
快乐的幼儿园是小朋友的家。
____________________。

这首儿歌的主题是“温馨的爱”；线索是谁在哪里生活，哪里就是家；语言句式结构是“……是……的家”。遵循原儿歌的最后一句升华的思路，儿歌可以续编为：“伟大的祖国是我们的家”。

又如《小板凳》:

小板凳，真听话，
跟我一起等妈妈。
妈妈下班回来了，
我请妈妈快坐下，
______________。

读完最后一句“我请妈妈快坐下”，让幼儿思考：能否说出妈妈坐下后“我”会说什么或做什么呢？如“我请妈妈喝杯茶”“妈妈妈妈辛苦了”都是不错的续编。

五、儿歌教学活动

儿歌教学活动是以儿歌为内容设计组织的语言教育活动。它的主旨是引导幼儿积极主动地学习儿歌，感知文学作品的美，丰富幼儿的语言经验和知识。

优秀的幼儿文学作品如春雨浸润幼儿心田，给幼儿心灵以营养，提升幼儿的审美能力。文学活动不能理解为一个简单的识字、听说、背诵、复述过程，而是教师根据不同的文学体裁特点，开展有趣的文学作品教学活动。在生动有趣的活动中，让幼儿感受到文学作品的美，并潜移默化地对幼儿的语言产生巨大影响。因此，教师应该准确把握幼儿文学的体裁特点，在教学活动中用不同的教学方法彰显不同作品的不同体裁特点。下面介绍六种常见的儿歌教学技巧。

（一）朗诵法

儿歌节奏鲜明、韵律优美，具有欢快明朗的音乐性，这决定了儿歌活动以朗诵为主要方法。儿歌教学的朗诵法有多种形式，教师要巧妙地灵活运用。常见的课堂朗诵方法有：教师示范朗诵法、幼儿分组朗诵法、男女分组朗诵法、分角色朗诵法、配乐朗诵法、朗诵接龙等。

（二）图画法

儿歌教学的图画法即为儿歌配画，根据儿歌内容，画出符合儿歌内容的图画。儿歌配画可以帮助幼儿更加直观形象地感受、理解儿歌。

（三）歌唱法

儿歌教学的歌唱法是儿歌教学的基本形式，也是幼儿音乐的启蒙教育。通过演唱儿歌，培养幼儿对音乐的兴趣，使其愿意参加儿歌咏唱，初步感受儿歌所表现的音乐之美，进一步理解儿歌。学儿歌、唱儿歌，既能培养幼儿的语言能力，又能培养幼儿演唱儿歌的能力，从而有效提高儿歌教学效果。

（四）游戏法

儿歌的游戏性是所有文学体裁中表现得最突出的，因此游戏法是儿歌教学中最典型也是最行之有效的方法。游戏教学法是情景教学法的一种形式，儿歌游戏教学法就是在游戏活动中教授儿歌，伴随着幼儿的活动游戏而吟诵儿歌，能够激发幼儿游戏的兴趣，提升幼儿的愉悦感。幼儿边玩边唱，使整个游戏富有节奏感，从而提高游戏的趣味，丰富游戏的内容。在儿歌教学中加入游戏，让幼儿在游戏中唱儿歌、念儿歌，能最大限度张扬幼儿的天性，调动幼儿学习儿歌的兴趣，使其体验儿歌带来的愉悦，激发幼儿学习儿歌的动力，从而有效促进儿歌教学。

（五）表演法

儿歌教学的表演法就是根据儿歌内容，用表演的形式表达儿歌的主题。幼儿喜欢模仿和表演，这是幼儿阶段幼儿行为所具有的特点。为此，在进行儿歌教学时，根据儿歌的内容辅之以形象有趣的表演，能培养幼儿的肢体语言表现能力，增强学习儿歌的趣味性，加深幼儿对儿歌的感受、体验和理解。

（六）创编法

儿歌教学中，让幼儿调动生活经验和独特体验，进行个性化的仿编和续编等活动，既是儿歌教学的典型环节之一，也是教学方法之一。《幼儿园教育指导纲要》强调："语言能力是在运用的过程中发展起来的，发展幼儿语言的关键是创设一个能使他们想说、敢说、喜欢说、有机会说并能得到积极应答的环境。"而仿编、续编儿歌为幼儿提供了表达的艺术环境。幼儿教师运用儿歌创编法时，要根据幼儿的认知经验、情感经验、语言经验、创作经验进行准备，避免过于简单或过于复杂的情况。

【教学活动案例展示】

小熊过桥

小竹桥，摇摇摇，
有个小熊来过桥。
走不稳，站不牢，
走到桥上心乱跳。
头上乌鸦哇哇叫，
桥下流水哗哗笑。
"妈妈，妈妈你来呀，
快把小熊抱过桥！"

河里鲤鱼跳出水，
对着小熊大声叫：
"小熊，小熊不要怕，
眼睛向着前面瞧！"
一二三，
向前跑，
小熊过桥回头笑，
鲤鱼乐得尾巴摇。

中班语言活动：小熊过桥（文学活动）

【活动目标】

1. 理解儿歌内容和小熊心情，用语言、表情和动作表现出来。

2. 尝试续编儿歌。

3. 懂得遇到困难要勇敢面对。

【活动准备】

1. 经验准备：有过独木桥或平衡木的经验。

2. 材料准备：小熊、鲤鱼头饰，窄小的平衡木。

【活动过程】

一、谈话导入

有一天，小熊出去玩，来到了一条小河边。小熊要过桥了，会发生什么事呢？我们现在一起来听听这首好听的儿歌，儿歌的名字叫《小熊过桥》。

二、整体感知儿歌内容

1. 教师朗诵，引导幼儿理解儿歌内容。

2. 提问：儿歌中都有谁？小熊怎么了？这是一座什么样的小竹桥？小熊过桥了吗？

3. 讨论：小熊这么害怕，它会怎么做？你有什么办法帮助它呢？

三、朗诵、表演儿歌

1. 尝试过平衡木，引导幼儿用动作和表情模拟小熊过桥的样子，体会小熊过桥的心情。

2. 戴上头饰大胆地朗诵儿歌，并用动作和表情表演出来。

四、续编儿歌

小组讨论：小熊是否能大胆地走过小桥呢？

小朋友们，你们猜一猜小熊的妈妈会对小熊说什么呢？小熊最后能够走过小桥吗？

教师请幼儿大胆地表达意见。

五、谈话拓展，情感提升

你们喜欢这首儿歌中的谁？为什么？（引导幼儿理解小熊的勇敢和鲤鱼的乐于助人）

只要我们像小熊一样，大胆地往前走，不要害怕，就能过小桥。小朋友们一定要像小熊一样做一个勇敢的孩子。

【活动延伸】

表演区投放头饰，幼儿到表演区继续表演《小熊过桥》。

◎实践任务

任务一：儿歌鉴赏

任务目标：掌握儿歌鉴赏的方法。

任务材料：儿歌《小雨点》文本。

小雨点

唐邑丰

小雨点，沙沙沙，落在花池里，花儿乐得张嘴巴。
小雨点，沙沙沙，落在鱼池里，鱼儿乐得摇尾巴。
小雨点，沙沙沙，落在田野里，苗儿乐得向上拔。

任务要求：

1. 两个学生分为一组，一起讨论鉴赏作品。
2. 朗读儿歌，注意儿歌的节奏和韵律。
3. 共同讨论后，写出赏析内容。

任务二：儿歌表演

任务目标：熟练掌握儿歌表演的方法。

任务材料：儿歌《小白兔过桥》文本。

小白兔过桥

小白兔，过小桥，
走到桥上瞧一瞧：
山羊公公过来了，
摇摇摆摆走上桥。
小白兔，往回跑，
站在桥头把手招：
“山羊公公，您走好！
山羊公公，您先过桥。”
河水听了哗哗笑，
小鱼听了蹦蹦跳。
都夸白兔有礼貌。

任务要求：

1. 表演儿歌。要求普通话标准，语气、语调、动作、表情符合儿歌内容，有感染力。
2. 模拟组织 5～6 岁幼儿学儿歌的活动，活动有趣，能吸引幼儿参与，有利于幼儿熟悉、理解、朗诵儿歌。
3. 请在 10 分钟内完成任务。

（材料来源于 2018 年 5 月福建省教师资格考试面试真题）

任务三：儿歌续编

任务目标：通过训练，能够熟练掌握儿歌续编的方法。

任务材料：儿歌《谁的耳朵》文本。

谁的耳朵

谁的耳朵长？驴的耳朵长。
谁的耳朵短？马的耳朵短。
谁的耳朵遮着脸？象的耳朵遮着脸。

谁的耳朵尖？猫的耳朵尖。

谁的耳朵圆？猴的耳朵圆。

谁的耳朵听得远？狗的耳朵听得远。

任务要求：

对所给儿歌进行续编。

任务四：手指游戏演示

任务目标：熟练掌握手指游戏的玩法。

任务材料：

1. 儿歌《睡午觉》文本。
2. 手指游戏图片。

睡 午 觉

枕　头　放 放　平，

被　子　盖　盖　好。

小　枕　头，小　被　子，

跟　我　一　起　睡　午　觉，

看　谁　先　睡　着。

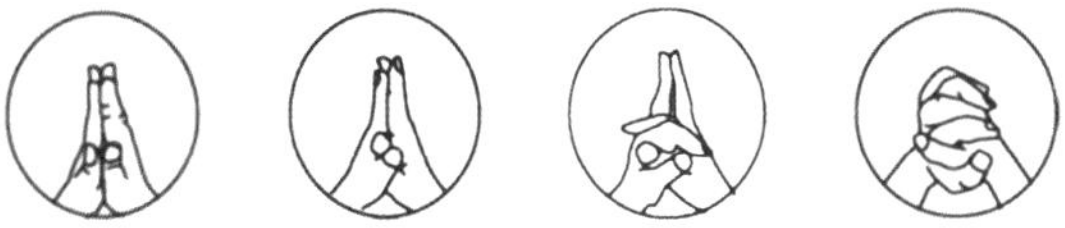

任务要求：

1. 请依据最后的四幅图，先把儿歌续编完整，然后完整地表演这个手指游戏。
2. 模拟演示：面向幼儿进行游戏难点部分的讲解和示范。

3. 两人一组，请在10分钟内完成上述任务。
4. 说出幼儿手指游戏的教育价值。

◎经典推荐

一、经典儿歌作家推荐

（一）陈伯吹

陈伯吹（1906—1997），上海宝山（原江苏省宝山县）人。原名陈汝埙，曾用笔名夏雷。陈伯吹是中国著名的儿童文学作家、翻译家、教育家。他把毕生精力奉献给儿童文学事业，是中国儿童文学的一代宗师，“中国现代儿童文学的先驱与奠基人”，在海内外享有极高的声誉，被誉为“东方安徒生”。他为中国儿童文学事业作出了杰出的贡献。他的儿童文学创作、翻译和理论研究是中国儿童文学的宝贵遗产。著有童话集《一只想飞的猫》、评论集《儿童文学简论》等。1981年，他创立陈伯吹儿童文学园丁奖，鼓励国内作家参与儿童文学创作。2014年此奖正式更名为“陈伯吹国际儿童文学奖”。

陈伯吹16岁当小学教师，并在业余进行文学创作活动。1927年出版中篇小说《学校生活记》。1930年主编《小学生》半月刊，并编辑“小朋友丛书”。“九一八”事变后，创作了中篇童话《阿丽思小姐》《华家的儿子》，小说《火线上的孩子们》，童话《波罗乔少爷》。1934年起，陈伯吹任儿童书局编辑部主任，并在上海幼儿师范学校任教。1946年，他与教育家李楚材发起组织“上海儿童文学工作者联谊会”，开展儿童文学的创作和理论研究。这时期他创作的儿童文学作品有：诗歌《下雪了》《童话》《小鸡出壳》《老虎的尾巴》，童话《不勇敢的稻草人》《甲虫的下场》《井底下的四只小青蛙》，小说《亲爱的山姆大叔》，散文《希望的塔》《光明的烛》，翻译作品《小夏蒂》，等等。此外，还有散文集《三门峡工地两少年》及理论著作《儿童文学简论》《作家和儿童文学》《儿童文学研究》等。半个多世纪以来，陈伯吹坚持不懈地在儿童文学园地上耕耘，写下了近70部著作。

陈伯吹的幼儿故事取材广泛，深入到学校、家庭和幼儿生活的方方面面，描写细腻，特别是对幼儿心理的细微描写是他的一大特点，如《爱的教育》《爬上去摘颗星星下来》等都是这样风格的幼儿故事。陈伯吹认为，幼儿天性爱唱歌、爱朗诵。幼儿诗歌这一体裁对幼儿来说，比较亲切而又适合。因此他的幼儿诗歌音韵和谐优美，朗朗上口，具有独特的意蕴。《摇篮曲》是陈伯吹的幼儿诗歌代表作，整首诗一韵到底，句句押韵，语音和谐流畅，轻柔优美，是摇篮曲中的精品。

（二）张继楼

张继楼（1926—　），江苏宜兴人。1946年开始发表作品，著有《营帐边有一条小河》《在城市的大街上》《在农村的田野上》《童年的水墨画》《夏天到来虫虫飞》《种子坐飞机》《彩色的童年》《张继楼儿歌》《张继楼儿童文学选》等27部作品。

1953年以后，张继楼以儿歌、儿童诗为主进行儿童文学创作。张继楼既受家乡苏南的童谣和民间故事的熏陶，又因为1949年以后长期在重庆工作，受巴蜀民间文化影响，因此其创作有四川儿歌的风格，诙谐热闹，饶有趣味，典型的如《东家西家蒸馍馍》《夏天到来虫虫飞》《小蚱蜢》等。

（三）鲁兵

鲁兵（1924—2006），浙江金华人。原名严光化，笔名鲁兵、严冰儿。曾任中国人民解放军某部宣传干事，1955年转业到少年儿童出版社任编辑、编辑室主任、编审。他曾任中国出版协会幼儿读物研究会会长、上海市作协理事、上海市诗词协会理事。他既是编辑又是儿童文学作家，曾编辑过《中国儿童时报》《童话连篇》《小朋友》《365夜故事》《365夜儿歌》《365夜谜语》等儿童读物。他还节编了古典文学作品《水浒传》《西游记》《说岳全传》，改写作品有《小西游记》《包公赶驴》等。代表作《哪吒闹海》更是广为人知，并被译成英、法、日等国文字。

鲁兵于1946年开始发表作品，写了不少优秀作品，儿歌集《好乖乖》，童话诗《老虎外婆》《小猪奴尼》《春天里、夏天里、秋天里、冬天里》均获全国首届幼儿读物编著奖。

鲁兵熟悉幼儿的生活、心理和性格特点，十分重视读者对象的特殊性，强调儿童文学作品"要适应各个岁数的孩子的接受力、理解力和兴趣爱好"。他创作的作品对幼儿外在神态和心理的刻画都活灵活现，再加上他的文字功底好，常常用儿歌形式给幼儿写故事，既充满童趣，读起来又朗朗上口，教育与娱乐水乳交融，充满轻松愉快的气氛。《小猪奴尼》《顶顶小人》等都是妈妈们念不厌、孩子们听不够的好故事。

（四）圣野

圣野（1922—　），浙江东阳人。原名周大鹿，现名周大康，曾用过叶梦寒、谢布谷等笔名。当代儿童文学作家。1947年参加《中国儿童时报》的编辑工作，他的第一部儿童诗集是《小灯笼》。1957年起主编《小朋友》杂志，此后长期从事编辑工作，业余创作了大量儿歌、儿童诗和其他体裁的儿童文学作品。他的作品多次获全国奖，出版有《欢迎小雨点》《和太阳比一比》《奶奶故事多》《春娃娃》《神奇的窗子》《竹林奇遇》等40多部儿童诗集，一些诗作曾多次被译介到国外。

圣野长期深入幼儿生活，常从中选材加以艺术再现。因为取材鲜活，所以他的诗歌生动有趣，贴近幼儿生活，富于幼儿情趣，在幼儿中广为流传。

圣野的儿歌代表作有《扮老公公》《雷公公和啄木鸟》《小狗熊》《都是好孩子》《河边星星挤星星》等。

二、经典儿歌作品推荐

（一）薛卫民《蘑菇出来戴草帽》

天上下雨，地上冒泡儿。
蘑菇出来，顶个草帽儿。
小兔看见，乐得直跳。

挎个小筐儿，边采边笑！

（二）张继楼《扣纽扣》

一个眼，
一个扣，
我帮它们手拉手，
结成一对好朋友。

（三）金近《大西瓜》

大西瓜，
圆又圆，
切开就变两大碗。
你吃一大碗，
我吃一大碗，
留下空碗当小船。

（四）鲁兵《太阳公公起得早》

太阳公公起得早，
他说：
“宝宝在睡觉，
我去叫一叫。”
他爬上窗口瞧一瞧，
“咦，宝宝不见了。”

宝宝到哪里去了？
宝宝到哪里去了？
宝宝在院子里，
一二三四做早操。

太阳公公瞧见了，
太阳公公眯眯笑。
他说：
“宝宝是个好宝宝！”

（五）圣野《好孩子》

张家有个小胖子，
自己穿衣穿袜子，
还给妹妹梳辫子。
李家有个小柱子，
天天起来叠被子，
打水扫地揩桌子。
王家有个小妮子，
找了钉子小锤子，
修好课堂小椅子。
周家有个小豆子，
拾到一个皮夹子，
还给后院大婶子。
小胖子、小柱子，
小妮子、小豆子，
他们都是好孩子。

（六）手指谣《手指变变变》

一个手指头，变啊变啊变，变成毛毛虫，爬爬爬爬爬爬。

两个手指头，变啊变啊变，变成小白兔，跳跳跳跳跳跳。
三个手指头，变啊变啊变，变成小花猫，喵喵喵喵喵喵。
四个手指头，变啊变啊变，变成花蝴蝶，飞飞飞飞飞飞。
五个手指头，变啊变啊变，变成大老虎，啊呜。

（七）传统童谣《山上有个木头人》

山山山，
山上有个木头人；
三三三，
三个好玩的木头人。
不许说话，不许动！

（八）传统童谣《板凳歪歪》

板凳板凳歪歪，里面坐个乖乖；
乖乖出来买菜，里面坐个奶奶；
奶奶出来烧汤，里面坐个姑娘；
姑娘出来梳头，里面坐个小猴；
小猴出来作揖，里面坐个公鸡；
公鸡出来打鸣，里面坐个豆虫；
豆虫出来咕咕叫，咕咕叫。

（九）绕口令《墙上一个鼓》

墙上一个鼓，鼓上画老虎。
老虎扯破鼓，拿块布来补。
到底布补鼓，还是布补虎？

（十）鲁兵《背小猪》

背小猪，背小猪，
我的小猪胖嘟嘟。
谁要买，快快来，
妈妈说她不要买。
谁要买，快快来，
外公说他没钱买。
只有外婆眯眯笑：
“人家不买我要买。”
她把小猪抱过来，
拍拍小屁股，
摸摸小脑袋，
她叫小猪好乖乖。

（十一）杜风《绵羊和山羊》

绵羊角儿，
转个弯儿，
山羊角儿，
戳个尖儿，
山羊绵羊，
排成队儿，

剪下羊毛，
织成线儿、
衫儿和毯儿。

（十二）徐青《好孩子》

擦桌子，抹椅子，
拖得地板像镜子，
照出一个小孩子。
小孩子，卷袖子，
帮助妈妈扫屋子，
忙得满头汗珠子。

（十三）问答歌《什么虫儿空中飞》

什么虫儿空中飞？
什么虫儿树上叫？
什么虫儿路边爬？
什么虫儿草里跳？

蜻蜓空中飞，
知了树上叫，
蚂蚁路边爬，
蚱蜢草里跳。

（十四）闽南童谣《天黑黑》

天黑黑要落雨，阿公仔举锄要掘芋。
掘呀掘，掘呀掘，掘着一尾旋留鼓。
咿呀嘿嘟真正趣味。
天黑黑要落雨，阿公仔举锄头要掘芋。
掘仔掘，掘呀掘，掘着一尾旋留鼓。
咿呀嘿嘟真正趣味。
阿公要煮咸，阿妈要煮淡，
两人相打弄破鼎，咿呀嘿嘟叱咚隆咚呛，
哇哈哈。

（十五）福州童谣《月光光》

月光光，照池塘，
骑竹马，过洪塘。
洪塘水深不得渡，
娘子撑船来接郎。

问郎长，问郎短，
问郎几时返？

（十六）长汀童谣《鸡公子，啄尾巴》

鸡公子，啄尾巴，
啄到婆婆树兜下。
婆婆出来看鸡子，
姐姐出来拗桃花。
桃花开，李花开，
张郎打鼓李郎吹。
吹到姐姐心哩化化开。

长汀童谣《鸡公子，啄尾巴》

◎思考与练习

1. 思考：儿歌的特点主要体现在哪些方面？
2. 自选儿歌作品进行朗诵表演训练。
3. 以“彩笔”为题，创作一首儿歌。
4. 以小组为单位，自选儿歌，为儿歌设计手指游戏玩法，并在班上进行展示。
5. 举办一场童谣吟诵会。

探寻三　幼儿诗综合实践

◎学习目标

【知识目标】

1. 了解幼儿诗的起源与发展概况。
2. 掌握幼儿诗的概念、分类与特征。
3. 熟悉幼儿诗的经典作家作品。

【技能目标】

1. 赏析具体的幼儿诗作品，掌握赏析的角度、内容。
2. 能够对幼儿诗的朗诵、表演进行专业指导。
3. 掌握幼儿诗与儿歌之间的异同点。
4. 掌握创编幼儿诗的方法。
5. 掌握幼儿诗教学活动的方法。

【素质目标】

1. 通过欣赏体会幼儿诗优美的意境和丰富的想象，感受幼儿诗的美，提高感受美、表现美的情趣和能力。
2. 喜欢幼儿诗，培养热爱自然、热爱生活的美好情感，增强情感认知，在各种情感体验中体味幼儿诗的魅力。
3. 能够把中华优秀传统文化发扬光大，坚定文化自信。

◎知识殿堂

一、幼儿诗概述

（一）幼儿诗的起源与发展

中国有着悠久的诗歌创作历史，是个不折不扣的诗歌大国，但在很长时间内，幼儿诗独立的创作体系并不存在。古代也有许多诗人偶尔会创作一些浅显易懂的诗作，但从数量上来说只是极少的一部分，而且这些作品也是遵循当时成人诗歌创作的体式，并非专门为幼儿创作的作品。

尽管如此，中国古代也并不缺乏适合幼儿诵读的诗歌，人们从庞大的诗歌体系中挑选出一些内容相对浅显且韵律自然优美的古典诗歌来供幼儿诵读，例如李白的《静夜思》、孟郊的《游子吟》、孟浩然的《春晓》等，这些作品诵读起来朗朗上口，通过幼儿反复吟诵达到教化的目的。古代也有一些孩童自己写的诗作，流传最广的莫过于唐代诗人骆宾王七岁时所作的《咏鹅》了。另外，明代的解缙五六岁时，有一天，他的族祖与他逗趣，问他："你这小孩喜欢什么？"解缙不假思索，吟咏了一首五言绝句作为回答："小儿何所爱？爱者芝兰室。更欲附飞龙，上天看红日。"可见，孩童的好奇心、想象力是多么的大胆、自由，就像如今乘坐宇宙飞船去探索太空奥秘一般，亦真亦幻。

现代意义上的幼儿诗概念，是从"五四"以后从西方传来的自由体新诗中演变发展而来。随着白话文自由诗的诞生，语言浅白、韵律自由的儿童诗（含幼儿诗）也随之蓬勃兴起。

"五四"时期，陆续出现了真正现代意义上的幼儿诗。当时的许多文化名人，如胡适、叶圣陶、郑振铎、刘半农、黎锦晖、刘大白、汪静之等都曾经创作过幼儿诗。如胡适的《湖上》：

水上一个萤火，
水里一个萤火，
平排着，
轻轻地，
打我们的船边飞过。
他们俩儿越飞越近，
渐渐地并作了一个。

20 世纪 30 年代，著名教育家叶圣陶、陶行知等人为幼儿专门创作了一些经典的幼儿诗。如陶行知的《红叶》：

飞，飞，飞，
满天的飞。

哪儿来这些蝴蝶?
原来是红叶。

中华人民共和国成立后，幼儿诗进入了一个新的发展阶段，特别是20世纪80年代以来，幼儿诗创作迅速繁荣，涌现出很多的诗人和作品，相关的文学理论研究活动也很活跃。影响较大的诗人有任溶溶、圣野、鲁兵、金近、袁鹰、柯岩等。另外，金波、张秋生、黎焕颐、樊发稼、郑春华、程逸汝、聪聪等作家出现，创作了一大批高质量的幼儿诗。我国台湾地区的儿童诗人谢武彰、林焕彰、林宪武等人也创作了不少经典的幼儿诗。

新时代文艺创作更加注重立足本土、深植时代，整体格局和气象令人耳目一新。党的二十大报告指出，坚持和发展马克思主义，必须同中华优秀传统文化相结合。只有植根本国、本民族历史文化沃土，马克思主义真理之树才能根深叶茂。中华优秀传统文化源远流长、博大精深，是中华文明的智慧结晶，同社会主义核心价值观主张高度契合。我们必须坚定历史自信、文化自信，坚持古为今用、推陈出新，把马克思主义思想精髓同中华优秀传统文化精华贯通起来。随着人们对幼儿教育工作的重视程度不断提升和对幼儿教育规律的认识不断深入，我们相信，幼儿诗的创作和发展将更加繁荣兴盛。

（二）幼儿诗的概念

幼儿诗是适合幼儿听赏、诵读的自由体短诗，抒幼儿之情，寄幼儿之趣，能够为幼儿所理解和喜爱，符合他们的心理和审美特点的一类诗歌。

目前，幼儿诗的范畴大致有三类:

（1）幼儿自己创作的诗歌。

（2）文人墨客或者成人专门为幼儿创作的诗歌。

（3）幼儿能够理解接受并乐于欣赏的诗歌，但又不属于以上两类诗歌的范畴。

幼儿诗是诗歌，就必须符合诗歌的文学审美特征，它熏陶并传递着人类最真挚最热烈的情感，在幼儿心中播撒下真、善、美的种子。但是，“幼儿”二字又让幼儿诗独具个性，那便是必须符合“契合幼儿的心理特点”“适合幼儿阅读欣赏”的要求。我国著名儿童诗人金波曾经写道:“中国是一个诗的国度，儿童诗是这个国度里的一朵奇葩。诗是天籁的声音，是大自然赋予人类最美好的礼物之一。”的确，好的幼儿诗会让幼儿的心灵世界充实，让幼儿的情感生活丰富，让幼儿的想象天地广阔。

总之，幼儿诗融合了诗情和童心，带着对幼儿的爱和理解，把幼儿引入充满想象、充溢真情的艺术乐园。幼儿的童真、无邪、率直、超越世俗、敢于幻想，为诗歌的创作注入了最为可贵的诗性因素，并为幼儿诗带来了独特的诗歌艺术魅力。

（三）幼儿诗的特征

成人诗歌在意境创造上显得空灵朦胧，在意象构造上显得虚幻玄妙，在语言组织上显得陌生奇妙。显然，幼儿诗与之相比，呈现出明显不同的特征。幼儿诗重在表现幼儿的情感、兴趣和体验，以幼儿为本位，体现幼儿心理与意识。同时，幼儿诗还重在表现幼儿活泼的天性、天马行空的幻想及其成长过程中的各种经历。

幼儿诗作为诗歌，必须具备诗歌类作品的共同特征，即诗歌的情志、意象和韵味等。但由于接受对象的特殊性，幼儿诗必须站在幼儿的立场，抒发幼儿情感，彰显幼儿情趣，这样就使得幼儿诗呈现出属于自己的鲜明特征。

1. 率真明朗的情感

诗歌的美，首先是抒情的美。抒情性是诗歌最本质的艺术特征，也是幼儿诗的内在生命。

中国古代诗歌理论主张“诗言志”“诗缘情”。严羽在《沧浪诗话》中说过这样的话：“诗者，吟咏性情也。”其实质就是强调诗歌的抒情性。抒情性是诗歌最本质的艺术特征。它通过凝练、形象、生动的语言去抒发浓烈的情感，营造优美的意境去拨动读者的心弦，引起读者丰富的联想和情感的共鸣。

幼儿诗要满足幼儿的精神需求，表现幼儿眼中的生活、世界，书写幼儿的情感体验，因而诗歌里总会闪烁着幼儿的眼睛，回响着幼儿的声音，诉说着他们小小世界里的探索与发现，吟唱幼儿的喜怒哀乐和天真烂漫。幼儿诗同时又渗透着诗人的审美评价，天真、纯洁、直率、质朴、明朗的情感，简单真实，又生动有趣。只有这样的情感，才能引起幼儿读者的共鸣，给他们稚嫩的心灵带来快乐、温暖和力量。如樊发稼的《小雨点》：

小雨点，你真勇敢！
从那么高的天上跳下来，
一点儿也不疼吗？

幼儿的世界有着明显的“泛灵化”倾向，世间万物在幼儿世界里都被“人格化”。他们认为小雨点和自己一样拥有生命，富含情感。这首诗歌短小精悍，通过小主人公对小雨点的夸赞和询问，把幼儿内心深处关爱生命的真挚情感表达得淋漓尽致。尽管这份情感略显稚嫩，但却明朗率真，真切的情感、有趣的情致都让人感觉温暖。

2. 新颖巧妙的构思

幼儿诗致力于创造幼儿视野中独特的诗歌形象，除了需要诗人有幼儿般丰富的想象、卓越的语言功底以及多种多样的艺术表现手法外，还需要有新颖巧妙的构思。幼儿诗构思的巧妙表现在多个方面，有的侧重于内容，有的侧重于形式。如鲁兵的《呱》：

呱
呱呱
呱呱呱
我是青蛙
小虫吃庄稼
我就马上
捉住它
呱呱
呱

又如任溶溶的《我给小鸡起名字》:

一、二、三、四、五、六、七，
妈妈买了七只鸡，
我给小鸡起名字：
小一、
小二、
小三、
小四、
小五、
小六、
小七。

它们一下都走散，
一只东来一只西。
于是再也认不出，
谁是小七、
小六、
小五、
小四、
小三、
小二、
小一。

诗歌的形式之美是诗人特意创造出来吸引幼儿注意力的。这首诗歌特意将“小一、小二、小三、小四、小五、小六、小七”七只小鸡，按阶梯状排列起来，就像一只只小鸡跑开了，显得七零八落的样子，以突出聚拢又走散的形态，错落有致，节奏与诗歌情感的抒发相互呼应，有趣而生动，这种外在形式上的富有动态的精巧构思本身就对幼儿有着很强的吸引力。

另外如舒兰的《虫和鸟》:

我把妈妈洗好的袜子，
一只一只夹在绳子上，
绳子就变成了一只多足虫，
在阳光中爬来爬去。

我把姐姐洗好的小手帕，
一条一条夹在绳子上，
绳子就变成了一群白鹭鸶，
在微风中飞舞，飞舞。

这首幼儿诗用幼儿的眼光去观察世界，展开想象，诗人运用精巧的构思，将奇思妙语通过想象环环相扣，将平凡的日常生活化为余味无穷的诗意。

3. 充满动感的鲜明意象

诗歌离不开意象。意源于心，是内在的抽象的心意；象是外在具体的物象，是意的寄托物。诗人对事物心有所感，将之寄托于具体的物象，在物象中融入自己的感情色彩，即所谓的意象。

幼儿思维以具体形象思维和具体行动思维为主，所以幼儿诗往往有比较直观的画面和形象。幼儿诗的形象可观可感，具体鲜明，充满动感，借助于幼儿听得见的声音、看得见的色彩、闻得到的味道等意象，触动幼儿的心灵，打动他们的思想感情。如金波的《小树谣曲》：

小树
在春风里摇，
绿了嫩芽，
绿了树梢。

小树
在春风里摇，
红了花蕊，
红了花苞，

它召唤来
爱唱歌的小鸟，
和它说：
“等我长成大树，
狂风来了，
也吹不倒；
你就在
我的枝叶间，
筑温暖的巢。”

幼儿天生好动，他们对那些活动、行动着的事物最感兴趣；他们的情感也是起伏多变的，幼儿诗的作者们总是使诗歌里的形象具有动感，动作性强。如林武宪的《阳光》：“阳光在窗上爬着，阳光在花上笑着，阳光在溪上流着，阳光在妈妈的眼里亮着。”诗人用幼儿喜欢的动作“爬”、喜欢的状态“流”“亮”及喜欢的表情“笑”来为幼儿描绘阳光的顽皮、可爱，形象鲜明，能看得见、摸得着，鲜活而生动。最后一句“阳光在妈妈的眼里亮着”，体现了母爱的伟大，实现了幼儿文学的终极目标——在幼儿的心中种下真、善、美的种子。

4. 童稚清新的意境

没有意境的诗就不是好诗，幼儿诗也不例外。何为意境？顾名思义指文艺作品或者自然景象所表现出来的情调和境界。意境，是情景交融，是诗人得到的一种画面形象之外的更丰盈的艺术审美空间。意境是衡量诗歌艺术性强弱的重要标准。幼儿诗意境的营造离不开幼儿情趣，它存在于幼儿诗满蕴的童真童趣中，存在于幼儿诗描绘的画面中，或有幼儿奇特的想象，或有幼儿稚气的疑问，或有幼儿真诚的行为，或有幼儿所思与所行之间的矛盾。于是，此“情”和此“景”浑然天成的结合就构成了与成人诗歌完全不同的生动、清新的意境。如刘得庆的《大雁》：

大雁排着队，
飞向南天。
是去旅游吗？
去看外婆吗？
不，它们是去那里
驮回春天。

这首短诗不仅把大雁南飞的画面展示在幼儿面前，更是从幼儿的心理出发，通过两个充满稚拙美的想象性问句，引出“是去那里驮回春天”的点睛之笔，意趣盎然，表达

了幼儿对春天的向往与热爱。又如林焕彰的《妹妹的红雨鞋》:

妹妹的红雨鞋,
是新买的。
下雨天,
她最喜欢穿着
到屋外去游戏。
我喜欢躲在屋子里,
隔着玻璃窗看它们
游来游去,
像鱼缸里的一对
红金鱼。

这首幼儿诗是用童心童趣来诗化客观事物,带着对自然的美好情愫,用想象描绘出一幅生动的画面:妹妹穿着她的红雨鞋在雨中嬉戏。雨鞋变成了“红金鱼”,这个比喻别出心裁,不仅使妹妹活泼可爱的形象跃然纸上,也使整首诗洋溢着动感,让人回味无穷。

5. 浅近明快的语言艺术

诗歌是最凝练的语言艺术,特别讲究语言的凝练和修辞手法的运用。主要的修辞手法有比喻、夸张、排比、对比、重叠、比拟等。幼儿诗为幼儿学习驾驭语言提供了优良的条件,能让幼儿在优美的语言环境中学习语言、丰富词汇,提高他们的语言鉴赏能力,同时使他们得到诗歌之美的熏陶。

我们除了用最精粹、最富于表现力的语言来表达诗歌丰富的内涵外,还要考虑幼儿的接受能力,生理及心理发展的阶段性特征,凸显幼儿个性,因此诗歌语言在凝练之余要兼顾浅近易晓。如谢武彰的《早・晚》:

早上,我醒了。
妈妈,早安。
爸爸,早安。
太阳,早安。
晚上,我要睡了。
爸爸,晚安。
妈妈,晚安。
星星月亮,晚安。

这首诗歌的描写对象是幼儿所熟悉的,从描写幼儿日常的生活场景开始,自然地延伸到对天地宇宙的问候,诗意也从单纯中生发出一种深刻。

幼儿诗注重旋律的优美、语音的变化,要尽量用口语,并与音乐性结合,用富于音乐性的语言传情达意，塑造鲜明的形象和表达深刻的思想。金波说过：“幼儿诗歌是一种听觉艺术，它虽然也和其他文字作品一样印在纸面上，但这些书的服务对象常常并非‘读者’而是‘听众’，他们对于声音不但敏感，而且要求悦耳，这就是诗的音乐性。”幼儿的语言能力尚处于发展期，因此创作时，“作者要努力提炼儿童的口语”，口语入诗，既可使幼儿诗语言深浅适度，易诵易唱，朗朗上口，帮助幼儿理解诗歌的内容，也可使幼儿感受到诗的音乐性。切忌使用生僻拗口的语词。如刘饶民的《摇篮》，就是一首口语化与音乐美有机结合的好诗：

天蓝蓝，
海蓝蓝，
小小船儿当摇篮。
海是家，
浪做伴，
白帆带我到处玩。

这首诗一韵到底，语音流畅，且无一生词僻字。更可贵的是，诗人一下子就把海边孩子的生活背景和盘托出，描绘出一幅海天一色、广阔无边的美丽风景画，也写出了渔家孩子热爱大海的情怀和敢于一人闯世界的志向。

6. 饱含童趣的想象

幼儿有着极其丰富的想象力，对于幼儿来说，世界是五彩斑斓的。显而易见，具备丰富想象力的诗歌可以带给幼儿无穷的乐趣，引导他们展开想象的翅膀，陶醉在想象的美妙天地。幼儿诗凭借幼儿天真、活泼、幼稚的想象而韵味悠长。

艾青认为，“诗人最重要的才能是运用想象”。诗人圣野曾经说：“没有翅膀，没有鸟；没有想象，没有诗。”艺术魅力来源于以丰富的生活为基础的想象，而诗歌和想象是密不可分的。诗人创作幼儿诗时要营造想象空间，就要用心灵和幼儿对话。想象力丰富的诗歌，不仅能受到幼儿的喜爱，也能引导他们更好地展开想象的翅膀，如张国春的《春天是这样来的》：

叮咚，叮咚，
小溪试了试清脆的嗓子，
啊，春天是唱着歌来的！

呼啦，呼啦，
柳枝弯弯柔软的腰，
啊，春天是跳着舞来的！

毕剥，毕剥，
春笋在泥地里快活地拔节，
啊，春天是放着鞭炮来的！

全诗使用拟人手法表达想象，语言简洁明了，自然流畅，身、形、动作、节奏兼有，稚拙活泼，充满童趣，生动地描绘了小溪、柳枝、春笋的形象特征，可使幼儿在吟唱模仿中培养语感，展开想象，受到清新绚丽的大好春光的熏陶。

幼儿是最富于想象力和联想力的，他们总是用自己创造性的想象来认识并诠释世界上的一切事物。在通过他们的想象而变得诗化的世界里，花儿会笑、鸟儿会唱、草儿会舞、鱼儿会说……如中国台湾作家方素珍的《怎么办》：

小虫写信给蚂蚁
他在叶子上
咬了三个洞
表示我想你

蚂蚁收到他的信
也在叶子上
咬了三个洞
表示看不懂

小虫不知道蚂蚁的意思
蚂蚁不知道小虫的想念
怎么办呢？

诗歌起语就把小读者从现实生活引领到一个“小虫写信给蚂蚁”的神奇世界，并描写小虫“在叶子上”“写信”，用“三个洞”表示“我想你”；蚂蚁收到信后也“在叶子上咬了三个洞”表示“看不懂”。诗歌笔触细腻而稚气，很容易让幼儿“由物及人”、由“诗”及“己”，和诗人一起展开想象的翅膀，在童话般的诗歌世界里进行快乐的精神旅行，感悟诗意之所在。用“洞”代替“字”写信，双方都看不懂，诗人又巧妙地以“怎么办呢？”将小读者带回现实生活中。全诗没有一句抽象的说理，然而，劝学之道清晰易懂。

二、幼儿诗的分类与形式

按照表达方式来分，幼儿诗可以分为抒情诗和叙事诗；按照表现形式来分，幼儿诗可分为古典诗、自由诗、散文诗、民歌体等；按照题材来分，幼儿诗可以分为自然诗、生活诗、童话诗、寓言诗、科学诗等；按照诗歌表现的内容来分，幼儿诗可以分为抒情诗、叙事诗、古典诗、童话诗、散文诗、自然诗、生活诗等。因此，一首幼儿诗若从不同的角度看，就会有不同的类型名称。下面不以某一种分类标准为限制框架，只介绍常见的幼儿诗类型。

（一）抒情诗

抒情诗是诗歌的典型形式，以抒发诗人的感情为主，或直抒胸臆，或触景生情，或借古咏怀，或托物言志。幼儿抒情诗的作者多为成人，它所抒发的感情是作者站在幼儿视角的真切体验，其情感是纯真、质朴的，基调是明朗的。

幼儿抒情诗很少直接抒发抽象的感情，它常常借助幼儿熟悉的特定事物或事件，通过描写对生活的感受或歌颂人和事，创设与幼儿经验相关联的意象来表达丰富、细腻的情感。如乔羽的《让我们荡起双桨》、柯岩的《我的爷爷》、唐奇的《小溪流》、杨唤的《家》、高帆的《我看见了风》等，都是幼儿抒情诗的经典之作。再如金波的《如果我是一片雪花》：

如果我是一片雪花，
你猜，我会飘落到
什么地方去呢？

我愿飘落到小河里，
变成一滴水，
和小鱼小虾游戏。

我愿飘落到广场上，
堆个胖雪人，
望着你笑眯眯。

我更愿飘落在妈妈的脸上，
亲亲她，亲亲她，
然后就快乐地融化。

《如果我是一片雪花》表达了一个幼儿对妈妈天真的依恋和爱。通过“飘落的雪花”的意象，诗歌自然而又充分地表达了这份依恋和爱。

（二）叙事诗

幼儿叙事诗是诗人以幼儿的口吻，运用诗歌的语言，通过某一特定的生活场景，表现人物或事件的相互联系，创造优美的意境，真实地表达情感的文学样式。幼儿诗的叙述对象，既可以是幼儿日常生活的内容，也可以是一个虚构的故事，即幼儿诗可分为写实的叙事诗和非写实的叙事诗。

幼儿叙事诗大多依靠情节或人物串联诗歌，但不一定要求故事情节完整，情节结构允许较大的跳跃，是带着浓郁的诗情去描写人和事。幼儿喜欢读那些有人物和情节的叙事诗。诗人郭小川曾经说过：“奇”“美”“情”三个要素，“都是好的叙事诗所需要的”。“奇”是指叙事诗中要有巧妙的情节安排；“美”是指诗歌要用精粹的语言、生动的形象构成优美的意境；“情”是指诗歌要抒发饱满的情感，具有盎然的情趣。

幼儿叙事诗中的故事多以幼儿的日常生活或者游戏情景作题材，通过具体的叙事与描摹突出要表达的思想感情。例如任大霖的《我们院子里的朋友》、任溶溶的《你们说我爸爸是干什么的？》、马尔夏克的《笨耗子的故事》等都是十分优秀的叙事诗。再如张秋生的《半个喷嚏》：

这座大楼里，
谁有他娇气？

“啊——啊——”
他刚想打个喷嚏，
正巧奶奶走过来，
问了他一个问题。

由于奶奶的打岔，
他再也打不出下半个喷嚏。
小东西又叫又嚷，
要奶奶赔他半个喷嚏。

他和奶奶怄气，
从早晨一直闹到夜里。
无论奶奶说什么话，
他都噘着嘴巴爱搭不理。

窗外刮起了北风，
奶奶叫他快穿上毛衣。
他却犟着脑袋，
偏偏走到阳台上去。

还没等到吃晚饭，
他就又是眼泪又是鼻涕。

老天满足了他的要求，
一连赔了他二十个喷嚏！
……小东西患了重感冒，
只因为要奶奶赔他半个喷嚏……

诗人围绕一个幼儿打喷嚏，构思了诙谐幽默的情节。诗虽有讽刺意味，但幼儿却并不反感，反倒会因为变化的情节发出天真的笑声。因为诗人不是简单地讲大道理，更不是训斥幼儿。喷嚏没打完要赔，而且还是赔半个喷嚏，写出了孩子气。有一些幼儿非常任性，诗人抓住了这一十分有意义的题材，创作了这首具有讽刺意味的叙事诗，幼儿欣赏时会从中领悟到：任性怄气是多么不应该。

（三）古典诗

古典诗是对古体诗和格律诗等古代流传下来的诗歌的统称，因为对于幼儿来说，过分强调诗歌是否遵循格律没有多大的实际意义。韵律优美的古典诗歌具有现代自由诗不可替代的审美作用，它是幼儿喜闻乐见、愿意去吟诵听赏的一种文学形式，如杜牧的《清明》、李白的《静夜思》、白居易的《赋得古原草送别》、李绅的《悯农》等一直受到幼儿的普遍欢迎。

古诗表演
《赠汪伦》

（四）童话诗

童话诗是以诗的形式叙说富于幻想色彩的童话（或传说）故事的作品。它是童话与诗歌形式的有机结合，属于叙事诗的一支。它以诗的形式，表现富有幻想大胆和情节夸张的童话故事。童话诗中，既有取材于民间童话和民间传说的童话诗，如阮章竞的《金色的海螺》、熊塞声的《马莲花》等；也有在现实生活基础上展开情节幻想的童话诗，如泰戈尔的《在黄昏的时候》、圣野的《竹林奇遇》和滕毓旭的《森林童话》等。鲁兵的《小猪奴尼》《雪狮子》也是十分优秀的童话诗。《小猪奴尼》用诗歌形式来刻画小猪奴尼这个童话形象，讲述了一只不讲卫生的小猪不慎掉进泥坑，脏兮兮无人认识，又受尽委屈的故事，拟人化的笔法饶有童话的趣味，它所表现的幻想和情趣，即使成年人读起来也会忍俊不禁，极富艺术魅力。

小猪奴尼

鲁兵

有只小猪，
叫做奴尼。
妈妈说："奴尼奴尼，
你多脏呀！快来洗一洗。"
奴尼说："妈妈，妈妈，
我不洗，我不要洗。"
妈妈挺生气，
来追奴尼。
奴尼真顽皮，
逃东逃西，
扑通——
掉进泥坑里。
泥坑里面，
尽是烂泥，
奴尼又翻跟头又打滚，
玩了半天才爬起。
一摇一摆回家去，
吓得妈妈打了个大喷嚏。

“啊——欠，你是谁，
我不认得你。”
“妈妈，妈妈，
我是奴尼，我是奴尼。”
“不是，不是，
你不是奴尼。”
“是的，是的，
我真的是奴尼。”
“出去，出去！”
妈妈发了脾气。
“你再不出去，
我可不饶你。
扫把扫你，畚箕畚你，
当作垃圾倒了你。”
奴尼逃呀，逃呀，
逃出两里地。
路上碰见羊姐姐，
织的毛衣真美丽。
“走开，走开！
别碰脏我的新毛衣。”
路上碰见猫阿姨，
带着孩子在游戏。
“走开，走开！
别吓坏我的小猫咪。”
最后碰见牛婶婶，
在吊井水洗大衣。
“哎呀，哎呀！
哪来这么个脏东西？
快来，快来！
给你冲一冲，洗一洗。”
冲呀冲，洗呀洗……
井水用了一百桶，
肥皂泡泡满天飞。
洗掉烂泥，
是个奴尼。
奴尼回家去，
妈妈真欢喜。
“奴尼，奴尼，
你几时学会了自己洗？”
奴尼，奴尼，
鼻子翘翘，眼睛挤挤。
“妈妈，妈妈，
明天我要学会自己洗。”

（五）寓言诗

寓言诗是寓言与诗歌形式的结合。它借助幼儿能理解的语言来讲述简短、生动的故事，具有一定的教育意义和哲理。17 世纪法国的拉·封丹、19 世纪俄国的克雷洛夫都写过大量的寓言诗，其中有不少是适合幼儿欣赏的寓言诗作品，如克雷洛夫的《狐狸》、拉·封丹的《狐狸与仙鹤》《知了和蚂蚁》等。这类诗歌的寓意虽然幼儿一时不能明白或者不能全部领会，但其潜移默化的作用不可小觑，而且对于培养幼儿的思维能力有很大的好处。我国当代作家高洪波的《树懒的故事》、张秋生的《会拉关系的蜗牛》等都是有代表性的寓言诗佳作。杨啸所作的著名寓言诗《蜗牛的奖杯》通过生动的情节告诉孩子们：放不下荣誉，最后就会被它所累，成为前进的负担（图 3-1、图 3-2）。

蜗牛的奖杯

杨啸

从前，蜗牛是昆虫，
长着六条长腿、一对翅膀——
他不但跑得很快，
而且还善于飞翔！

一天，在昆虫运动会上，
飞翔比赛隆重举行——
参加比赛的有蜗牛
还有蝴蝶、黄蜂和蜜蜂……

裁判员一声令下，
飞翔比赛正式开始——
他们一齐向前飞去，
紧扇着自己的双翅。

蜗牛遥遥领先，
头一个到达终点！
夺得了飞翔冠军——
把对手们甩下老远！

大伙儿向他欢呼，
大伙儿为他鼓掌——
一个很大的金质奖杯，
捧到了他的手上！

蜗牛扬扬得意，
带着奖杯回到家里——
忍不住心里的骄傲，
藏不住脸上的欢喜……

从此他把奖杯，
总是带在身边——
一时一刻不肯放下，
生怕别人不能看见……

因为这奖杯很重，
带着奖杯难以飞腾——
他便把奖杯背在背上，
用腿在地上慢慢爬行……

有人劝他把奖杯放下，
他摇摇头说：“那可不行！
我这冠军若离开奖杯，
谁还能知道我的光荣？”

睡觉时他把奖杯搂在怀里，
可是却仍然睡不安稳——
因为他生怕奖杯被人偷去，
哎呀！那可就摘掉了他的心！

最后他想了一个办法——
再睡觉就钻进奖杯里去，
这样他就和奖杯成了一体，
任何人也休想把他和奖杯分离！

于是他就蜷曲着身子，
钻进了那只奖杯；
于是他就在奖杯里，
高枕无忧地沉睡！

这样睡了不知多久，
当他醒来的时候——
忽然发现自己的身子，
已经在奖杯里粘牢长就！

再想要爬出来已不可能，
从此啊他便失去了自由——
只能勉强地探出半截身子，
和一个长着触角的头……

从此他休想再往天上飞，
就是在地上走也十分吃力——
他只能背着那沉重的奖杯，
蹒跚地摇晃着身子爬来爬去……

图 3-1 《蜗牛的奖杯》（黄琳欣画）

图 3-2 《蜗牛的奖杯》（黄巧明画）

（六）题画诗

题画诗是一种适合幼儿欣赏，根据图画、雕塑或摄影作品画面而题写的诗，其特点是诗情和画意的有机融合，文字内容源于画面，但又不拘于画面。它往往是从画面的内容或其中一处细节展开，挥洒成篇，是对画面的再创造。题画诗可以与画一起供幼儿欣赏，也可以脱离画面，作为一首独立的幼儿诗而存在。1981 年出版的《童画诗情集》是 1949 年以来的第一本幼儿诗画集，收录了作家柯岩为小朋友卜镝的画题写的诗。

春天的消息

柯岩

不要，不要跑得那么急，
你，多心的小狐狸！
没有狮子，也没有老虎，
有的只是我，是我呀——
轻轻的雪，细细的雨，
给你送来了，送来了
春天的消息……

在《春天的消息》这首幼儿诗中，诗人从画面中捕捉幼儿的诗心，用心体会和表达幼儿的心理、情感，使得题配的诗作洋溢着童趣，进一步丰富了画作的内涵。

总之，题画诗是从画面的内容出发并加以延伸，展现美好的想象和情怀。幼儿看了画可以大致了解诗的内容，读了诗又可以加深对画的理解，题画诗可以说是一种形式比较特殊的幼儿诗。

（七）散文诗

散文诗是一种介于诗歌和散文之间的文学样式，它具有诗的意境和散文的形式。它注重自然的节奏感和音乐美，篇幅短小，常常富有哲理，像散文一样不分行、不押韵。泰戈尔写过不少优秀的儿童散文诗，如《孩童之道》《金色花》《纸船》《花的学校》《当我送你彩色玩具的时候》等。冯幽君的《春雨沙沙》是一首描写春天美丽景色的儿童散文诗：

春雨沙沙，春雨沙沙……
沙沙的春雨，像千万条丝线飘下……
穿梭的燕子衔着雨丝，织出一幅美丽的春天图画：
绿的，是柳叶；红的，是桃花。
还织出一条清亮的小河，河里的鱼儿欢快地摇动着尾巴。
河的对岸，是一座小山。
山坡下，有播种的农民；山坡上，有植树的娃娃……
啊，多美的图画！

诗歌以简练生动的语言描绘了春天的景致，美丽的春天图画仿佛就在读者眼前，而播种的农民、植树的娃娃更能激起幼儿热爱劳动、辛勤劳动的情感。整首诗既写景，又抒情，以韵律和谐、朗朗上口的语言营造出优美的意境。

（八）科学诗

幼儿科学诗是指用诗歌样式所写的幼儿科学文艺作品。它以表现科学精神、描述科学现象、传播科学规律等为主要特征。如高士其的《太阳的工作》和《我们的土壤妈妈》，李松波的《为黄鼠狼辩》，范建国的《太阳光的妹妹》等，都是科学诗佳作。

高士其的科学诗《太阳的工作》用形象的比喻和拟人手法，向幼儿读者介绍了太阳的工作：

太阳是宇宙的公民，
太阳系的领袖，
众行星都围绕着它旋转，
它们都在一定的轨道上奔走。

一年过去一年又来，
太阳紧张地工作着，
它不断地驱走了寒冷和黑暗，
于是地球上就有了昼夜和四季。
……

太阳紧张地工作着，
它是我们生命的建设者和保卫者。
在快乐的春天，
我们应该常常出来和它见面。

诗歌介绍了太阳在宇宙中的地位以及太阳对大自然和人类生活的作用、影响，诗句充满情趣。诗人对太阳的“工作”进行了科学的构思，语言通俗易懂、深入浅出，仅用了少量科学术语，做到了科学性与文学性的完美融合。

（九）生活诗

生活诗是指通过描绘幼儿在现实生活中的种种表现来抒情的幼儿诗歌。幼儿生活在自己营造的童话世界里，其超凡、纯真、曼妙的想象构成了特有的诗意世界。如柯岩的

《小弟和小猫》描绘不爱洗澡的“小弟”，连小猫都不要他抱的有趣情境（图 3-3）；任溶溶的《小孩、小猫和大人的话》讲述了小孩和小猫因为视角的偏差和片面产生的误会，一方面表现了幼儿的幼稚，另一方面也告诉幼儿应该如何全面地看待问题：“白天夜晚全看看，小孩小猫都不懒。”

小弟和小猫

柯岩

我家有个小弟弟，
聪明又淘气，
每天爬高又爬低，
满头满脸都是泥。

妈妈叫他来洗澡，
装没听见他就跑。
爸拿镜子把他照，
他闭上眼睛格格地笑。

姐姐抱来个小花猫，
拍拍爪子舔舔毛。
两眼一眯：“妙，妙，妙，
谁跟我玩，谁把我抱？”

弟弟伸出小黑手，
小猫连忙往后跳，
胡子一撅头一摇，
“不妙不妙！太脏太脏我不要！”

姐姐听见哈哈笑，
爸爸妈妈皱眉毛。
小弟听了真害臊：
“妈！妈！快快给我洗个澡！”

图 3-3 《小弟和小猫》（吴慧婷画）

◎技能指导

一、幼儿诗鉴赏

诗是诉诸感情的艺术，它以真挚的情感轻轻地拨动着人们的心弦。诗又是理性的艺术，它以雄辩的哲理激励着人们往更深处探寻生命的意义。如果幼儿对诗有浓厚的兴趣，那么他的文学欣赏能力就会大大增强，自然也能欣赏和感受其他纯文学作品中的诗意。正如朱光潜所说，这是“因为一切纯文学都要有诗的特质”。

幼儿诗的鉴赏必须以阅读为基础，但又不是简单的阅读，而是运用思维艺术，借助创造性想象和联想，感悟诗中隐含的形象、情感与理念。因此，幼儿诗鉴赏又是一种审美的认识活动、教育活动和娱乐活动。

（一）以“听”为先，感受幼儿诗歌的音韵美

美学家朱光潜先生说，“情感的最直接的表现是声音节奏”。幼儿诗普遍具有和谐的音韵和鲜明的节奏，多用叠词叠韵，构成悦耳动听、朗朗上口的韵律。让幼儿感受音韵美的方式有很多，可以是教师声情并茂地朗诵，也可以是配乐朗读或幼儿自由诵读等。听读时，要启发幼儿展开想象，唤起他们的情感体验。如诗歌《家》：

蓝蓝的天空是白云的家，
密密的树林是小鸟的家，
绿绿的草地是小羊的家，
清清的河水是小鱼的家，
红红的花儿是蝴蝶的家，
快乐的幼儿园是小朋友的家。

叠词的使用和句式的重复构成了一咏三叹的表达效果，同时，幼儿在脑海中勾勒出各种小动物回家的样子也一定是趣味无穷的。

（二）充分把握幼儿诗作品的意境

幼儿诗的美特别要求用美的艺术形象来体现，即诗中的形象具有形象美。由于幼儿诗比成人诗更加强调形象层面，所以在鉴赏幼儿诗时，首先看诗人塑造了什么样的诗歌形象，是动物、植物，还是自然界的现象；是小朋友，还是其他人物。然后看诗人是怎样塑造这些形象的，通过什么来表现这些形象，诗人是如何构思的，采用了什么样的语言，具有哪些特点，表现了什么主题，具有哪些情趣，给我们留下了什么印象，读后的感受如何，对幼儿有什么教育意义和审美作用，等等。

鉴赏幼儿诗时，要明确诗人要通过意象来表达怎样的内心情感。意象对于意境的创造起着至关重要的作用，读者进入诗歌的意境总是从感受意象开始的，领会意境必须把握意象的审美特点。因此，鉴赏诗歌时抓住意象并反复揣摩、体味意象，是体会诗中美感、体会诗人思想感情，从而顺利进入诗歌意境的关键。如鉴赏诗歌《春天》：

几只美丽的蝴蝶
是花儿的春天。
一个尖尖的笋芽儿
是竹园的春天。
一朵朵顽皮的浪花
是大海的春天。
望着天上的风筝，
我高兴地说：
“那是我们的春天。”

这首诗从幼儿的视角描绘出“草长莺飞二月天”的盎然春意。多少美妙的情景在幼儿童年的梦境中徐徐展开，只要打开他们思维的闸门，为他们插上想象的翅膀，轻盈灵动的意境便跃然纸上。

又如刘饶民的《大海睡了》：

风儿不闹了
浪儿不笑了，
深夜里，
大海睡觉了。
她抱着明月，
她背着星星，
那轻轻的潮声啊，
是她熟睡的鼾声。

诗人把大海熟睡的情景用充满诗意的语言描绘出来，意境优美，画面恬静。欣赏时要抓住诗中的意象：大海、风儿、浪儿、潮声、明月、星星，通过对这六个意象的反复揣摩和体味，进入诗中的意境，和诗人共同感受和捕捉海滨的诗情画意。

（三）感受诗中浓郁的幼儿情趣

幼儿情趣是幼儿诗的灵魂。有人说：没有幼儿情趣的幼儿诗，就像纸做的花，有色而无香。幼儿情趣从何而来？幼儿情趣是多彩的幼儿生活的反映，现实中幼儿的生活里蕴藏着无穷的情趣，诗人对幼儿生活的精心揣摩和巧妙构思，促成了各种神奇可爱的形象的塑造，活泼有趣的动态语言、声韵谐和的有声语言、色彩鲜明的彩色语言的描写。通过诗人创造性的想象，精巧的构思，幼儿情趣得以淋漓尽致地展现。如薛卫民的《小花狗学写“2”》：

小花狗，游过河，
游过河来找大鹅。
找大鹅，干什么？
它要学写“2”，
来看大鹅的弯弯脖儿。

这首诗的构思十分巧妙。诗人抓住小狗会游泳、大鹅弯脖子的特点展开想象，以“小花狗学写‘2’”为主线，环环相扣地写出了小狗的有趣活动，用“干什么”的疑问句式，营造短暂的悬念，顺理成章地点明了“小花狗学写‘2’”的主题，表现了小花狗虚心好学的精神。这首诗构思十分新颖奇妙，展现了幼儿情趣的魅力。

（四）体会幼儿诗中的感情美

幼儿的天真、淳朴、幼稚，本身就是一首美妙的诗，他们说的每一句话都可以理解为诗。幼儿诗中的感情，常常随着诗人构思出的画面而流动，从诗中流到心里，激起读者情感的波澜，使读者与作品中的情感产生共鸣。如杨唤的《家》：

树叶是小毛虫的摇篮。/ 花朵是蝴蝶的眠床，/ 歌唱的鸟儿谁都有一个舒适的巢。/ 辛勤的蚂蚁和蜜蜂都住着漂亮的大宿舍，/ 螃蟹和小鱼的家在蓝色的小河里，/ 绿色无际的原野是蚱蜢和蜻蜓的家园。/ 可怜的风没有家，/ 跑东跑西也找不到一个地方休息。/ 飘流的云没有家，/ 天一阴就急得不住地流眼泪。/ 小弟弟和小妹妹最幸福哪！生下来就有妈妈爸爸给准备好了家，/ 在家里安安稳稳地长大。

在幼儿的眼里，小毛虫、蝴蝶、鸟儿、蚂蚁、蜜蜂、螃蟹、小鱼、蚱蜢、蜻蜓都有自己的归宿——家，舒适而温馨；风和云没有家，漂泊不定，辛酸不已；小朋友很幸福，生下来就有爸爸妈妈给准备好了家，在家里安安稳稳地长大。这首诗的情感富有流动美，充盈而又有波澜。

二、幼儿诗朗诵

幼儿诗的朗诵有助于幼儿深入细致地体会和感知作品的韵味、诗意。诵读可以是教师有感情地范读，也可以是幼儿声情并茂地朗读。通过各种形式的诵读，让幼儿诗在幼儿的口中、心里“活”起来。在诵读听赏的过程中，教师要有意识地引导幼儿展开联想和想象，将幼儿的日常生活经验和诗意串联，帮助幼儿加深对诗歌的理解和体会。

作为未来的幼儿教师，要有指导幼儿欣赏阅读幼儿诗的能力，要能够声情并茂地朗诵幼儿诗，并对幼儿的朗诵活动进行正确的指导。在条件允许的情况下，可以指导幼儿进行诗歌表演活动。

（一）深刻理解思想内容，准确把握情感基调

确定一首诗的情感基调，才能在朗诵时把握诗歌的整体走向。诗歌常见的情感基调有欢快、忧愁、闲适、激愤、伤感、思念、恬淡等。下面以金波的《如果我是一片雪花》为例，说明对诗歌情感基调的把握：

如果 / 我是一片 / 雪花，　　（明快地）
你猜，我会 / 飘落到　　（调皮地）
什么地方去呢？　　（神秘地）

我愿 / 飘落到 / 小河里，　　（点头）
变成 / 一滴水，
和 / 小鱼小虾 / 游戏。

我愿 / 飘落到 / 广场上，　　（调皮地）
堆个 / 胖雪人，　　（用手画出轮廓）
望着你 / 笑眯眯。

我更愿 / 飘落在 / 妈妈的 / 脸上，　（欢快、深情地）
亲亲她，亲亲她，　（轻轻地）（语速稍慢）
然后 / 就快乐地 / 融化。　（陶醉地）

（二）根据情感需要掌握朗诵的语速

朗诵幼儿诗时，语速是有一定规律的：如果诗歌的内容是欢快的、激动的或者紧张的，语速要稍微快一点；诗歌的内容是悲痛的、低沉的或者抒情的，语速要尽量慢一些；诗歌表现内容是平铺直叙的，语速就要力求平稳、不紧不慢。如冰心的《雨后》，表现欢快的心情，朗读时节奏可以稍微快一点。而金波的《眼睛》，则充满了诗人对失明孩子的关爱，抒情意味浓厚，在朗诵时语速应该慢一些，语调要深沉。

（三）根据诗歌意境确定朗诵的节奏

诗歌朗诵的抑扬顿挫、轻重缓急等语音形式造就的循环往复，产生鲜明的节奏感，才能把诗歌的情感凸显出来，诗歌的韵味才能体现出来。重音的读法有四种：低中见高法，就是把要强调的字词读得重一些、响一些，这是最常见的方法；实中转虚法，虚声指声轻气多的声音，采用重音轻读的形式；快中显慢法，把某些字词的读音有意拉长，形成拖腔；连中带停法，运用停顿来突出重音。如朗诵乔羽的《让我们荡起双桨》：

让我们 / 荡起双桨，
小船儿 / 推开波浪。
海面倒映着 / 美丽的白塔，
四周 / 环绕着 / 绿树红墙。
小船儿 / 轻轻，飘荡在水中，
迎面 / 吹来了 / 凉爽的风……

（四）根据语境正确处理诗句的停顿、连贯

停顿（用 / 表示）包括文法停顿、语法停顿、逻辑停顿、心理（情感）停顿。所有的停顿都是有内容的，不是空白，停顿是为了更好地表达内容和情感。有停顿才能使诗歌节奏鲜明，富有韵律美。一般来说，顿号后的停顿最短，逗号后的停顿长一点，分号和冒号后的停顿再长一点，句号、问号、感叹号和省略号后的停顿更长。

另外，正确运用连贯（用～表示）。朗诵过程中，朗诵者的思想感情一直处于积极的状态，在意思延续或激情澎湃的地方，必须一气呵成，这就需要使用连贯的朗诵技巧。如朗诵儿童诗《迎奥运》：

五环旗迎风飘扬
北京城神采飞扬
全世界大团圆
各民族齐歌唱

歌唱奥运（～）
歌唱北京（～）
歌唱友谊地久天长（～）
歌唱中华繁荣富强（～）

三、幼儿诗与儿歌辨析

教学实录：儿歌与幼儿诗的异同

著名幼儿文学评论家樊发稼认为儿歌是“闪光的语言的珍珠”，而幼儿诗“能在更深的一个层次上，以诗的感情、诗的形象、诗的意境、诗的语言来启迪孩子的心智，开阔他们情感的领域，拓展他们的思维空间”。二者最基本的不同在于：儿歌强调顺口好记（听觉成分多），幼儿诗强调诗情意境（思考感悟成分多）。

幼儿诗和儿歌的区别是相对的，作为同样适合幼儿接受的文体，两种文体间的渗透融合不可避免，特别是幼儿诗中有一部分歌谣体作品，它们与儿歌之间的界限并非泾渭分明。如以下三首《蒲公英》：

蒲公英（儿歌）

张秋生

一棵蒲公英，
一群小伞兵。
风儿吹，飘呀飘，
一落落在青草坪。
阳光照，雨水淋，
长出一片蒲公英。

蒲公英（幼儿诗）

白冰

你打着小伞，
要飞向哪座山冈？
还是要在雨天，
撑在小蚂蚁头上？

要为娇嫩的小草，
遮住发烫的阳光？
你悄悄告诉我吧，
我不会和别人去讲……

蒲公英（幼儿诗）

黎焕颐

你有翅膀吗？
告诉我，蒲公英。
你飞得很高——
天上的道路，
是云彩铺成；
我要跟着你，
去看神秘的星星。
你飞得很远——
远方的风景，
一定很迷人；
我要跟着你，
去作快活的旅行。

总的说来，幼儿诗和儿歌的不同之处具体见表 3-1。

表 3-1　幼儿诗与儿歌的不同

不同点	类　　型	
	幼　儿　诗	儿　　歌
形成历史	相对较短暂，主要产生于“五四”新文化运动时的自由体新诗	更悠久，由古老的童谣发展为今天的儿歌，有较为成熟和固定的表现形式
欣赏对象	适合范围更广（3～15 岁），更适合年龄稍大的儿童欣赏诵读	多为幼儿创作，适合年龄较小的幼儿，尤其适合学龄前期和学龄初期的幼儿
语　言	语言少拘束，更自由，但要求凝练、简洁、有概括性，要更优美、含蓄，有文采（多雅趣、更精致）。在句式韵律方面不如儿歌严格，形式灵活自由，音乐美体现在诗意之外，又称“自由体”“写给幼儿读的自由诗”	多采用口头语，语言浅显易懂。讲求顺口好记，有“俗味”，合辙押韵，句式较整齐，节奏韵律较严格，注重语音外在表现形式的音乐感，被称为“半格律诗”“写给幼儿读的民歌”
思想内容	含蓄、曲折，构思严密，文学意味更浓，内容丰富深厚，主题往往以间接的方式表现，注重营造意境、抒发情感，联想思考的成分较多	单纯、直率，表现主题较直接，多取材于日常生活，多表现事物的现象
篇幅结构	篇幅长短不拘，结构较复杂	有口头创作特征，一般短小精悍，结构单纯
功　能	适合听赏吟诵，讲求精神层面的鉴赏（体悟玩味），具有审美价值及提高艺术欣赏能力的作用	适用于歌唱游戏，有明显的娱乐和实用价值（实用性和游戏性），具有很强的功能性

四、幼儿诗创编

我国台湾诗人林焕彰在谈到写作幼儿诗的缘由时说：“为幼儿写诗，我觉得很愉快，是自动自发的，我以为这是爱心的表现。”可见，创作幼儿诗要从幼儿的特点、幼儿的感受出发，诗人要有爱心和童心。

具体来说，幼儿诗创编要注意以下五点。

（一）积极健康的主题

积极健康的主题是幼儿诗的灵魂。古今中外优秀的幼儿诗，无不因为其具有这一首要特征才被公认为佳作。

臧克家说：“给孩子们写诗，诗人自己要有一颗‘赤子之心’。”这就要求诗人从幼儿出发，设身处地地去体验幼儿的感情，并以幼儿表达情感的方式表现出来。幼儿的情感世界是接近天然，纯真的、几乎不沾一点尘埃的洁净的世界。

刘保法说过：“作家把自己变成了孩子，就会像一个孩子那样仰视世界，就会产生孩子般的心理和眼光，于是就有了天然的童真和童趣，作品也就浅了。作家在写作时，又变回大人，睿智地思索、构思，于是作品又有了很好的立意，作品也就深了。”所以我们在创编幼儿诗歌时，应该不断关照、体察当代幼儿的生活，抒发当代幼儿的感情。在《小鸟》一诗中，诗人罗英用错落有致的十行诗，写道：

小鸟
是树的孩子
叽叽喳喳
叫绿了树的枝头

小鸟
是树的风景
是树枝绽放的花朵
是一架架小飞机
在树林中穿梭
在阳光中舞蹈

诗人写出小鸟作为树的孩子的那份可爱，“叫绿了树的枝头”；又那么美丽，“是树枝绽放的花朵”“在树林中穿梭”“在阳光中舞蹈”，表达出在幼儿的眼里小鸟对树的依恋，也增添了树的色彩，使幼儿越发爱上了宁静的树林。诗人通过具体的形象美，感染幼儿，打动幼儿，引导幼儿向真、向善、向美。

（二）天真快乐、具有音乐性的语言

儿童文学作家高洪波说：“我一直主张儿童文学应是‘快乐文学’，并将这主张贯穿到自己的创作之中，我以为用自己的诗句向孩子心灵中输送快乐，是义不容辞的任务。童年短暂，正因为其短暂才显示出珍贵；未来的生活漫长而艰辛，正因为这种漫长而艰辛将贯穿我们生命的始终，我才感到儿童拥有的快乐童年是何等的重要。我们每一个人、每一个儿童文学工作者如果忘记和忽略了这一点，简直就是极大的失职！”所以，给幼儿写诗要锤炼天真、快乐的幼儿语言，让幼儿在听赏诗歌的过程中享受到优美的、精粹的语言。

诗歌的韵律美主要是由节奏、韵脚、双声、叠韵，诗行、诗节的排列组合，及反复、排比等艺术手法的运用等构成的。各种要素都要服从于节奏这一核心要素。而押韵是加强节奏、构成韵律美的重要因素，所以古人有“无韵不是诗”之说。

幼儿诗除了遣词造句要准确恰当外，诗的声音节奏更应具有音乐性，即诗的音韵要有美感。幼儿诗的音乐性主要表现在押韵和节奏上。年龄越小的幼儿，阅读的幼儿诗的韵脚应越整齐。蒋应武创作的《小熊过桥》，全诗用“ao”韵，几乎一韵到底。望安的《滴哩，滴哩》对拟声词的运用，突出了音乐性。鲁兵的《下巴上的洞洞》运用顶针手法，使诗歌具有鲜明的节奏感，给读者以读诗如唱歌的明快感觉，使幼儿在快乐之中获得美感、得到教育。林良的《雨》以叠音词突出音乐性：

你在天井里赌气，
把盆盆桶桶

桶桶盆盆
敲得很响。

在前院，
你心情好，
静静把那片草地
洗得很绿。

诗中运用叠音词“盆盆桶桶”“桶桶盆盆”“静静”强化诗的音乐性，营造诗的意境。

（三）丰富多样的题材

幼儿诗贵在情真，我们要鼓励诗人保持一颗“童心”，大胆表达自己的观点，勇敢抒写心灵。用心去感受、去捕捉、去发现生命中有趣的题材，用自己的语言去描述眼前景物，不受成人思维的影响，不无病呻吟，不刻意模仿，才能写出脍炙人口的优秀的篇章。如佟希仁的《春天来了》:

屋檐的流水，
滴答，滴答。
解冻的小河，
哗啦，哗啦。
水塘的小鸭，
嘎嘎，嘎嘎。
南来的大雁，
哏儿嘎，哏儿嘎。
他们都在说：
“春天来啦！”

（四）富有童趣的构思

具有浓郁的幼儿情趣，是幼儿诗区别于成人诗的最显著的艺术特征。幼儿诗的核心是站在幼儿的立场和角度去描绘生活。不管是成年作者还是儿童作者，写作幼儿诗时都要体现盎然的幼儿情趣。童趣和想象是幼儿诗的灵魂，少了这两样，幼儿诗会逊色不少。如张继楼的《影子》:

我到哪，
你到哪，
你这讨厌的小尾巴。
骂你不害羞，
踹你你不怕，
叫我拿你没办法！

这首诗以幼儿的想象为契机，将影子称为“小尾巴”，用幼儿的口吻和视角描摹幼儿和影子嬉戏的场景，洋溢着欢乐的童趣。

想象是幼儿诗创作的基本要素。优秀的幼儿诗无不凭借大胆奇特的想象塑造形象，创设意境，抒发感情，表现情趣。因此，为幼儿创作诗歌要大胆想象。初学者可以抓住事物的形状、颜色、作用等特点展开想象，想象时要把握事物之间的有机联系，往往事物间的一些微小的联系就可以成为幼儿诗创作的立足点。尽量从幼儿的角度去感悟生活，让想象多一些童趣，多一些夸张。如杜荣琛的《月光幻想曲》:

月光流进池塘里发亮，
我口渴了，
想舀一杯月光来喝，
让肚子里藏着嫦娥的微笑。

月光躺在院子里发亮，
我的口袋破了，
想剪一片月光来补衣裳，
让口袋里装着桂树的花香。

多么奇特的想象！诗人满怀幼儿的情思，用幼儿的眼睛去观察世界，写出了对月亮的独特感受，其新颖的创意和诗行中充满稚气的温情，使幼儿清新脱俗的情趣跃然纸上。

（五）多种表现手法的运用

写作幼儿诗时，为取得最佳效果，就要充分考虑运用适合的表现方法，避免表现手法单一化。创作幼儿诗常用的表现手法有以下九种。

1. 拟人法

拟人法是幼儿诗最常采用的方法。写作过程中，把动物、植物、事物比拟成人，赋予它们生命和感情，最契合幼儿的心理，也最能体现幼儿情趣，并使作品生动有趣，活泼可爱。如黄于容的《春天》:

春天的喊叫声
把绿叶叫醒
也从棉被里
把我拉起来
春天一定站在门外
门才会笑口常开

这首小诗出自一个小学生的手笔，他用拟人的手法、大胆的想象、活泼的情趣创造了一个感人的意境，诗中蕴含着所有美丽、温暖的事物总是惹人喜爱的深意。

2. 比喻法

比喻分为明喻和暗喻。明喻的格式就是“甲”像“乙”，适合描写事物的特点，适合描写实物和大自然的景象。如张金美的《梦》:

梦像一条小鱼，
在水里游来游去，
想捉他，
他已经跑了。

梦像一滴雨，
从天上掉下来，
想去捧他，
他已经着地了。

梦像一阵风，
从远方吹过来，
想捉住他，
他已经离开了。

暗喻就是不说出比喻的事物，让读者自己联想，可以进行丰富的联想。如《爸爸的背》：

有时候
是一堵墙
我在墙边儿
避风雨

有时候
是一座山
我在山顶上
看世界

3. 摹声法

对幼儿而言，任何过于抽象的理论都不能吸引他们，最让他们感兴趣的肯定是色彩和声音。在诗中运用摹声词，摹拟自然万物的声音，可以增强幼儿诗的韵律，使诗充满音乐感，增强作品的感染力，同时也可以引发幼儿的听赏兴趣。如《风》：

风最讨厌了
每次都偷偷地掀起我的裙子
然后在旁边大叫
羞！羞！羞！
真是气死我了

“羞！羞！羞！”的喊声恰好近似风声，一语双关，摹声描情，活泼生动。

4. 排比法

排比就是用同一个词或同一种句型描写一件事物，以此加强节奏，加深读者印象。如韦苇的《有雨》：

有雨，
我家门前的小河
就欢欢地笑了。

有雨，
我家院子的树
就一棵棵都胖了。

有雨，
我家后面的山
就不老了。

有雨，
我们
就变成花蘑菇了。

5. 假设法

假设就是使用“假如”“如果”等假设语句抒发自己的希望和想象，写出美丽的希望和理想。如汪莹的《如果我变成风》：

如果我变成风
就到妈妈工作的地方
替妈妈

把脸上的汗珠
一颗一颗吹干

在“如果”两字的帮助下，幼儿打开了心扉，把内心最美好的愿望都展现出来了。

6. 疑问法

疑问就是用发问的方法引起读者兴趣，引发读者思考。幼儿诗常常用幼儿天真的发问来表现想象，直接从幼儿的角度、以幼儿的口吻发问，符合幼儿喜欢幻想的心理特点，有利于幼儿诗逼真生动地展示幼儿的想象，容易引发幼儿的兴趣，富有哲理，耐人寻味，引导幼儿深入思考。如英国诗人伊丽莎白的《云儿哪里去了》:

我想知道云儿哪里去了。
我想知道风儿在说什么。
我想知道天上为什么下雨。
我想知道鸟儿怎样飞回。
我想知道花儿怎样生长，
才使世界有这么多的颜色。

7. 对比法

对比就是通过事物之间的比较凸显内容、性质，包括颜色对比、形状对比、动作对比、事件对比、人物对比、空间对比等。如汪洋的《青蛙》:

傍晚，
我在院里地上，
画了一只青蛙，
希望它跑到池塘。
早上，我走出屋一看：
果然没有了！
原来是雨水爷爷
把它带走了！

这首诗通过傍晚和早上院子地面的对比，把画里的青蛙写活了，也写出了下雨前后院子里的不同状态，读后令人回味无穷。

8. 对话法

对话可以使内容平易近人，如在眼前耳边，容易接受。如捷克诗人斯拉德克的《童话》:

“白桦为什么颤抖，妈妈？”
——“它在细听鸟儿说话。”
“鸟儿说些什么，妈妈？”
——“说仙女傍晚把它们好一顿吓。”
“仙女怎么会把鸟儿吓呢？”
——“她追赶着白鸽在林中乱窜。”
“仙女为什么要追赶白鸽？”
——“她见白鸽差点儿淹死在水潭。”
“白鸽为什么会差点儿淹死呢？”
——“它想把掉到水里的星星啄上岸。”
“妈妈，它把水里的星星啄上来了吗？”
——“孩子啊，这个我可答不上来。
我只知道，等到仙女挨着白鸽的脸蛋时，
就像如今我在亲你一样，
亲呀亲呀，亲个没完。”

这首诗通过一对母女的对话，写出了幼儿的天真和母亲的慈爱。

9. 夸张法

夸张就是对诗歌描写对象的属性如数量、时间、行为等夸大描写，制造特别的效果，加深读者的印象。幼儿诗要写出童趣，要写出天真，可以写得夸张一点、含糊一点，更显可爱。如严文梅的《腰带》：

咦，
是哪个调皮的小鬼，
给大山系上腰带？

噢，
原来是一条小山路。

五、幼儿诗教学活动

【教学活动案例展示】

我　想

张春明

看见大象，我想有个长鼻子，
和大象用鼻子"握握手"。
看见小猴，我想有条长尾巴，
和小猴用尾巴"拉拉钩"。
看见小鹿，我想有对长犄角，
和小鹿用犄角"顶顶牛"。
我想，和好多好多的动物交朋友。

大班语言活动：我想（文学活动）

【活动目标】

1. 观察动物的明显特征，理解诗歌的内容。
2. 感受诗歌中的稚拙美，学习创编诗歌。

【活动准备】

1. 经验准备：认识大象、小猴、小鹿等动物。
2. 材料准备：动物图片若干。

【活动过程】

一、谈话导入

小朋友，你们去过动物园吗？上次我到动物园去的时候，看见了很多小动物，今天我把它们中的几个请到了我们的幼儿园。瞧，它们来了！

二、观察动物图片，引导幼儿说出动物的特征

1. 出示大象图片，引导幼儿说出大象的特征。

提问：这是谁？大象的什么地方最好玩？为什么？如果你也有大象这样长长的鼻子，你想用来干什么呢？

2. 出示小猴图片，引导幼儿说出小猴的特征。

提问：这是谁？小猴的什么地方最好玩？如果你也有条长尾巴，你想干什么？

3. 出示小鹿图片，引导幼儿说出小鹿的特征。

提问：这是谁？小鹿有什么特点？如果你也有犄角的话，你想干什么？

（加入游戏：师幼一起模仿小鹿的犄角，玩“顶牛”游戏。）

三、朗诵诗歌，整体感知诗歌内容

1. 教师示范朗诵诗歌《我想》，边朗诵边出示图片。

2. 师幼一起朗诵 2～3 遍，边朗诵边做动作。

四、表演诗歌

师幼一起学诗歌里的“握握手”“拉拉钩”“顶顶牛”。

五、仿编诗歌

提问：（依次出示袋鼠、兔子、河马、螃蟹等动物的图片）你想到什么呢？请模仿里面的句子，说一句话。

六、活动结束

小结：今天呢，我们学习了一首诗歌，小朋友都把自己看见某个小动物以后想的事情大胆地说了出来，你们都很棒！希望你们以后有什么好的想法一定要大胆地说出来，可能会是一个好点子呢！如果你遇到什么困难的话，也要让老师、爸爸妈妈还有其他小朋友都知道你的想法，这样才能及时地帮助你，好不好？最后还剩下一点时间，还想说的小朋友，赶快把你的想法说给大家听吧！

【活动延伸】

请幼儿到表演区把自己创编的诗歌表演出来。

◎实践任务

任务一：幼儿诗歌鉴赏

任务目标：掌握幼儿诗鉴赏的方法。

任务材料：幼儿诗《春的消息》文本。

春的消息

金波

风，摇绿了树的枝条，
水，漂白了鸭的羽毛，
盼望了整整一个冬天，
你看，春天已经来到！

让我们换上春装，
像小鸟换上新的羽毛，
飞过树林，飞上山岗，
到处有春天的欢笑。

看到第一只蝴蝶飞，
它牵引着我的双脚；
我高兴地捕捉它，
又爱怜地把它放掉。

看到第一朵雏菊开放，
我会禁不住欣喜地雀跃，
小花朵，你还认得我吗？
你看我又长高了多少！

来到去年叶落的枝头，
等待它吐出新的绿苞；
再去唤醒沉睡的溪流，
听它唱歌，和它一起奔跑。

走累了，我躺在田野上，
头顶有明丽的太阳照耀。
是谁搔痒了我的面颊？
啊，身边又钻出嫩绿的小草……

任务要求：

1. 两个学生分为一组，一起讨论鉴赏作品。
2. 小组成员轮流有感情地朗读《春的消息》，初步体验幼儿诗的情感。
3. 共同讨论后，写出赏析内容。

任务二：幼儿诗朗诵与表演

任务目标：熟练掌握诗歌朗诵、表演的方法。

任务材料 1：幼儿诗《雨后》文本。

雨　后

冰心

嫩绿的树梢闪着金光，
广场上成了一片海洋！
水里一群赤脚的孩子，
快乐得好像神仙一样。

小哥哥使劲地踩着水，
把水花儿溅起多高。
他喊：“妹，小心，滑！”
说着自己就滑了一跤！

他拍拍水淋淋的泥裤子，
嘴里说：“糟糕——糟糕！”
而他通红欢喜的脸上，
却发射出兴奋和骄傲。

小妹妹撅着两条短粗的小辫，
紧紧地跟在这泥裤子后面，
她咬着唇儿，
提着裙儿，
轻轻地小心地跑，
心里却希望自己
也摔这么痛快的一跤！

任务要求：

1. 朗诵幼儿诗。普通话标准，语言流畅，语气、语调、动作、表情符合诗歌内容，有感染力。
2. 深刻理解诗歌的思想内容，准确把握诗歌的情感基调。
3. 根据情感的需要，掌握朗读的语速。

4. 根据诗歌的意境，确定诗歌朗读的节奏。

任务材料 2：幼儿诗《小鱼睡在哪里》文本。

小鱼睡在哪里

海里很黑，夜里很静，
小鱼小鱼，你睡在哪里？
小狗的脚印通向窝里，
松鼠的脚印通向树洞，
河里没有，湖里没有，
黑乎乎的，静悄悄的，
小鱼小鱼，你睡在哪里？

任务要求：

1. 模拟对幼儿表演诗歌。普通话标准，语言流畅，语气、语调、动作、表情符合诗歌内容，有感染力。
2. 模拟组织 5～6 岁幼儿学诗歌的活动，教学方法适当，能吸引幼儿参与。
3. 请在 10 分钟内完成上述任务。

（材料来源于教师资格考试面试真题，据考生回忆重现）

任务三：幼儿诗续编

任务目标：熟练掌握幼儿诗续编的方法。

任务材料：幼儿诗《梳子》文本。

梳　子

妈妈用梳子，
梳着我的头发；
我也用梳子，
梳着妈妈的头发。
风是树的梳子，
梳着树的头发。
船是海的梳子，
梳着海的头发。

任务要求：完成幼儿诗的续编。

一、经典幼儿诗作家推荐

（一）金波

金波（1935— ），原名王金波，笔名金波，祖籍河北冀县（今河北省衡水市冀州区）。1961年毕业于北京师范学院（今北京师范大学）中文系。曾任北京师范学院教授，中国作家协会儿童文学委员会委员，北京市作家协会理事，儿童文学创作委员会主任。1957年开始发表作品。1979年加入中国作家协会。

金波曾五次荣获中国作家协会全国优秀儿童文学奖，获奖作品分别是《春的消息》（组诗）、《在我和你之间》（诗集）、《林中月夜》（诗集）、《我们去看海》（诗集）、《乌丢丢的奇遇》（长篇童话）。他共有五部作品连续三届荣获“五个一工程·一本好书奖”，获奖作品分别是《苹果小人的奇遇》（童话）、《你我手拉手》（歌曲）、《我们去看海》（诗集）、《一个中国孩子的英雄喜剧彩虹鸟》（动画创作）、《童谣童画》（主编）。他三次荣获宋庆龄儿童文学奖，两次荣获冰心图书奖，两次荣获陈伯吹儿童文学奖，六次荣获北京市文联优秀作品奖。1992年，荣获国际安徒生奖提名及台湾杨唤儿童文学特殊贡献奖。

金波的作品《盲孩子和他的影子》还被选入人教版初一上册语文课本，及鄂教版五年级下册语文课本；《我们去看海》被选入人教版六年级上册语文课本；《用目光倾听》被选入北师大版五年级下册语文课本，及鄂教版五年级上册语文课本。

（二）樊发稼

樊发稼（1937—2020），江苏崇明（今上海市崇明区）人。1954年毕业于上海市崇明中学，1957年毕业于上海外国语学院（今上海外国语大学）。著名诗人、儿童文学作家、文学评论家，曾任中国寓言文学研究会会长、顾问、名誉会长。

樊发稼出版有《儿童文学的春天》等10部评论集和《春雨的悄悄话》等41部作品集。选集有《樊发稼儿童文学评论选》《樊发稼作品选》《樊发稼童话》《樊发稼儿歌》《樊发稼寓言集》《兰兰历险记——樊发稼儿童诗选》《樊发稼幼儿诗选》《书香芬芳——樊发稼书评集》等。主编、选编《新时期儿童文学名家作品选》《中国当代儿童文学作家小传》《中国当代文学作品精选·儿童文学卷》等论文集、作品集、文学丛书20多部。其论著和作品多次获全国奖。他曾任中宣部精神文明建设“五个一工程”奖和第1～3届国家图书奖评审委员。1993年获台湾杨唤儿童文学奖特殊贡献奖。

二、经典幼儿诗作品推荐

（一）鲁兵《下巴上的洞洞》

从前
有个奇怪的娃娃，
娃娃
有个奇怪的下巴，
下巴
有个奇怪的洞洞，
洞洞
谁知道它有多大。
瞧他
一边饭往嘴里划，
一边饭从那洞洞往下撒。
如果
饭桌是土地，
如果
饭粒会发芽，
那么
一天三餐饭，
他呀
餐餐种庄稼。
可惜
啥也没有种出来，
只是
粮食白白被糟蹋。
你们
听了这笑话，
都要
摸一摸下巴。
要是
也有个洞洞，
那就
赶快塞住它。

（二）郑春华《黄叶》

一片黄叶，
离开了大树妈妈，
飞呦，飞呦，
飘落在窗下。
小佳佳拾起黄叶
看呀看呀……
"小佳佳，
你在看啥？"
"在看一封信。
你知道吗？
秋天来了，
该给布娃娃添新衣服啦！"

（三）高洪波《小虎问路》

有一只骄傲的小老虎，
在大森林里迷了路。
向谁去问个清楚呢？
他找到蒙头大睡的野猪：
"喂，快停止你难听的呼噜，
指给我一条回家的路途。"
野猪生气地眨眨眼，
转给小老虎半个屁股。
小老虎讨个没趣儿，
又去问忙碌的松鼠：
"嘿！如果你告诉我的住处，
我让妈妈给你最好的食物！"
松鼠像压根儿就没听见，
照样晾它的大蘑菇。
小老虎勃然大怒，
冲向一只戴眼镜的老白兔：

“哼！花了眼的兔老头，
快给我指一条回家的路！
我的腿已经走得发软，
我的肚子已经饿得打鼓！”

白兔慢吞吞地抬起头：
“森林里的路大家都熟，
可像你这样不懂礼貌，
哪怕踩着路，你也问不出……”

（四）樊发稼《露珠》

早晨，小花园里
闪闪发光的露滴，
像美丽的珍珠
洒满一地。

太阳升起来了。
咦，那一串串晶亮的露珠，
怎么不见了？
它们都跑到了哪里？

小草说：
在我绿油油的叶子里。
小花说：
在我红艳艳的花瓣里。

（五）刘饶民《浪花》

浪花家在哪？
　　家在大海中。
浪花几时开？
　　请你去问风。

浪花什么色？
　　朵朵如白云。
浪花开多少？
　　千万千万朵。

（六）黎焕颐《小海螺》

海妈妈有许多娃娃——
小鱼、小蟹、小虾……
只有小海螺最喜欢
跑到沙滩来玩耍。

金灿灿的阳光，
湿润润的沙……
小海螺玩得痛快，
忘了早点儿回家。

海妈妈请风姨
在耳边提醒它。
可是小海螺
不听风姨的话，
在沙滩上爬呀爬……

最后，海妈妈着急了，
鼓起雪白的浪花，
一声一声呼唤：
“哗啦啦！哗啦啦！
我的小海螺
快回家！快回家！”

（七）望安《哈雷彗星，你好》

哈雷彗星，
你好，你好，
你去了七十六年，
今年又来到。
你像一把金色的扫帚，
把天空打扫。

你看见我们了吗？
一群快活的小伙伴向你招手微笑。

哈雷彗星，
再见了，再见了。
等再过七十六年，
你又会来到。
你像一盏遥远的小灯，
在星海闪耀。
到那时，你还认得我们吗？
我们变成老头儿老太太向你点头微笑。

（八）[苏]托克玛科娃《小鱼睡在哪里》（王少生译）

夜里很黑，夜里很静，
小鱼小鱼，你睡在哪里？
狐狸的脚印通向洞里，
小狗的脚印通向窝里。
松鼠的脚印通向树洞，
老鼠的脚印通向地洞。
河里没有，水里没有，
你的脚印，哪儿也没有。
黑乎乎的，静悄悄的，
小鱼小鱼，你睡在哪里？

（九）林焕彰《爱玩水的小青蛙》

夏天才刚开始，
小青蛙就吵着妈妈说：
好热！好热啊！
我们要到池塘去玩水。
好啊！好啊！
青蛙妈妈话还没说完，
它们就扑通！扑通！跳下水。
这个夏天，
小青蛙玩得真快乐。
我们家附近那个大池塘，
就装满了它们玩水的声音：
咕呱！咕呱！
我们是
快乐的小青蛙……

（十）金波《小树谣曲》

小树
在春风里摇，
绿了嫩芽，
绿了树梢。

小树
在春风里摇，
红了花蕊，
红了花苞。
它召唤来
爱唱歌的小鸟，
和它说：
“等我长成大树，
狂风来了，
也吹不倒；
你就在
我的枝叶间，
筑温暖的巢。”

◎思考与练习

1. 思考：什么是幼儿诗的概念？幼儿诗有哪些类型？
2. 任选圣野的一首幼儿诗，写一段作品赏析。
3. 自选幼儿诗作品进行朗诵、表演练习。
4. 选择一个你喜欢的自然界事物，如“云”，至少写三句描述它的话语，必须使用拟人或者比喻的修辞手法。
5. 幼儿诗续写。

秋天的颜色

小草说：“秋天是黄色的。”
枫叶说：“秋天是红色的。”
(　　　　　　　　　　　　　　)
(　　　　　　　　　　　　　　)
大地说：“秋天是五颜六色的。”
呀，原来秋天是这么美丽！

探寻四　幼儿散文综合实践

◎学习目标

【知识目标】

1. 了解幼儿散文的起源与发展概况。
2. 掌握幼儿散文的概念、特征与分类。
3. 熟悉幼儿散文的经典作家作品。

【技能目标】

1. 掌握幼儿散文鉴赏的方法。
2. 能够对幼儿散文的朗诵、表演进行专业指导。
3. 掌握创编幼儿散文的方法。
4. 掌握幼儿散文教学的方法。

【素质目标】

1. 通过欣赏幼儿散文，能够对幼儿散文产生兴趣，萌发出感受美、表现美的情趣。
2. 喜欢幼儿散文，体验幼儿散文中的真实、自然和动人的语言之美，保有孩童的童真，提高艺术想象力和审美能力。
3. 牢固树立绿水青山就是金山银山的发展理念。

一、幼儿散文概述

（一）幼儿散文的起源与发展

幼儿散文起步较晚，在我国封建社会并没有真正意义上的幼儿散文。“五四”新文化运动时期，幼儿散文在我国初露端倪。20 世纪 80 年代，幼儿散文才真正崛起。

20 世纪初，冰心的《寄小读者》歌颂童真、母爱、大自然，文风清丽典雅，饱蕴真情，为幼儿散文这一文体开了先河，成为经久不衰的佳作。这一时期，不少作家主动投身幼儿散文，以幼儿的眼睛和心灵去观察和体悟生活，描绘世界，注重“童真”“童趣”的表现，这为当时及后来的幼儿散文创作奠定了良好的基础。这一时期，优秀的幼儿散文作品有刘半农的《雨》、郑振铎译著的《纸船》、泰戈尔的《金色花》、列夫・托尔斯泰的《李子核》等。在之后的 20 多年间，由于社会动荡、经济衰退、文化教育落后，幼儿散文的创作停滞不前。

20 世纪 30—40 年代涌现出一批优秀的幼儿散文作品，如严文井的《世界一点也不稀奇》、贺宜的《雾》、陈伯吹的《一匹出色的马》、郭风的《我听见小提琴的声音》等。

20 世纪 80—90 年代，散文发展迅速，作家队伍壮大，幼儿散文领域也涌现出一大批优秀的作家，其中较为出名的有冰心、郭风、方轶群、黄衣青、张继楼等，幼儿散文新秀作家有金波、望安、夏辇生、张秋生、郑春华、葛翠琳、梅子涵等。与此同时，幼儿散文作品数量猛增，超过以往作品的总和。这一时期，幼儿散文的题材广泛、形式多样，表现手法不断丰富；语言表达契合幼儿的年龄特点；注重表现幼儿的心理和情趣。全国陆续出版了一大批幼儿散文集，较有影响力的有《中国幼儿文学集成》中的《诗、散文编》（1991）、《中国当代幼儿散文精品》（1997）、《中国新时期幼儿文学大系・散文卷》（1998）、“中国幼儿文学作家散文丛书”（2000）等。进入 21 世纪，还有金波的《寻找幸运花瓣儿》（2005）、吴然的《踩新路》（2009）、佟希仁的《桃花雨》（2005）、高洪波的《与鸵鸟对视》（2005）等多部儿童散文集。可以说，这是中国当代幼儿散文作家的集体亮相，作家以各异的才情学识拓展着幼儿散文领域，使叙事与抒情两相呼应，智性和感性相辅相成的艺术魅力闪耀光芒。

报纸、杂志、网络平台的勃兴也为幼儿散文提供了广阔的发展空间。《儿童文学》《少年文艺》《东方少年》《萌芽》《少男少女》以及停刊之前的《巨人》等少儿杂志，对推动幼儿散文的发展功不可没。

值得一提的是，我国台湾作家桂文亚的《美丽眼睛看世界》和《大外套的秘密》、林良的《小太阳》、林方萍的《屋檐上的秘密》，深受广大读者的喜爱。

幼儿散文内容广博，可以帮助幼儿认识世界，增长知识。幼儿散文蕴含着真诚纯朴的感情，带有天真烂漫的童心、童趣，能够培养幼儿读者的审美能力，让他们的感情得到美的熏陶和滋润。轻盈跳动的幼儿散文字里行间的理趣，能够启迪幼儿心智、启蒙幼儿思想。幼儿散文表现手法灵活，语言具有示范作用，对训练幼儿的观察能力和思维能力，提高正处于语言敏感期的幼儿的语言能力，有着其他体裁的幼儿文学作品不可替代的特殊作用。

（二）幼儿散文的概念

幼儿散文是指以幼儿为接受主体，传达幼儿的生活情趣及心灵感受的艺术短文，包括记人、叙事、写景、状物、抒情、议论等。它篇幅短小、知识性强，写法自由、文情并茂，适应幼儿的审美需要和欣赏水平。

中国是散文大国，散文创作和欣赏有着悠久的历史，散文的内涵在漫长的历史发展过程中不断发生着变化。在古代，散文是区别于韵文的散体文字，到“五四”时期确立的“四分法”中，它是与诗歌、小说、戏剧并列的一种文体。广义的散文是指古代散文概念里凡是不押韵、不讲究骈偶的散体文章；狭义的散文指“五四”时期的散文概念，包括传记文学、杂文、随笔、游记、科学小品等。关于散文的定义很难找到一个确切的概念，综合众多专家给散文下的定义，我们发现，其中还是有很多的共同点，例如抒发真情，表现个性，描绘心态，笔墨真实自由，形式多样，作者风格鲜明等。

（三）幼儿散文的特征

幼儿散文是散文的一个分支，兼具散文化和幼儿化的一般特点，如形散而神不散、适应幼儿的心理需求和欣赏水平等。同时，它以真诚的童心书写幼儿的情感、情趣，字里行间流淌着幼儿文学特有的纯真的美，以独特的内容和情韵显示出它自身的特点。

1. 题材丰富，形式自由

在所有幼儿文学的体裁中，散文最容易将世间万态收于笔下。儿童文学作家徐鲁在讲到散文时说：“散文无处不在。”“散文的天地比任何一种文体都要广阔、自由和高远……”幼儿散文的题材包括了世间的一切，天文地理、声光雷电、阴晴风雨、风光景物、人文历史、中外奇闻、社会生活、风土人情、花鸟虫鱼……凡是有助于幼儿提高思想认识、开阔眼界、丰富知识、启迪智慧、陶冶性情的题材和内容，都可以纳入幼儿散文的题材范畴。

除了在题材上涵盖范围广阔，幼儿散文在写法上可以叙事、抒情、议论、说明，也可以运用讽刺、幽默等各种表现手法；篇幅上可长可短，结构上可松可紧；可以从各种不同角度、不同层次、不同侧面去展示主体生命的体验和思考。总之，只要是幼儿能够接受的艺术手法都可以使用。这种自由和随意有效拉近了生活和文学的距离，如樊发稼的《绿色的小扇子》《放学路上》《我最喜欢的春天》，圣野的《午睡》《三点半》，金波的《尖尖的草帽》《小河》，郑春华的《出来玩》《很轻很轻》，葛翠琳的《小灯笼》，张继楼的《跳磴演奏曲》等都是优美的幼儿散文。苏联散文作家普里什文写过一些极其短小又精美的幼儿散文，如《第一朵花儿》：“我以为是微风过处，一张老树叶抖动了一下，却原来是第一只蝴蝶飞出来了。我以为是自己眼冒金星，却原来是第一朵花儿开放了。”

散文是能“飞”的艺术。清代文论家刘熙载在《艺概》中对散文的语言作过这样的总结："文之神妙，莫过于能飞"，并以一个"飞"字来评价庄子的散文，说其是"无端而来，无端而去"。这里所说的"无端而来，无端而去"，点出了散文在语言运用上自由灵动的特点。如徐青山的《风在哪儿》：

风在哪儿？风在天上。你看，它吹着云儿向前跑，像帆船驶在海上。

风在哪儿？风在柳树上。你看，它吹着柳条轻轻飘，像孩子们在舞蹈。

风在哪儿？风在水面上。你看，它吹起粼粼的波浪，水上的浮萍在不停地摇晃。

风在哪儿？啊！风在我的手上。我挥动着空气，风就来了。

这篇散文选取了风在天上、在柳树上、在水面上几个片段，用生动、形象的语言描绘风吹着云跑、风吹动柳条、风吹着浮萍的画面。最后幼儿发现挥动小手，风就来了，展示幼儿的聪明睿智。

2. 短小真实，形散神聚

"真"和"散"是幼儿散文的本质特征。散文家李广田说到散文写作时，强调"要写好，第一须得真"。凡是优秀的散文作品，无不潜藏着作家对人、事、物、景的关怀，包含着作家对生命现象、生活态度、人生真谛的诠释。散文以自由灵活的书写方式抒己之情，使散文艺术形象的可信和主题、情感的真实成为其独特的艺术魅力。因此，"真"是散文的第一生命，"真"是散文的最高境界，它包括生活的真、情感的真、语言的真、思想的真。如吴珹的《布谷鸟》："'布谷！布谷！'山青了，水绿了。'布谷！布谷！'小苗长了，花儿开了。"再如他的《小鸟打电话》："这棵树上：叽叽叽，喳喳喳！……'快快来，过家家！'——'快快来，过家家！'"短短几句话，真实再现了鸟儿的叫声和春天到来生机勃勃的景象，模拟了小鸟打电话的情景，听来像清脆叮咚的泉水，淙淙地流淌、歌唱；又像活泼跳跃的音符，鸣奏和谐的旋律。这是作者对自然发自内心的赞美和歌唱，同时又贴近幼儿的生活，表现出他们独有的思维和想象特征，激发幼儿对自然和世界的热爱和向往。

散文是"真"的艺术，不仅要求真人真事，更要抒发真情实感，表达真知灼见。真实是散文的生命，自然也是幼儿散文的生命。幼儿崇尚朴素、简练，甚至白描式的语言。如任大霖的《童年时代的朋友》、郭风的《避雨的豹》等都是用十分朴素生动的生活语言写就的优秀幼儿散文作品。

"散"可以说是在散文的艺术构思和文章结构方面最基本的一条规律。散文可以如行云流水、天女散花，无拘无束；它可以开始得漫不经心，越是自由，文章越是容易吸引幼儿；它可以随意游动，甚至跳跃；结束也可以不拘一格，可以戛然而止，可以余韵悠长。散文如果没有诸如此类的形式上的自由，便失去了这一文体的基本特色。如郭风的《初次的拜访》：

我们和土蜂们，
一起来拜访野菊的小屋。
我们的小主人，穿了绿色的便服，

站在门口欢迎，他们鞠躬多么稚气啊。
大家寒暄几句，马上脸红了，
土蜂们便开始唱歌；
我们开始把袋子里的小书拿出来，
坐在地上，各人轮流朗读了一节。

这篇散文表达了幼儿来到大自然的快乐心情。幼儿来到大自然中，与小花为朋，与小虫为友，在和谐自然的天地间，一边感受着自然的美好，一边享受着读书的乐趣，构成一幅和谐美好的画面。幼儿的世界是最单纯和自然的，作家怀着晶莹剔透的童心，把幼儿生活童话化、艺术化。

再如张继楼的《跳礅演奏曲》开头这样写道："在我们上学的路上，有一条浅浅的小溪，在山脚下悄悄流淌。青青的条石，排成一个个跳礅，像一排黑色的琴键，等待我们去演奏。"接着，写晴天"我们"踏着琴键，演奏着进行曲；雨天溪水涨了，大哥哥大姐姐们手拉着手站在看不见的跳礅上，筑成长长的栏杆让小弟弟、小妹妹们扶着过去，演奏一曲友爱之歌；水更深时，老师变成一艘渡船，一次次背着我们，踏着水下的跳礅，一步一个漩涡。溪水哗哗，琴键在演奏赞美曲。用黑色琴键比喻条石既形象又生动，构成鲜明的散文意象，很平常的春夏秋冬的上学过程被它奏出的不同歌曲贯穿起来。散文表面上随意松散，其实有一根线紧紧牵着，那就是友爱的主题。结尾的"不管春夏秋冬，不论阴晴雨雪，我们踏着跳礅，弹着琴键，走向学校。在不同的乐曲声中，一天天长大"，有力地将整篇散文串联起来，谱写了一曲互助友爱的快乐成长曲。

3. 童真盎然，意境优美

表现幼儿的童真、童趣，是幼儿文学的固有特色，也是儿童文学作家在不同体裁的文学作品创作中所遵循的美学原则。在幼儿散文中，以跃动的童心表现童趣，是幼儿散文的一个鲜明特色。幼儿散文表现童心童趣，常依托于具体的人、事、物、景。也就是说，作者常常将幼儿稚气拙朴的语言、行为、心理与散文的事件、情景结合起来，通过作者对幼儿世界的用心观察，对幼儿心灵的倾听与盛赞，表现幼儿盎然的童真、童趣。幼儿散文的真情实感，是对天地万物的热爱与悦纳，是无瑕童心的艺术性再现。幼儿不仅对自己的亲人、伙伴表达这样的情感，对待身边的小动物，乃至虫鱼鸟兽、一花一木、一沙一石，都充满着率真的热爱与欣赏。如夏辇生的《抬轿子》：

男孩子，抬轿子，女孩子，坐轿子，一颠一颠出村子。女孩戴着野花环，活像一个新娘子。还有对话："去哪儿呀？"男孩子问。"找新郎！"女孩子说。"新郎在哪儿呀？"男孩子瞪大眼睛找。"太阳里！月亮上！"女孩子咯咯笑弯了腰。

乡村常见的幼儿玩抬"新娘"出嫁游戏时的情景，表现了幼儿天真无邪、两小无猜的纯真友谊，童趣盎然。

散文的美，美在纯朴的感情和优美的意境水乳相融，呈现出虚实相生的悠远意境。

意境是作者将散文中蕴含的思想感情融入客观事物的描写中所表现出来的一种情景交融、物我交融的艺术境界。幼儿散文追求童话般优美的意境，以此来满足幼儿的好奇心，激发幼儿想象和创造的欲望。作家常常通过比喻、拟人等手法赋予笔下一切事物以语言、情感及生命，融入幼儿天真、纯洁的童心，让其沉醉。

意境优美是对幼儿散文的审美要求。儿童文学作家金波说："优美是幼儿文学重要的审美属性。这一属性对幼儿来说是主要的审美对象。……我们称幼儿文学是美的文学，快乐的文学，就包含有优美的审美特征。那些表现自然美的小诗、散文，那些像抒情诗一样的童话故事，都容易培养幼儿对于优美的感受。这种感觉越敏锐，对于培养幼儿丰富的感情、静谧的心态、喜人的性格越有益。"幼儿文学担负的主要责任就是以优美的意境给幼儿美的熏陶，让优美的意境渗入幼儿的心灵深处，成为绝佳的情感营养。优美的意境表现为具体可感的形象，这些形象拥有幼儿式的纯真，既鲜明生动，又满载幼儿的幻象，最易激发幼儿的想象和联想，进而达到让幼儿感受美、欣赏美的目的。郭风的《我听见小提琴的声音》、野军的《春天的小精灵》、吴然的《走月亮》、胡木仁的《圆圆的春天》、金波的《夏夜》和《小鸟的歌》、郭风的《竹叶上的珍珠》等作品都较好地体现了这一特点。如胡木仁的《圆圆的春天》（图 4-1）：

小蜻蜓，尾巴尖，弯弯尾巴点点水……
小蜻蜓，做什么？
我给春天灌唱片！
青蛙唱"呱呱"，雨点敲"叮咚"，
活泼可爱的鱼娃娃，跳起水上芭蕾舞……
灌呀灌，灌好了：
圆圆的池塘，圆圆的唱片，圆圆的春天。

图 4-1 《圆圆的春天》（吴慧婷画）

作者抓住幼儿感兴趣的蜻蜓、青蛙、雨点、鱼娃娃，把它们的动态写得逼真鲜活，触手可及，使抽象的春天形象化、具体化为幼儿熟悉的圆形。这就拉近了物象与幼儿的距离，贴近了幼儿的生活。作品虽不足百字，却描写真切，是幼儿观感的再现，写出了幼儿眼中的春天景象，幼儿心中的春天感受。

4. 构思巧妙，语言灵动

精巧的幼儿散文总是拥有奇特的想象和匠心独运的形式结构。在构思和情节的表述上，幼儿散文显得异常灵活。自由自在是幼儿的天性，而无拘无束是散文这一内向性文体的特质。幼儿散文有的趋向于写实，讲述简单的生活情节，表达幼儿朴素、纯真的情怀；有的则是浓墨重彩的虚构，以拟人、夸张、象征等手法讲述充满幻想的情节，表现出浓郁的情思、浅显的哲理；有的没有情节，只是一些场面或细节的描写，甚至只是几句问答，常以排比、反复的方法加以渲染，这样的作品往往以简洁中蕴藏丰富、朴实中富有诗意而见长。

正是自由灵活的书写方式，多样风格的存在，才使幼儿散文具备了强烈的个性，紧紧抓住幼儿的心。如鲁兵的《我是一只海船》：

早晨有雾，很浓很浓。

我在田野里走着，像在航海。

我是一只海船啊！叫什么名字呢？——就叫“冰儿号”吧。

我是眉毛浓黑的船长，又是胳膊粗壮的水手。有几千万小旅客，在我的心里，不，在这只海船上。

小心，小心，前面有礁岩了。

小心，小心！飓风卷着大浪扑来了。

宽阔的海，叫人迷路的海，到处埋伏着摧残和陷害的海！但是，我要走完这段航程。

看，大陆的影子出现了！

我用双手做成一副望远镜，凑在眼睛上，是的，是的，大陆近了！

“呜呜——呜呜——”

我鼓着腮帮呼叫，把自己停泊在阳光的岸边。

这里，树木，麦田，远山，都非常明亮。

作者运用优美简练、富于激情的文字，将浓浓大雾想象为茫茫大海，将“我”（小男孩）想象为勇敢机智的航行舵手，指挥大海船不畏艰险，勇往直前，顺利到达阳光的彼岸。作者运用大胆夸张的想象塑造了一个可爱、活泼、完美的幼儿船长的形象，激发读者的无限想象，使读者激情澎湃，产生情感共鸣。

散文是抒情性的美文，其景美、物美、意也美，而最能给人以直观美感的是语言的美。一个普通的词语一旦置于最恰当的位置，就会光芒四射。幼儿散文的语言应该是幼儿语言与散文语言的融合，浅显朴实、明丽清纯，渗透着幼儿的情调和趣味，这是由幼儿的接受能力和欣赏趣味所决定的。幼儿散文在语言上更重视规范中求自然、活泼中透简约、优美中见质朴，明快、灵动而流畅。

幼儿散文的语言要充分保证语言的精当和幼儿化，既能描绘美的意境，抒发美的情感，又能确保幼儿可以理解和接受，符合幼儿的审美情趣，优美而不造作，质朴而不生硬，规范而不呆板，活泼而不浮躁，在自然、富有童趣的表达中给幼儿美的熏陶和启迪。

下面我们对照阅读常瑞的儿歌《落叶》（图 4-2）和屠再华的散文《秋天真美丽》（图 4-3）片段来感受幼儿散文的语言特点。

落　叶

常瑞

秋风秋风吹吹，
树叶树叶飞飞。
就像一群蝴蝶，
张开翅膀追追。

图 4-2 《落叶》（林梅榕画）

图 4-3 《秋天真美丽》(林梅榕画)

秋天真美丽(节选)

屠再华

秋天，秋天，真美丽。

天高了！地宽了！乐得秋风爷爷到处跑……

秋风爷爷对着大树吹口气，大树摇啊摇：一忽儿抖落一只金蝴蝶，一忽儿抖落一只红蝴蝶，一忽儿抖落一只花蝴蝶。

妈妈说，大树落叶了，送给小树作肥料，盼它快长高！

同样是描写秋风吹落叶的情景，儿歌《落叶》更注重语言的节奏感，注意句尾的押韵和谐，力求让幼儿感受到诵读的趣味，对于词句本身是否精当并不作十分严格的要求；而在散文《秋天真美丽》中，我们可以感受到作者对词句的精心斟酌，如形容天地的“高”“宽”，对秋风吹送以幼儿容易理解的“跑”来形容，说树叶飘下是被大树“抖落”，拟人化的描写让大树也生动形象了许多，树叶被形容成“金蝴蝶”“红蝴蝶”“花蝴蝶”，贴合幼儿的想象，一个五彩斑斓的秋天立刻呈现在我们面前。两种文体都充满童趣，但我们可以明显感受到后者语言上的精致优美(图 4-4、图 4-5)。

图 4-4 《落叶》(黄琳欣画)

图 4-5 《落叶》(黄琳欣画)

二、幼儿散文的分类与形式

幼儿散文从不同的角度可分为不同的类型。根据不同的内容、表达方式和表现手法，大致可以分为以下五类。

(一)幼儿叙事散文

幼儿叙事散文，是从幼儿现实生活中取材，以叙述事件为主要目的。幼儿叙事散文侧重描述幼儿生活中发生的事，可以反映幼儿在幼儿园、家庭、社会生活中的所见所闻，也可以取材于作者的童年生活或自身的见闻与感受，它可以完整地叙述一件事，也可以是生活片段的再现，不一定要有事件的全过程。幼儿散文毕竟不是小说，所以得淡化、简化情节，使情节为抒情服务。它的题材较为广泛，凡适合幼儿接受的生活情景皆可入题，或记人，或叙事，体现出以情驭事、融情于事的特点。

幼儿叙事散文往往带有一定的故事性。如董恒波的《搭积木》，小女孩用积木搭了一座楼，妈妈开玩笑说让全家人都住进去，这句玩笑话却让这位小女孩一直在疑惑：爸爸妈妈和自己要如何变成很小很小的孩子住进去呢？马光复的《白鸽子》表现一个善良的小女孩和小白鸽之间的交流，最后小女孩和小白鸽成了好朋友。葛翠琳的《小灯笼》讲述了元宵节时，小朋友们把灯笼送给爸爸出差、妈妈住院的小婷婷玩的故事，事件叙述完整，从一件小事反映出幼儿善良的心灵。屠再华的《快乐的端午节》用生动的语言介绍了端午节的来历和习俗，让幼儿感受到中华文化的传承。张秋生的《妈妈睡了》抓住睡梦中的妈妈的外貌特点进行细致刻画，含蓄表达了幼儿对妈妈的爱。

写禽鸟虫鱼的叙事散文也很多，如郭风的《竹鸡们》，吴城的《快乐的小鸟》，苏联作家、教育家苏霍姆林斯基的《小鸡》，捷克作家希恰的《我家的小小动物园》等都是十分优秀的作品。滕毓旭的《一朵会说会笑的山菊花》，记叙的是孩子和妈妈在树林里捉迷藏的事情：

孩子和妈妈在树林里捉迷藏。

两只粉红色的蝴蝶从妈妈身边飞走，追着扑楞楞的小辫儿，飘进花丛里不见了。

“妈妈，你找呀，看我藏在哪？”

妈妈故意不往花丛那边看，却向一棵大树走去。树儿轻轻摇，发出哗啦啦、哗啦啦的响声，一簇簇小蘑菇，擎着伞儿站树下。

“妈妈，别到大树后面找，那里有小鸟，别吓飞了它！”

妈妈停住了，还是不往花丛那边望，却故意用手拨开草丛。一只大肚蝈蝈被惊动了，一个蹦高儿到草尖上，悠悠打起了秋千。

“妈妈，别到草丛里找，那里有小兔，别吓跑了它！”

这时，妈妈踮起脚尖儿，一步步向花丛走去。孩子闭着眼，咯咯笑着。突然，妈妈一下把孩子抱住了。

孩子仰着脸儿，不明白地问：“妈妈，你怎么知道我藏在花里呀？”

妈妈甜甜地说：“我的小妞妞，是朵会说会笑的山菊花！”

在这篇散文里，我们看到了一个天真、稚拙、可爱得像一朵“会说会笑的山菊花”的小姑娘和一个亲切、幽默、童心未泯，又满怀爱心的妈妈形象。这一份母女情是多么纯真、多么自然、多么和谐，令人倍感羡慕和向往。

望安的《小太阳》描写了一个可爱的孩子陪刚刚病愈的姥姥晒太阳并把橘子分给她吃的小故事，尽管写的只是一个生活的小片段，却展示了一幅动人的生活情景，表现出孩子和老人的亲密感情，令人羡慕：

姥姥病刚好，我陪姥姥晒太阳，太阳暖洋洋。我给姥姥变魔术，一变变出个小橘子，圆圆的橘子红通通，就像个小太阳。

“来，姥姥，姥姥，我剥橘子咱俩吃。你一瓣，我一瓣，你一瓣，我一瓣。”

姥姥吃得甜蜜蜜，甜到心里暖洋洋。

橘子吃完了，我说：“小太阳变没啦！”

姥姥搂着我，亲亲我的红脸蛋儿，对我说：“这才是我的小太阳。”

（二）幼儿抒情散文

幼儿抒情散文是重在抒发幼儿纯真美好感情的散文。幼儿散文的美好情感源自幼儿特有的“万物有灵”和“自我幻化”的思维。这种思维方式使世间万物具有了灵性和生命，因而使幼儿生活具有了诗性的光辉，反映在幼儿散文中，也为幼儿散文镀上了一层曼妙的色彩——充满浓郁的诗情。

幼儿抒情散文以抒发幼儿内心情感和对生活中的人物、事件、景物的纯真美好的感情为主要目的。它可以用幼儿的眼光和口吻直接抒情，也可以间接抒情，将幼儿感知的生活美、自然美、情感美等展现出来，以激发起读者对大自然、对生活、对社会的热爱。这类散文不以情节的曲折、人物的生动取胜，而是重在意象的描绘，通过精心选择的意象达到抒情的目的，因而抒情散文也最能体现散文“形散而神不散”的特点。为适应幼儿的心理特点和认知特点，幼儿抒情散文的意象大多具体可感，少抽象朦胧。抒情方式多种多样，可以借景抒情、借物抒情、借事抒情、借人抒情等。其中，借景抒情是幼儿散文中最常见的一种抒情方式。冯幽君就是一位特别擅长借景抒情的幼儿散文作家，他的《会飞的花》《风筝》《七月的云》（图 4-6）等都是借景抒情的佳作。

七月的云

冯幽君

七月的云，像一位神通广大的魔术师。

一会儿，变成一群雪白的绵羊；

一会儿，变成一棵会跑的树；

一会儿，变成一位慈祥的老奶奶；

一会儿，变成一只顽皮的小白兔……

啊，我要是一朵云，那该多好呀；

一会儿，变成这个，一会儿，变成那个。

亲爱的妈妈，这样，您还能认识我吗？

图 4-6 《七月的云》（邱铃薇画）

作者在文中用绵羊、树、老奶奶、小白兔这些幼儿十分熟悉的意象生动地表现出七月的云变化多端的特点，首先让幼儿感到亲切，在此基础上很自然地表达出幼儿内心的情感和愿望——希望自己也变成一朵云，却又担心妈妈认不出自己。幼儿的可爱与天真一览无遗。

小小的希望

金波

我有一个小小的希望。

我真希望能有那么一天：

小鸟能听懂我的话，我也能学会讲小鸟的话。

那样，我就可以告诉它们：

不要往那边树林里飞，那边有个举着猎枪的人；也不要到这里来，这儿，张着捉鸟的网。

我要和小鸟一起飞到另一片树林里。我躺在林中的草地上，望着我头顶上绿叶间的小鸟，我们用彼此都能听懂的话，交谈着春天、森林、花朵，还有越来越多的花园。

《小小的希望》是一篇抒情散文。文中的孩子，因为林子里举着的猎枪和张开的捕鸟网，希望能和小鸟交谈，好告诉它树林里埋伏着的危险。幼儿的希望交织着各种情感，有悲哀与忧伤，有一种反抗暴力的力量，还有对人与自然和谐相处的美好期盼。

（三）幼儿童话散文

幼儿童话散文是用散文的形式来写童话，是散文与童话的结合。童话散文用散文的语言、形式，借助童话的幻想来描写拟人化的童话形象。儿童散文作家郭风曾说过这样的话："儿童散文的体裁应该是多样的，可不可以写一些童话体散文？我说安徒生的作品中有一部分实际上是散文。"童话散文与童话故事相比，淡化了情节，它不追求情节的跌宕起伏；童话散文也有矛盾冲突，但是它的人物关系比一般的童话故事要更简单。童话散文意境优美、童趣浓郁，审美价值很高。童话散文的语言更加新鲜活泼、形象、亲切可爱，能让幼儿感到新奇，进而品尝到生活的甜美。

幼儿比较容易接受童话散文中的拟人化形象，不管是叙事写人还是写景状物，是抒情散文还是知识散文，都可以不同程度地运用童话元素，因而幼儿童话散文的数量比较多。鲁兵的《春娃》、李想的《月亮做客》、冈本良雄的《大海那边》和安武林的《太阳公公生病了》等都是优秀的幼儿童话散文作品。

太阳公公生病了

安武林

太阳公公生病了。瞧，他原来红彤彤的脸，变得灰乎乎的，多难看。

小喜鹊把消息传给大家，啄木鸟医生连忙赶来了。

啄木鸟医生看了看说："太阳公公你感冒了，要盖上被子捂一捂。"

到哪儿找一床能盖住太阳公公的大被子呢？

风姑姑吹呀，吹呀，吹来好多好多云彩，厚厚的云彩盖住了太阳公公。

太阳公公在云彩里捂呀，捂呀，捂得汗水哗哗地流下来。

云散了，天晴了，太阳公公病好了，他的脸红彤彤的，放着明亮的光芒。

这篇童话散文用拟人的修辞手法，通过太阳公公生病了，风将云当作被子给太阳公公盖上，太阳公公捂出了汗，最后病好了的故事，将天气从多云到雨，再到雨过天晴的变化过程，描述得趣味盎然。

春　娃

鲁兵

春天是个娃娃，喜欢图画，又喜欢音乐。

他走过树林，给树林涂上嫩绿色；走过小溪，教会小溪唱歌。

今年，春娃来了，看见我们，高兴极了。他说："你们都长高了。"

我们问："是吗？"

他说："真的，真的。你们比去年高多了！明年我来的时候，你们一定长得更高了。哎呀，十年以后，你们都是小伙子、大姑娘了。可是我，还是个娃娃。"

图 4-7 《春娃》（黄琳欣画）

这是一篇富有诗意的童话散文，短小精悍。作者把春天比作娃娃，爱唱爱跳、爱画画，善于交流，是一个健康、快乐的娃娃。纯真的语言、巧妙的构思为小读者叙写了春天与幼儿的故事，从而使幼儿在阅读中产生热爱自然、热爱春天的情感（图 4-7）。

（四）幼儿写景散文

党的二十大报告提出，要坚持"全方位、全地域、全过程加强生态环境保护，生态文明制度体系更加健全，污染防治攻坚向纵深推进，绿色、循环、低碳发展迈出坚实步伐，生态环境保护发生历史性、转折性、全局性的变化，我们的祖国天更蓝、山更绿、水更清"。在新时代新征程上，我们必须牢固树立和践行绿水青山就是金山银山的理念，站在人与自然和谐共生的高度谋划发展，推进美丽中国建设，加快发展方式绿色转型，为中国式现代化和人民群众更加美好的生活夯实生态基础。同时，我们也殷切希望绿水青山的种子能够种进幼儿的心里。

幼儿写景散文侧重描绘优美的自然风景和季节变化等，让幼儿感受大自然的美景，从而受到感染与熏陶，生出对自然的热爱之情。此外，人文建筑、民俗风情也可适当选入写景散文，游记散文因主要写旅途见闻、异地风光、山水人情，大体也可以归入写景散文之列，它不像成人游记那样在视角和结构上追求多变，穿插复杂情节和典故，让人浮想联翩，而是将目光对准某旅游胜地的一处小景，线索单纯地向幼儿介绍景点的主要布局或特色，通常以幼儿的口吻来叙述和描写。这类散文可以开阔幼儿的眼界，增长幼儿的见闻，还可以穿插故事，如乐美勤的《布鲁塞尔的铜像》、冰心的《一寸法师》。还有系列游记散文，如稽鸿就曾在《小朋友》杂志上刊登《猴子岛》《武夷山》《在小兴安岭》等系列文章。而冰心的《再寄小读者》基本上都在写国内外风光和见闻，通过见闻抒发感想。叶圣陶的《游中山陵记》《游泰山记》则是以小朋友的游踪为线索逐一介绍沿途风景。

儿童文学理论家刘绪源说："童年意味着天真，意味着本色的真实，这是人生中最接近自然、最合于自然的岁月。"与成人相比，幼儿与自然之间有着最天然、最质朴的联系，一草一木都能吸引幼儿最热切的目光，春天的第一抹春色，往往最先映入幼儿的眼睛。一般来说，幼儿写景散文不单纯描摹景物，而是融入生活趣味，聚焦于小景点，注重把幼儿隐约感知到的自然美显现出来，并从中挖掘诗情画意，让幼儿在潜移默化中感受文学艺术之美。

幼儿写景散文往往从小处着笔，不求全面与广阔，一般只选取某一特定视角来表现自然风光的诗情画意，或者人文景观的奇妙多姿。以幼儿的眼光来看世界，能让幼儿感知自然的美丽和世界的辽阔。如望安的《夏天》就是通过描写夏天的雨、风、路来赞美丰收景象的：

夏天的雨是金色的。不信，你看：

场院里，脱粒机扬撒着麦粒，千颗，万颗，连成金色的雨。

夏天的风是喷香的。不信，你闻：

村子里，家家户户磨了面，在蒸甜糕，飘出一阵阵香味。

夏天的路爱唱歌。不信，你听：

小路"吐吐吐"，大路"嘀嘀嘀"，拖拉机，大卡车，一辆接一辆，忙着去卖粮。

夏天的美景很多，作者却把镜头定格在麦收的场景上。农庄场院里，脱粒机扬撒着麦粒连成金色的雨；农家村落里，甜糕飘出了阵阵香味；农村小路上，忙着去卖粮的拖拉机、大卡车一辆接一辆，一幅喜人的丰收图展现在读者面前。作者从视觉、嗅觉和听觉三个角度描摹了对夏天的热爱和赞美之情，将"金色的雨""喷香的风""歌唱的姿态"等意象一一展现，描摹了丰收、忙碌的季节特征，有声、有色、有味，令人遐想（图 4-8）。

图 4-8 《夏天》（邱铃薇画）

（五）幼儿知识散文

幼儿知识散文是以向幼儿介绍知识为主要目的，结合幼儿的心理、认知特点，寓知识于形象的描述之中的一种文体。幼儿知识散文不同于科学小品文，也不同于生活常识的说明文，它写法灵活，语言生动活泼，借用抒情的笔调，叙写新奇有趣的知识、幼儿身边的事物、最新的科技信息等。

优秀的幼儿知识散文，总是将知识内蕴在意境悠远的文字叙述之中，让幼儿在得到教益的同时获得美的感受，启发幼儿对生命、自然、文明的思索与领悟。如夏洛特·左罗托夫的《风到哪里去了》以母子对话的形式来说明物质不灭万物循环的道理，抒情而诗意的语言令人陶醉，也令人深思。邓小秋的幼儿散文《小树叶》运用幼儿的口吻讲述秋天树叶变黄，冬天树叶要落下来的自然现象。叶圣陶的《破碎的瓦罐头》《商代人的书》两篇短文，介绍了三千多年前的陶器和甲骨文，以父亲向幼儿介绍的形式来写，亲切得就像发生在幼儿身边的事。远舟的《最大的书》把岩石比作一本厚厚的书，将岩石地层学、岩石考古学形象地介绍给幼儿，读来生动有趣，毫不生涩。铁环是男孩子喜欢的一种玩具，吴诚固的《转呀转》就利用拟人化手法，通过铁环和幼儿的谈话，生动地向幼儿介绍了“圆”的作用。

小麻雀洗澡

金波

就像我们常常洗澡一样，有的小鸟也常常洗澡。

绿头鸭、鸳鸯会游泳，常常在水中洗澡，洗净羽毛和皮肤，然后游到岸上，抖掉身上的水珠，开始用嘴梳理着羽毛。

小麻雀不会游泳，不能到水里洗澡，怎么办？它就卧在小小的沙坑里，抖动着翅膀，把沙土一次一次地扬到身上，然后抖掉，反反复复，一次一次，就这样，用沙土把藏在羽毛里的脏东西、小虫子都洗掉了，飞起来就轻松多了。

聪明的小麻雀！

这篇幼儿知识散文，作者用拟人的手法、生动有趣的笔调将绿头鸭、鸳鸯、小麻雀保持自身干净的方法描述得浅显易懂，同时也潜移默化地传递了常洗澡、讲卫生的生活观念。作品采用简单、真实、具体的语句，描绘出清新活泼且富有动感的画面，以一句“聪明的小麻雀”的赞叹总结，充盈着纯真的感情。

◎技能指导

一、幼儿散文鉴赏

散文是诗歌的蓓蕾。散文以其诗一般的意境，不拘一格、自由灵动的艺术表现形式，成为文学百花园里的一朵奇葩，深受读者喜爱。

在幼儿散文的鉴赏中，我们可以用“一千个读者就有一千个哈姆莱特”来形容其鉴赏过程、鉴赏情感、鉴赏内容、鉴赏价值的丰富、复杂、多层次、多角度。通过鉴赏幼儿散文的语言、结构、内容等，感悟作者的生命体验，实现和作者的心灵对话，宣泄自己的情感，张扬自己的审美个性，完成文学欣赏的又一次创作。

我们在鉴赏幼儿散文时，必须以幼儿散文的特点作为标准和尺度：语言是否清新明丽，新词汇的量是否适合幼儿接受，是否对幼儿书面语言能力有熏陶和训练作用；结构是否合理，表现是否灵活；内容是否贴近幼儿的生活，是否关注幼儿的情感体验；形象是否活泼、生动，富于想象力；意境是否优美，是否契合幼儿的欣赏水平等。简言之，是否充盈着“童心”，溢满了“童趣”，是我们鉴赏幼儿散文的审美标准。

具体而言，幼儿散文可以从以下六个方面进行鉴赏。

（一）把握“文眼”

鉴赏一篇幼儿散文，关键是把握“形”与“神”的关系，凡是构思有趣、意境深远或较含蓄的诗文往往都有“文眼”。“文眼”即能够揭示全篇旨趣和画龙点睛的字、词、句，它的设置因文而异，除了词句之外，还可能是一景一物，乃至一缕情思。以泰戈尔的《金色花》为例：

假如我变了一朵金色花，只是为了好玩，长在那棵树的高枝上，笑哈哈地在风中摇摆，又在新生的树叶上跳舞，妈妈，你会认识我么？

你要是叫道：“孩子，你在哪里呀？”我暗暗地在那里匿笑，却一声儿不响。

我要悄悄地开放花瓣儿，看着你工作。

当你沐浴后，湿发披在两肩，穿过金色花的林荫，走到你做祷告的小庭院时，你会嗅到这花的香气，却不知道这香气是从我身上来的。

当你吃过中饭，坐在窗前读《罗摩衍那》，那棵树的阴影落在你的头发与膝上时，我便要投我的小小的影子在你的书页上，正投在你所读的地方。

但是你会猜得出这就是你的小孩子的小影子么？

当你黄昏时拿了灯到牛棚里去，我便要突然地再落到地上来，又成了你的孩子，求你讲个故事给我听。

“你到哪里去了，你这坏孩子？”

“我不告诉你，妈妈。”这就是你同我那时所要说的话了。

这篇散文把纯真美妙的童趣，把亲子之情，化为一幅幅美好的生活图景。孩子为了好玩变成金色花，长在树的高枝上，“笑哈哈地在风中摇摆”“又在新生的树叶上跳舞”；让妈妈找，而自己“悄悄地开放花瓣儿”，看着妈妈工作；林荫道中，有金色花散发的温馨袭人的花香；妈妈在窗前读书时，金色花变成小小影子落在妈妈的书页上；妈妈黄昏时拿了灯到牛棚里去，金色花落在地上，又成了求妈妈讲故事的孩子。孩子调皮而可爱，妈妈平凡而伟大。妈妈沐浴、祷告、读书、拿灯到牛棚去、讲故事等，这些平凡、琐碎的家务事，母亲对神的虔诚以及对文化生活的执着，都是通过孩子的口述表现出来的，这里不仅可以看出她的慈祥可爱，而且可以看出她的精神丰满富饶。

本文的“文眼”是开篇的一句：“假如我变了一朵金色花，为了好玩，长在树的高枝上，笑嘻嘻地在空中摇摆，又在新叶上跳舞，妈妈，你会认识我么？”这一句充分表现出孩子想和母亲做游戏的天真心理，统领全文，埋下伏笔。

（二）抓住“线索”

阅读幼儿散文要抓住线索、理清思路，准确把握文章立意。掌握了线索，便可对作品思路了然于胸，掌握作者的谋篇布局，便可透过“形散”的表象抓住文章的精髓。

同样以《金色花》为例，线索就是孩子一路追寻母亲的踪迹。以母亲日常的生活轨迹为行文线索，既亲切又富有生活气息。

（三）选择恰当的欣赏角度

不同散文类型有不同的表达特点，在欣赏时自然应该有不同的侧重角度。叙事散文以叙述取胜，抒情散文以情感取胜，童话散文以想象取胜，写景散文以描写取胜，知识散文以说理与趣味兼美取胜。

当然，有很多幼儿散文文质兼美，无论叙事、抒情还是趣味都谈得上一流，如屠再华的《秋天真美丽》、郭风的《花的沐浴》、楼飞甫的《春雨的色彩》、滕毓旭的《一朵会说会笑的山菊花》等。在鉴赏这一类散文时，也应当找准切入的角度，选择最有特点的方面进行分析，可以是选材，也可以是内容，还可以是表达方式、表现手法等。如果过于追求面面俱到，就很难让人感受到这篇散文最突出的特点，反而流于泛泛而谈。

（四）品味散文的语言

语言是幼儿散文最直接呈现的层面，无论朗读还是听读，幼儿散文优美的语言都能带给幼儿直接的愉悦。幼儿散文中叮咚的流水、啁啾的鸟儿、隆隆的春雷、沙沙的小雨、清脆的笑声……直接冲击着幼儿的听觉，给幼儿带来声音的快乐；而蓝蓝的天空、金色的树叶、五彩的蝴蝶、缤纷的花朵……则给幼儿打开了辽阔的世界之门，将幼儿带入绮丽的想象世界。品味优秀的散文语言，就是感受优秀的表达方式，并将这种表达内化为幼儿的心灵滋养，无声地陶冶幼儿的性情，给幼儿以美的教育。

优秀的幼儿散文语言优美、凝练又自由灵活，接近口语且富有哲理和诗情画意。幼儿散文的语言不仅要规范，还要注意用词浅显、准确和形象，要把想表现的对象鲜明具体地表现出来；要多用形象生动的动词、表现色彩的形容词或具有音响效果的词语以及具象名词等，常用重叠，讲究声韵。如圣野的《午睡》：

老公公睡午觉的时候，一动也不动。

小蜻蜓睡午觉的时候，一动也不动。

小朋友睡午觉的时候，一动也不动。

只有风，在轻轻地吹着。

风说，我会吹得很轻很轻的，不会吹醒老公公的梦，不会吹醒小蜻蜓的梦，不会吹醒小朋友的梦。

只有阳光，在暖暖地照着。

阳光说，我不会照得让老公公出汗的，我不会照得让小蜻蜓出汗的，我不会照得让小朋友出汗的。

过了一会儿，老公公醒过来了，小蜻蜓醒过来了，小朋友醒过来了。他们做了一个好甜好甜的梦啊！

（五）感悟散文的意境

散文营造出的境界和情调就是散文的意境，意境营造的成败直接决定着散文的优劣。情感的表达是意境生成的深层要素，作为偏于情感表达的文体，散文的意境要求真实和真诚，决不能矫情和虚假。幼儿的世界容不得一丝虚伪的感情。此外，幼儿散文不光要有真情实感，而且要有耐人寻味的精神力量，朴素的、感性的真情实感，必须经过开拓、延伸、升华，才能形成意境。如冰心的《一只小鸟》：

有一只小鸟，它的巢搭在最高的枝子上，它的毛羽还未曾丰满，不能远飞；每日只在巢里啁啾着，和两只老鸟说着话儿，它们都觉得非常地快乐。

这一天早晨，它醒了。那两只老鸟都觅食去了。它探出头来一望，看见那灿烂的阳光，葱绿的树木，大地上一片的好景致；它的小脑子里忽然充满了新意，抖刷抖刷翎毛，飞到枝子上，放出那赞美“自然”的歌声来。它的声音里满含着清—轻—和—美，唱的时候，好像“自然”也含笑着倾听一般。

树下有许多的小孩子，听见了那歌声，都抬起头来望着——

这小鸟天天出来歌唱，小孩子们也天天来听它，最后他们便想捉住它。

它又出来了！它正要发声，忽然嗤的一声，一个弹子从下面射来，它一翻身从树上跌下去。

斜刺里两只老鸟箭也似的飞来，接住了它，衔上巢去。它的血从树隙里一滴一滴地落到地上来。

从此那歌声便消歇了。

那些孩子想要仰望它，听它的歌声，却不能了。

一只小鸟忽然被夺去了生命，血一滴一滴落在地上，这是一件多么令人惋惜、痛心的事。散文浸透着作家的善良与爱心，从侧面循循善诱地提醒小朋友：珍爱自然，珍惜美好事物，不要伤害幼小无辜的生命，小鸟也有爸爸妈妈，也有家。作品语言朴实，于平静的描述中蕴含着深切的感情。这种不用说教、不作雕饰，让幼儿自己去认识事物、辨别是非的写法，往往能触动幼儿的思想，引起他们心灵的震颤。

（六）鉴赏延伸

幼儿散文鉴赏的角度和方法有很多，但值得注意的是对幼儿散文中审美要素的挖掘。鉴赏幼儿散文，除了掌握方法外，还可以借助一些有特色的活动将美的鉴赏加以延伸。如配乐朗诵，便于渲染情绪；实景体验，便于切身感受；绘画手工，便于再现美文；改编创编，便于激发想象，锤炼语言。

总之，只要用心赏读、细心发掘、精心组织，幼儿散文的文字之美、意境之美、哲理之美一定能大放异彩。

二、幼儿散文朗读

幼儿的识字能力有限，无法自己通过阅读感受到作品的美，他们需要倾听散文，这就需要幼儿教师有较好的语言艺术修养，能引领幼儿去听、去看、去感悟，伴随着声音入耳，作品中所传递的真善美也同时流入幼儿的心田，陶冶幼儿的性情。

（一）熟悉作品、理解作品、感受作品

首先是熟悉作品，要弄清楚文中字、词、语句等的含义，对整篇文章的内容有全面的了解，明确主题思想，确定作品的朗读基调。然后充分理解作品的结构、段落的大意，找出文章情感的变化，在朗读时，自己的感情也要随之变化。最后是充分感受作品，领会文字背后的情感，努力和作品产生共鸣。作品中的很多情节是幼儿教师本人没有亲身经历过的，只能努力地共情，使自己的感受贴近作品的情感，理解幼儿的心理感受。

（二）情景再现，触景生情

这是一种想象联想活动，作品中的人物、情节、场面、景物、情绪等在脑海中不断浮现，形成连续活动的画面。通过再现作品描述的情景，准确把握作品情感，从而确定朗读基调。

朗读之前要充分理清头绪：开头是什么场景？接下来的变化是什么？情节如何发展？结果怎么样？哪里是重点描写的部分？哪些地方语速要快一点？哪些地方语速要慢一点？对这些问题要做到心中有数。

（三）忠实于原作品

朗读时，要忠实于原作品，做到不丢字、不添字、不改字、不错读字，语句要读得流畅自然。朗读者的任务，是把书面作品的内涵，通过自己的有声语言创造性地再现给听众。因此，朗读者既要与作者心灵相通，又要与听众进行眼神交流；既要感染自己，又要使听众产生共鸣。这就要求朗读者朗读时既不能拿腔拿调，又不能毫无感情。要做到“读而不板，说而不演”，才能达到声情合一、返璞归真的境界。

（四）注意把握语调、语气、节奏等朗读技巧

设定自己面对的是纯真、可爱的幼儿，合理地运用拟声等手法，使语言亲切、生动。通过自己声情并茂的朗读，让幼儿在听赏中兴致勃发，产生共鸣。另外，在朗读幼儿散文时，可以尝试制作相关的幻灯片，再配上音乐，以多重美感使朗读达到较好的效果。

语调、语气是作品通篇的思想感情流动中显露出来的色彩和分量。把握作品总体，即要把握作品总体的色彩（基本的态度、基本的感情）和总体的分量（态度的轻重程度、感情的浓淡程度）。节奏则是作品内在感情起伏的外显与作品语言音乐性的结合。朗读者的感情、气息、声音状态，同表达有着极为密切的关系。朗读时，应按

照幼儿的心理变奏来变化语调；按照表达情感的需要分析朗读时需要语音、节奏变化或特别注意的地方。要根据作品的内容、风格，以及朗读者的语音条件，采用不同的方式和技巧，把握好朗读的分寸，做到正确理解与准确表达的统一，思想情感与语言技巧的统一，表达形式与风格的统一。下面以郑春华的《很大很大的爸爸》为例介绍朗读技巧。

很大很大的爸爸

郑春华

我的爸爸 | 站着的时候（轻读，语调轻松），**就像一座楼**（重读，读出孩子骄傲的情感，升调，语速较慢）：**脚**（～）**是第一层**（重读，语速较慢），手是第二层（语调较轻、语速较快，节奏变化体现出孩子般的调皮），**肩**（～）**是第三层**（重读，语调回归，语速较慢）。我要**使出爬山的劲**（重读，仿佛真的费劲地爬山一样），才能爬上 | **爸爸**（～较重读，体现自豪感）这座楼。

我的爸爸 ‖ 躺着的时候（轻读，语调轻松，语速较快），**就像**（～）**一条船**（重读，读出孩子骄傲的情感）：**脚**（重读，语调缓慢）是船尾，头是驾驶台（语速变快，语调轻松，表现出孩子调皮的样子），身体是**又宽又大**（～重读，语调放缓，自豪的情感溢于言表）的甲板。无论 ‖ 我在甲板上 | 翻跟头、跑步、跳高（语调轻松，语速适中，升调，自由自在地，任性地，充满信任地，骄傲地），**爸爸这艘船**（～）总是**稳稳的**（重读，语速变缓，骄傲地）。要是**我**（～）**一摁**他的**鼻子**（重读，调皮地），他（～）还会发出和大轮船 | **一样的汽笛声**（重读）：呜呜——

我的爸爸 ‖ **真的**（～）**很大很大**（～重读，语速较慢，升调），大到 | 下雨出门（语速适中），我可以 | **躲到他的口袋里**（重读，自豪地）。

要是 | 你不相信，可以到我家来 | **看一看他**（重读，语速较快，面对质疑，急于证明）。不过 | 请你进门的时候 | 要千万小心，不要光顾着抬头看我爸爸的脸 | 而不当心自己 | **往后** ‖ **倒地**（重读，语速由适中到较慢）。

最后 | 告诉你 | 我家的地址：太阳路 5 号，一座**最大**（～）**的房子里**（重读，语速由适中到较慢，由房子大衬托人大）。

（注：朗读的感情以骄傲、自豪为基调，突出幼儿式的夸张、炫耀；加粗字表示重读，| 表示短暂停顿，‖ 表示较长停顿，～表示较长声音延续。）

这是一篇以幼儿视角书写的幼儿散文。在小不点儿似的幼儿眼里，爸爸大得像一座楼，大得像一艘船，可以随意在他身上嬉戏玩耍。作者用小不点儿的眼光，小不点儿的心理，小不点儿的想象，表达小不点儿的体验和感觉，流露出稚嫩的自豪感，表现了幼儿和爸爸之间融洽亲昵的感情。

三、幼儿散文创编

幼儿散文的创编不是儿童文学作家的专利，它还是幼儿教师的一项专业技能。因为幼儿散文贴近幼儿生活，所以幼儿教师创作幼儿散文有着得天独厚的条件。那么，怎样创作幼儿散文呢?

第一，勤于记录。幼儿散文的创作，最重要的是要观察幼儿生活，理解幼儿的心理，善于发现幼儿生活中生动有趣的材料。

第二，精于构思。构思幼儿散文主要涉及材料的取舍、形象的刻画、主题的提炼和意境的创造。材料要少而精，形象要有趣味，主题要单一，意境要优美。

第三，善于修改。好文章不仅是写出来的，更是改出来的。这里强调的是，在初稿完成后，要读给幼儿听赏，看作品的语言是否生动形象、是否能引起幼儿的兴趣，如果发现问题要及时修改。

生活是写作的源泉，但这一源泉必须用爱心和勤奋去挖掘、开发。创作者只有热爱幼儿、热爱教育，才能从生活发现很多他人不太注意的写作素材。

一般而言，创编幼儿散文需要考虑三个方面。

（一）从幼儿的角度感受生活，精心选材，确定内容

幼儿散文的最大特征是对童心、童真、童趣的真实的艺术表现。这就要求作者对幼儿怀有真挚的感情，从幼儿的角度去感受生活，以幼儿的眼睛和心理来观察体味客观事物。作者必须对幼儿怀有一颗真挚的、诚实的、能与幼儿同步跳动的赤诚之心。永远牢记“儿童是成人之父”，只有这样，创作者在作品中表现出来的所见所闻才能引起幼儿的兴趣，他的所思所想才能引起幼儿的共鸣，他煞费苦心构思建构的散文作品才能为幼儿所接受、理解、欣赏和喜爱。

作者满怀童心“蹲下身来”并不是说作者要失去自己的创作天性、审美个性等。相反，一篇优秀的幼儿散文总能很好地体现作者独特的生命体验、文化沉淀、审美个性，自然地融合作者，尤其是成人作者和幼儿作者两代人共同的审美情感，满足成人作者想回归童年，幼儿读者渴望长大成人的心理。

《作家寄语》中，秦牧、任大霖、圣野等作家深情告白：没有比童年时光更令人难以忘怀的，再坎坷的童年回想起来的时候也是乐趣多于忧伤，因为谁都可以从自己从前的幼稚行为的回忆中发现纯真的美，并为之而感动。当这份感动化作一行行抒情的文字，如涓涓细流浸润着幼儿圣洁、纯真的心田时，“爱”的真情便在两代人心中流淌。如刘半农的《雨》:

妈！我今天要睡了——要靠着我的妈早些睡了。听！后面草地上，更没有半点声音；是我的小朋友们，都靠着他们的妈早些睡了。

听！后面草地上，更没有半点声音；只是墨也似的黑！怕啊！野狗野猫在远远地叫，可不要来啊！只是那叮叮咚咚的雨，为什么还在那里叮叮咚咚地响?

妈！我要睡了！那不怕野狗野猫的雨，还在墨黑的草地上，叮叮咚咚地响。它为什么不回去呢？它为什么不靠着它的妈，早些睡呢?

妈！你为什么笑？你说它没有家么？——昨天不下雨的时候，草地上却是月光，它到哪里去了呢？你说它没有妈么？——不是你前天说，天上的黑云，便是它的妈么?

妈！我要睡了！你就关上了窗，不要让雨来打湿了我们的床。你就把我的小雨衣借给雨，不要让雨打湿了雨的衣裳。

只是三言两语，通篇不过百字，却相当充分地表现了幼儿在深夜临睡前对母亲的依恋、对黑暗的恐惧、对大自然景象迷惑不解的复杂感情，向读者展现了鲜活的幼儿心态。

（二）以幼儿的想象构思作品，创造意境

文学构思主要包括材料的取舍安排、形象的描写塑造、主题的提炼表现等。幼儿散文尤其要注重创造充满幼儿情趣的意境，诗意地表现幼儿眼中的世界和幼儿的情感。

幼儿散文的题材同样十分广泛，一旦把写作内容确定下来，就要用幼儿的心理反复体味，想想幼儿可能对哪一点感兴趣，怎样写才能激发他们的欣赏热情，和他们的心灵感受产生共鸣。以幼儿的想象、按幼儿的接受水平去搭建结构、落笔，这便是幼儿散文的构思。

谢冕在《漫谈儿童散文》中认为："写作儿童散文真正的难点在于要掌握外松与内紧，形散与神凝，行文的曲折有致与主题的鲜明突出的辩证统一。"幼儿散文的构思难点也在于此。吴然在《谈谈我的散文》中也认为："普遍认为，散文不能仰仗虚构，以保持其史的质地。这当然是对的。但在儿童散文特别是婴幼儿散文中，作家往往把自己幻想成一个幼儿，用幼儿的口吻去写作，这本身就是最大的虚构，更何况许多作品还要写得有童话色彩，读出来幼儿才喜欢听。"优秀的幼儿散文，在构思上总是既能遵循散文创作的普遍规律，即妥善处理好形神之间的矛盾，又能独树一帜，在材料的剪裁布局上别有一番新意。望安的《小太阳》就是如此，那"你一瓣，我一瓣"无比亲昵的动人场景，那给姥姥带来"甜蜜""温暖"的两个"小太阳"的巧妙构思，很值得我们学习。

创造幼儿能够接受、领会的意境离不开具体可感的形象，形象越鲜活、生动，越能激发幼儿的想象和联想，使幼儿获得散文意境带来的美感享受。同时，创作者应该以幼儿的感觉为基础，想象也应该是幼儿化的。如《落叶》："秋风起了，天气凉了，一片片的树叶从树枝上飘落下来。树叶落在地上，小虫爬过来，躲在里面，把它当做屋子。树叶落在沟里，蚂蚁爬过来，坐在上面，把它当做小船。树叶落在河里，小鱼游过来，藏在底下，把它当做小伞。树叶落在院子里，小燕子看见了说：'来信了，催我们到南方去啦。'"整篇散文构思新颖，语言简练，季节性非常明显，生动形象。

（三）用精美形象的语言，落笔成文

优秀的幼儿散文的语言，或活泼开朗，或柔婉典雅，或含蓄隽永，或幽默风趣，或深沉睿智，或厚实简约，既可为幼儿带来欣赏的愉悦，又足以成为幼儿临摹的范本。

幼儿散文的语言不仅要规范，要符合幼儿趣味，还要注意用词浅显、准确和形象，要把想表现的对象鲜明具体地表现出来；要多用能引起形象感觉的动词、表现色彩的形

容词或具有音响效果的词语以及具象名词等。可以适当地使用拟人、比喻等常见的修辞手法，善用重叠、讲究声韵。

这样优秀的作品不胜枚举，如方轶群的《冬爷爷的图画》，水壶“嗞嗞”地冒着气，北风“呼呼”吼叫的声音描写，满足了幼儿听觉的享受，又激发了他们对声音的联想。韦苇的《小松鼠，告诉我》中，小松鼠背上的三条黑黑的、长长的竖纹，蓬松的、轻盈的大尾巴，黑闪的、机敏的小眼睛，无不激发起幼儿对小松鼠形象的联想和喜爱之情。

四、幼儿散文教学活动

【教学活动案例展示】

秋天真美丽

屠再华

秋天，秋天，真美丽。

天高了！地宽了！乐得秋风爷爷到处跑……

秋风爷爷对着大树吹口气，大树摇啊摇：一忽儿抖落一只金蝴蝶，一忽儿抖落一只红蝴蝶，一忽儿抖落一只花蝴蝶。

妈妈说，大树落叶了，送给小树作肥料，盼它快长高！

秋风爷爷对着小河吹口气，小河笑啊笑，一忽儿抖动披着的纱巾，一忽儿掀起一个浪花花，一忽儿抱着白鹅摇啊摇。

妈妈说，小河高兴了，它养的鲜鱼、螃蟹肥又壮，好让宝宝吃了营养好！

秋天，秋天，真美丽。天高了！地宽了！庄稼丰收了！

一抹金，一抹银，画出一幅好风景；秋风爷爷到处跑，乐得孩子们掀掉头上的太阳帽……

大班语言活动：秋天真美丽（文学活动）

【活动目标】

1. 欣赏散文，理解散文内容，感受散文中形象化的语言和整齐的句式。
2. 感受诗歌的趣味，萌发对大自然的热爱。

【活动准备】

1. 经验准备：对秋天的认知。
2. 材料准备：磁带、录音机、图表、三幅大图。

【活动过程】

一、歌曲导入：《秋天多美丽》

提问：秋天真美丽，你们知道秋天有哪些美丽的东西吗？

二、整体感知

教师配乐朗诵散文《秋天真美丽》。

1. 提问：你听到了什么？（幼儿回答，教师出示图表）

2. 看图听散文录音《秋天真美丽》。

三、分段欣赏

1. 欣赏第一段。

提问：为什么秋风爷爷快乐地到处跑？秋风爷爷先跑到哪里呢？

2. 欣赏第二段，动作表演。

提问：秋风爷爷对着大树吹口气，大树怎么样了？大树为什么会抖落蝴蝶呢？树叶飘下来的样子除了像蝴蝶，还像什么呢？请你学一学（幼儿用身体语言表达对作品的理解）。

3. 欣赏第三段。

提问：大树为什么要把树叶送给小树？

4. 欣赏第四段，动作表演。

提问：秋风爷爷又会跑到哪儿去？秋风爷爷对着小河吹口气，小河怎么样了？它的心情怎么样？为什么说小河像纱巾呢？我们一起来做一做小河抖动纱巾的样子。

听音乐来表演小河开心的样子（幼儿用身体动作表达对作品的理解）。

5. 欣赏第五段，动作表演。

提问：小河真能干，它有哪些宝贝？

四、幼儿轻声跟读

1. 提问：

（1）你最喜欢散文中的哪些优美的句子？你能用散文中的话告诉大家吗？

（2）谁喜欢这句话，你能来学一学吗？还有谁能把它说得更好听？

（3）为什么这些句子那么美？

2. 小结：本文连着用了几个“一忽儿”，体现了大树、小河等的活泼，很有感染力。

五、仿编

提问：秋风爷爷那么高兴，它还会对谁吹口气？它会怎么样？（请模仿散文里的句子：“秋风爷爷对着……吹口气……”）

【活动延伸】

请小朋友们到美工区把秋天画下来，送给喜欢秋天的人们。

◎实践任务

任务一：幼儿散文鉴赏

任务目标：掌握幼儿散文鉴赏的方法。

任务材料：幼儿散文《春天吹着口哨》文本。

春天吹着口哨

刘湛秋

沿着开花的土地，春天吹着口哨；
从柳树上摘一片嫩叶，
从杏树上掐一朵小花，
在河里浸一浸，在风中摇一摇；于是，欢快的旋律就流荡起来了。
哨音在青色的树枝上旋转，它鼓动着小叶子快快地成长。
风筝在天上飘，哨音顺着孩子的手，顺着风筝线，升到云层中去了。
呵，那里面可有蜜蜂的嗡嗡？可有百灵鸟的啼啭？可有牛的呼叫？

沿着开花的土地，春天吹着口哨；
从柳树上摘一片嫩叶，
从杏树上掐一朵小花，
在河里浸一浸，在风中摇一摇；于是，欢快的旋律就流荡起来了。
它悄悄地掀开姑娘的头巾，从她们红润润的唇边溜过去。
它追赶上了马车，围着红缨的鞭子盘旋。
它吻着拖拉机的轮带，它爬上了司机小伙子的肩膀。
呵，春天吹着口哨，漫山遍野地跑；在每个人的耳朵里，灌满了一个甜蜜的声音——早！

任务要求：
1. 两个学生分为一组，一起讨论鉴赏作品。
2. 小组成员轮流有感情地朗读《春天吹着口哨》，初步体验幼儿散文的情感。
3. 共同讨论后，写出赏析内容。

任务二：幼儿散文朗诵与表演

任务目标：能够熟练掌握幼儿散文朗诵、表演的方法。
任务材料 1：幼儿散文《一只小蜻蜓》文本。

一只小蜻蜓

樊发稼

早上，我坐在窗口，正在看一本有趣的小人书。

突然，一只小蜻蜓从窗外飞进屋里，我赶紧关住玻璃窗，轻轻逮住了它。

小蜻蜓一会儿撅撅尾巴，一会儿扑扑翅膀，样子很着急，好像在说：

“小姐姐，放了我吧！爸爸妈妈一定到处在找我，找不到我，他们会伤心地哭的……”

我对小蜻蜓说：

“小蜻蜓，你放心吧！我不是那种淘气鬼，我不会剪掉你的翅膀，不会伤害你的。我知道你会捉牛虻、吃蚊子，帮我们做好事……”

在灿烂的阳光下，我把这只可爱的小蜻蜓，轻轻托到窗外，小蜻蜓从我的手上快活地飞走了，好像听见它说：“谢谢你，小姐姐！小姐姐，再见！”

小蜻蜓飞走了，我心里很快乐。

在吃早餐的时候，我还在想：这时候，小蜻蜓该找到爸爸妈妈了吧？它们也该吃早餐了吧？

任务要求：

1. 朗诵散文。普通话标准，语言流畅，语气、语调、动作、表情符合散文内容，有感染力。
2. 深刻理解散文的思想内容，准确把握散文的情感基调。
3. 根据情感的需要、散文的意境，确定散文朗读的节奏，注意把握语气、语调、语速、节奏等朗读的技巧。
4. 模拟对幼儿表演散文。

任务材料 2：幼儿散文《冬娃》文本。

冬　娃

一个娃娃，抱着树枝摇呀，摇呀……

树叶儿，一片，一片，落下，落下……

大树说：“别摇，别摇！娃娃，树叶儿全掉了，光秃秃的多难看呀。”

娃娃抱着树枝，还是摇呀，摇呀……

“不行，不行！大树，像去年一样，你得快让树叶儿落下。天冷了，雨少了，地干了，你有那么多水给树叶喝吗？”

大树摇摇头，不说话。

娃娃接着说：“大树，大树，别发愁啦。明年春天，你又会发芽。”

大树点点头，说：“你真聪明，娃娃。请你告诉我，你叫啥？”

娃娃扑嗤一笑：“咱们每年见一次面，你怎么把我忘了？我的名字叫冬娃。”

任务要求：

1. 朗诵散文。普通话标准，语言流畅，语气、语调、动作、表情符合散文内容，有感染力。
2. 模拟组织 5～6 岁幼儿学散文的活动。教学语言有利于幼儿熟悉、理解、朗诵散文。教学方法有趣，能吸引幼儿参与。
3. 请在 10 分钟内完成上述任务。

（材料来源于教师资格考试面试真题，据考生回忆重现）

任务三：幼儿散文创编

任务目标：能够熟练掌握幼儿散文创编的方法。

任务材料：

荷叶儿伸出水面，顶着一片蓝蓝的天。

蜻蜓飞来了，高兴地说："这是我的机场。"

蜻蜓跳上去，高兴地说："这是我的唱片。"

____

____

滴滴答答，真的下雨了，我把荷叶当斗笠，顶着雨跑回家了。

任务要求：

1. 将这篇幼儿散文补充完整。

2. 根据学过的知识，尝试创作一篇以"母爱"为主题的幼儿散文。

◎经典推荐

一、经典幼儿散文作家推荐

（一）冰心

冰心（1900—1999），原名谢婉莹，福建福州人，中国民主促进会成员。中国诗人，现代作家、翻译家、儿童文学作家、社会活动家、散文家。笔名冰心取自"一片冰心在玉壶"。其小诗集《繁星》《春水》晶莹清丽、轻柔隽逸，被称为"春水体"；通信集《寄小读者》《再寄小读者》婉约典雅、凝练流畅，被誉为"冰心体"；《冬儿姑娘》《小桔灯》等更是深受一代又一代小读者喜爱的经典作品。

冰心的儿童文学作品充满对少年儿童的爱和希望。冰心从儿童的特点出发，寓教育于情趣之中，以情感人。冰心从不以少年儿童的教育者面貌出现，不以空泛的说教、生硬的训诫来教育儿童，而是采用与少年儿童促膝谈心的方式，以亲切、委婉的语调，述说自己生活中的见闻和内心的感受，娓娓动听，情感淳厚，意绪绵绵，幽幽地牵动了少年儿童的心，促使他们在激动、快乐、振奋中，不知不觉地受到作品所表现的主题思想的启迪，从中得到教益。对少年儿童进行爱国主义教育，激发少年儿童的民族自尊心、民族自豪感，是冰心儿童文学作品中的一个重要内容。在中华人民共和国成立后的儿童文学作品中，爱国主义情感表现得更为浓烈。冰心对祖国由衷的赞颂，不是抽象的、凌空的，而是通过冰心亲身的感受，自然而然地抒发出来的。这感受是以耳闻目睹、新旧对比为基础，加上冰心细密的观察、艺术的写作手法，生动、形象地反映出来。

冰心在自己的儿童文学作品中，也往往根据少年儿童求知欲强的特点，艺术地穿插天文、地理、历史、科学诸方面的知识，传授给小读者。但冰心不是简单地传授知识，既不像教科书那样系统，也不雷同于科普读物，而是在行云流水般的描述中，蕴藏着丰富的知识。可以说是寓知识于形象之中，以艺术的手法，通过生动、活泼、形象的描绘，使少年儿童在趣味横生的阅读中，扩大了知识面，增添了智慧。

冰心以儿童文学作品对少年儿童进行美的教育，但它又不是抽象的、概念式的，而是同特定的社会生活紧密地联系在一起的。比如青翠的树木，整齐得像绿毯一样的麦田，夕阳下放着金光的人工湖，美丽的鱼米花果之乡，是勤劳、勇敢、聪明的人民，把沙土堆积的大地，改建起来的。这里有花木山川的美，城市农村的美，在自然美之中融进了社会生活的美。这样的美育，能够启迪少年儿童热爱生活、热爱人生、热爱事业，激励他们去为改造世界而奋斗，努力去创造更美好的未来。

冰心的散文题材广泛，寓意深邃。冰心通过对自身经历的细腻描写，生动而形象地反映了一个世纪以来，中国动荡复杂的社会生活的某些侧面。同时，冰心的散文题材还扩展到世界上许多国家的历史、地理、文化、风俗，以及人民群众的生活，读者可以从中获得丰富的知识。

冰心的散文体现着冰心自己所强调的独特风格。冰心善于撷取生活中的片段，编织在自己的情感波澜之中，凭借敏锐的眼力和细密的情思，把内在的深情和外物的触发融在一起，借助自然景物的点染表现出来，寓情于景，情景交融，给读者以崇高的美的享受。冰心十分注重散文内涵的美。她的散文立意新颖，构思灵巧。在看似平凡的题材中，创意出奇，构思善变。这是由她的思想造诣和生活环境凝聚而成的美的情思。

冰心散文不仅清词丽句随处可摘，而且全文都写得非常精粹。冰心善于采撷文学语言中的精华，将那些精练、生动、准确、新鲜的语言，编织到作品中，使散文具有诗一样美的语言。冰心的散文不只是能看，而且能诵，读来音韵自然，让读者在吟诵中，感受到音乐美。

（二）郭风

郭风（1917—2010），原名郭嘉桂，回族，福建莆田人。1944 年毕业于福建省立师范学院（今福建师范大学）中文系。历任小学、中学、福州高级工业学校、福建师范大学教师，《星闽日报》编辑，《福建文艺》《园地》《热风》杂志副主编。1957 年加入中国作家协会。

著有童话诗集《木偶戏》，散文诗集《蒲公英和虹》，散文集《你是普通的花》等 55 部作品。童话集《红菇们的旅行》获全国第二届少年儿童文艺创作二等奖，《孙悟空在我们村里》获中国作协儿童文学奖一等奖，《郭风散文选集》获全国第五届少数民族文学骏马奖、首届鲁迅文学奖和第八届中国图书奖，散文集《汗颜斋文札》获全国第六届少数民族文学骏马奖，《黄巷集》获 1995 年中国台湾新闻界金鼎奖。

郭风的作品写景绘物，使人身临其境，在遨游大自然中，时时以独特的审美视角，抒发自我感知，留下心灵的轨迹，给大地、海洋、阳光、树木、花草增添了主体情感。

郭风早期的作品质朴清新、饶有情趣，贮满诗情画意，体现了风景画家、风俗画家与抒情诗人才能的神奇统一。他的作品还被译成俄文出版。他的《叶笛集》于 1959 年初出版后，在全国产生了广泛的影响，冰心著文称“又发现了一个诗人的喜悦”。写过《郭风评传》的王炳根回忆起与老人的交往时说，“再没有这么纯净天真透明的老人了，他的文是干净的，人也是干净的。他就是个小顽童，有一颗孩子的心”。黎烈文评价郭风的童话诗说：“郭风先生的童话诗，给中国新诗开拓一个新境界，成为新诗坛的一朵新花。”

郭风突出的文学成就表现在散文诗方面。这类作品多表现闽南乡间风光和具有乡土特色的生活情景，抒发作者对乡土和祖国的挚情。1978年以来，他的作品追求自然、本色、纯朴，具有更广阔的历史感和更深沉的哲理意蕴，体现了大家之风范。他的散文一般都不长，但善于捕捉生活中的动人镜头，用质朴的语言细细描述，抒发着内心的情感，洋溢着乡土气息，使幼儿如身临其境，并从中获得感悟。

二、经典幼儿散文作品推荐

（一）《春天的颜色》

春天，是什么颜色？

小草探出头来，一眼就看见了蓝天。他高兴地说："我看见了，春天是蓝色的。"

小羊跑出圈来，一眼就看见了青草。他高兴地说："我看见了，春天是绿色的。"

蜜蜂飞出屋子，一眼就看见了种子。她高兴地说："我看见了，春天是金黄色的。"

燕子掠过蓝天，飞过草地，看着春天的景色，高兴地说："春天的颜色很美很美，像小朋友的水彩盒一样……"

（二）[苏]苏霍姆林斯基《小鸡鸡》（韦苇译）

母鸡蹲着孵小鸡。一蹲蹲了许多日子。蛋在母鸡的肚子底下感受到温暖，就变出了一只小鸡鸡来。小鸡先是睡着的，后来它醒了，看见四周都是黄生生的。小鸡想：整个世界都是黄颜色的。

小鸡鸡用小尖嘴啄蛋壳。它啄呀啄呀，啄了很久，才啄出一个小小的洞眼。它看见：天是蓝湛湛的，树是绿茵茵的，河是碧澄澄的。

原来世界是这么美丽！小鸡可高兴了。它用翅膀一撑，就将蛋壳儿撑破了。它叽叽叽叫着，跑了出来。

它叽叽叽、叽叽叽的叫声，是在说：世界多么美好啊——蓝湛湛的，绿茵茵的，碧澄澄的！

（三）《落叶》

秋风起了，天气凉了，一片片的树叶从树枝上飘落下来。

树叶落在地上，小虫爬过来，躲在里面，把它当做屋子。

树叶落在沟里，蚂蚁爬过来，坐在上面，把它当做小船。

树叶落在河里，小鱼游过来，藏在底下，把它当做小伞。

树叶落在院子里，小燕子看见了说："来信了，催我们到南方去啦。"

（四）楼飞甫《春雨的色彩》

春雨，像春姑娘纺出的线，轻轻地荡到地上，沙沙沙，沙沙沙……

一群小鸟在屋檐下躲雨，正在争论一个有趣的问题：春雨到底是什么颜色的？

小白鸽说："春雨是无色的。你们伸手接几滴瞧瞧吧。"

小燕子说："不对，春雨是绿色的。你们瞧！春雨落在草地上，草地绿了！春雨淋在柳树上，柳条绿了……"

麻雀说："不不！春雨是红色的。你们瞧！春雨洒在桃树上，桃花红了！春雨滴在杏树上，杏花红了……"

小黄莺说："不对不对，春雨是黄色的。不是吗？春雨落在油菜地里，油菜花黄了；春雨落在蒲公英上，蒲公英的花也黄了……"

春雨听了大家的争论，下得更欢了，沙沙沙，沙沙沙……它好像在说：亲爱的小鸟们，你们的话都对，但都没说全面。我本身是无色的，但能给春天的大地带来万紫千红……

（五）吴珹《梅花鹿》

小鹿大了，头上长出了角角。你那角好像树丫丫。

春天来了，山青啦，水绿啦，草地上也开出了朵朵野花。为什么这些树丫丫还不发芽、不长叶呢？

哦！他一定喜欢冬天，要不，怎么身上开满了梅花。

我想，他的妈妈也许就是一棵会跑的梅树……

嗨！这简直是一个有趣的童话。

（六）许地山《梨花》

她们还在园里玩，也不理会细雨丝丝穿入她们的罗衣。池边梨花的颜色被雨洗得更白净了。但朵朵都懒懒地垂着。

姊姊说："你看，花儿都倦得要睡了！"

"待我来摇醒他们。"

姊姊来不及发言，妹妹的手早已抓住树枝摇了几下。花瓣和水珠纷纷地落下来，铺得银片满地，煞是好玩。

妹妹说："好玩啊，花瓣一离开树枝，就活动起来了！"

"活动什么？你看，花儿的泪都滴在我身上哪。"姊姊说这话时，带着几分怒气，推了妹妹一下。她接着说："我不和你玩了；你自己在这里罢。"

妹妹见姊姊走了，直站在树下出神。停了半晌，老妈子走来，牵着她，一面走着，说："你看，你的衣服都湿透了；在阴雨天，每日要换几次衣服，教人到哪里找太阳给你晒去呢？"

落下来的花瓣，有些被她们的鞋印入泥中；有些粘在妹妹身上，被她带走；有些浮在池面，被鱼儿衔入水里。那多情的燕子不歇地把鞋印上的残瓣和软泥一同衔在口中，到梁间去，构成它们的香巢。

（七）徐青山《风在哪儿》

风在哪儿？风在天上。你看，它吹着云儿向前跑，像帆船行驶在海面上。

风在哪儿？风在柳树上。你看，它吹着柳条轻轻飘，像孩子们在舞蹈。

风在哪儿？风在水面上。你看，它吹起粼粼的波浪，水上的浮萍在不停地摇晃。

风在哪儿？啊，风在我手上。我挥挥手，风就来了。

（八）薛卫民《月亮渴了》

天空渴了，月亮和那些小星星渴了。

太阳说："我给你们舀些水来喝吧！"

太阳从大地上、河里、江里、大海里，蒸起无数的小水珠儿；小水珠儿成帮结伙地升到天空，就这样，天空喝到了水，月亮和星星也喝到了水，它们不渴了。

喝剩下的水，月亮和小星星又还给大地，还给江河和大海，它们泼呀，泼呀——

亮晶晶的雨丝从天上飘下来，小朋友们看见了，它们拍着手喊："下雨喽！下雨喽！"

（九）屠再华《小月亮，笑眯眯》

小月亮，真美丽！她捂着脸，笑呀笑眯眯。

我走到树荫下，她在树杈里；走到池塘边，她在池塘里；走到家里面，她在院场里；走到房间里，她在镜子里。

我"沙啦"一下，拉拢窗帘儿，小月亮一晃不见了。咦！是不是把她吓跑了？

我呼噜呼噜睡着了，小月亮悄悄地找到我梦里来；她带我到天上去玩儿。天上有一条大银河，我坐她的金船摇起来。

（十）彭万洲《荷叶》

荷叶儿伸出水面，顶着一片蓝蓝的天。

蜻蜓飞来了，高兴地说："这是我的机场。"

青蛙跳上去，高兴地说："这是我的唱片。"

鱼儿游过来，高兴地说："这是我的雨伞。"

滴滴答答，真的下雨了，我把荷叶当斗笠，顶着雨跑回家了。

奶奶取下荷叶，高兴地说："多香的叶儿啊！"

一会儿，奶奶让我吃叶儿粑，那粑粑就是用荷叶包的，清香绵软，真好吃！

哇，打嗝都有一股荷叶味儿……

◎思考与练习

1. 思考：什么是幼儿散文？幼儿散文有哪些类型？它的主要特征是什么？
2. 欣赏吴珹的散文《蒲公英》中的童心和童趣美。

蒲 公 英

吴珹

她有翅膀吗？怎么会飞得那么高，那么远，一定充满了幻想。

我也要变成蒲公英，在广阔的天地里，让风儿送我远行——

飞呀，飞呀，飞到沙漠里去扎根；

飞呀，飞呀，飞到山顶上去开花；

飞呀，飞呀，飞到天上去变一颗星星，看看世界上迷人的风景……

啊！我的心，真的和蒲公英一起飞了，飞得那么高，那么远。

3. 自选一篇经典的幼儿散文作品进行朗诵、表演练习。
4. 对照阅读中外幼儿散文作品，感受不同文化背景下幼儿散文风格的异同。
5. 阅读幼儿散文《快乐的小鸟》，回答问题：为什么说大树的“花儿会飞”“果果会唱歌”？

快乐的小鸟

吴珹

大树开花了，大树结果了。

那花儿会飞，那果果会唱歌。

不信吗？

你来看看，红的、蓝的、黄的、白的，这是多么好看的花呀！

你来听听，吱吱、唧唧、叽叽、喳喳，这是多么好听的歌呀！

妈妈笑着说：“这是小鸟，美丽的小鸟，快乐的小鸟。”

啊！那些小鸟们，都是大树妈妈的孩子吗？

大树妈妈，一定有许多许多有趣的故事和童话……

探寻五　幼儿故事综合实践

◎学习目标

【知识目标】

1. 掌握故事的概念、发展概况及幼儿故事的概念、特征与分类。
2. 掌握幼儿童话的概念、发展概况与特征。
3. 掌握幼儿寓言故事的概念、发展概况与特征。
4. 熟悉幼儿故事、幼儿童话和幼儿寓言故事的经典作家作品。

【技能目标】

1. 能够对幼儿故事的讲述、表演进行专业指导。
2. 掌握幼儿故事创编的方法。
3. 掌握幼儿故事教学的方法。

【素质目标】

1. 增强阅读兴趣，对幼儿故事感兴趣。
2. 喜欢幼儿故事作品，体验故事中的人物情感脉络和语言之美，提高艺术想象力和审美能力。
3. 讲好中国故事，传播好中国声音，增强文化自信。

◎知识殿堂

一、幼儿故事概述

（一）故事的起源与发展

故事是深受幼儿喜爱的一种文体，幼儿在牙牙学语时期，便对故事产生兴趣，听故事是最快乐的事。故事是一种以真实的或虚构的事件作为讲述对象，具有连贯性、吸引力与感染力的叙事性文学体裁。从中外流传下来的故事作品来看，故事是一个宽泛的概念。在汉语的诠释里，“故”就是过去，“事”就是事件，这里的“事件”，可以是客观存在的事实，也可以是讲述者虚构出来的事件。

故事作为一种叙事文学，可以宽泛地涵盖所有故事类作品，这就把神话、传说、童话、寓言、小说等都囊括在内了。一个个故事就好像是装满了宝物的百宝箱，不倦地解答幼儿的疑惑，促进幼儿身心的成长，让他们增长知识、发展智力，并从中受到感染和教育，懂得什么是真善美，什么是假恶丑，从而培养其爱憎分明的是非观。幼儿故事是开启幼儿认知的大门，不仅能传递知识，还能塑造幼儿的世界观、人生观和价值观。因此，我们应创作介绍中华文化、展现中华文明的好故事，滋养幼儿心灵，引导幼儿爱自己、爱生活、爱祖国。

故事虽然历史源远流长，但在我国古代，专门为幼儿创作的故事却不多。一类是来自民间的动物故事或生活故事，是人们将日常生活中的某些对幼儿有教育意义或告诫意味的故事进行简单加工而成的。另一类是运用故事形式编写的童蒙读物，这样的故事将教育功能放在第一位，以故事促教育，也曾起到重大的作用。影响比较大的是宋代胡继宗的《书言故事》和元代卢韵的《日记故事》等。在这些启蒙读物中，表现古代幼儿的聪明才智的益智故事占了很大的分量，如《曹冲称象》《司马光砸缸》《灌水浮球》《孔融让梨》等，意蕴深厚，已经成为妇孺皆知的故事，影响了一代又一代的幼儿。

1908 年，我国最早的以学龄前儿童为对象的刊物《儿童教育画》创刊。此后，各种适合儿童欣赏阅读的故事陆续在刊物上发表。比较有名的有陆费逵的《我小时候的故事》（1922）、陈伯吹的《破帽子》（1930）、叶圣陶的《小蚬的回家》（1934）等。

中华人民共和国成立后，涌现了一大批优秀的作家和作品，如李其美的《鸟树》、马光复的《瓜瓜吃瓜》、郑春华的《大头儿子和小头爸爸》、任溶溶的《人小时候为什么没胡子》、方轶群的《小碗》等。

党的二十大报告指出，要增强中华文明传播力影响力，提炼展示中华文明的精神标识和文化精髓，加快构建中国话语和中国叙事体系，讲好中国故事、传播好中国声音，展现可信、可爱、可敬的中国形象。高质量的幼儿故事能培养幼儿对中华文明的认同感，在幼儿心中播下文明传承的火种，引导幼儿以童声传播中国声音。

如果要想创作出高质量的幼儿故事，就必须有了解幼儿心理、了解幼儿生活的创作者。而在教育链条上，幼儿园教师和小学教师恰恰具备这两个条件，所以在幼儿故事的创作者队伍中，幼儿园教师和小学教师成了生力军，如当代儿童文学作家胡莲娟、任霞苓、倪冰如、郑春华、谭小乔等，他们熟悉幼儿生活、了解幼儿的心理和喜好，能够积累幼儿生活中的点滴事件作为素材，从幼儿的需求入手创作了一系列深受幼儿喜爱的作品。

（二）幼儿故事的概念

以读者对象来划分，现代故事大致可以分为两类：一类是写给成人阅读和讲述的故事；另一类是写给少年儿童阅读和讲述的故事。幼儿故事是随着现代儿童文学产生，出现大量作品以后，从儿童故事中分化出来的一个更小的类别。它的读者对象是幼儿，是以幼儿的欣赏水平和听赏习惯为出发点进行创作的故事。本书阐述的幼儿故事，是指适合幼儿聆听和欣赏，主题单纯、情节生动、篇幅短小的各类故事。

幼儿故事从情节结构、语言表述、主题思想等方面来看，并未脱离民间故事的大体范畴，与民间故事的亲属关系很明显。首先，幼儿故事在文体结构上继承了传统民间故事的基本特点，喜欢用三段式、对比式和反复式等结构模式，既能使故事引人入胜，又能在幼儿脑海里铭刻下清晰的情节发展线索，达到增强印象、强化记忆的目的。其次，幼儿文学通俗易懂、明白晓畅、口语化的语言风格与传统民间故事适合于讲述的民间化风格更是一脉相承。最后，幼儿故事与传统民间故事一样具有明确的教育目的，幼儿故事有着鲜明而集中的主题思想，具有很强的教育性。如《玛莎长大了》：

小玛莎真想快快长大。不过怎样才能长大呢？她不知道。

她试过好多办法——脚上穿上妈妈的便鞋啊，身上披上妈妈宽大的长衣啊，头发梳得跟阿姨一样啊，脖子上套一串珠子啊，手腕上戴一只表啊……

一点儿没用。人家还是笑话她，说她是个小不点儿。

有一回，玛莎忽然想起该扫扫地。她把地扫得那么干净，妈妈看到了很惊喜：“小玛莎，你好像长成大孩子了！”

后来，玛莎又洗盘子、洗碟子，洗净了还整整齐齐地摆到柜里。这么着，不仅妈妈，连爸爸也惊奇了。一天吃饭的时候，爸爸当着大家的面说：“咱们还真没有留意，玛莎长大了。她不但会扫地，还会洗盘子、洗碟子呢。”

现在，大家都说小玛莎长大了。她自己也觉得长大了。虽然脚上穿的是自己的鞋子，身上穿的是自己的连衣裙，头发没有梳得像阿姨那样，脖子上没套珠子，手腕上也没戴表，可她觉得自己长大了。

看来，使玛莎长大的，并不是什么穿戴，而是她会劳动了。

这个故事告诉幼儿一个简单的道理：一个人长大的标志，不是穿上大人的衣服，而是勤劳、踏实的劳动。

（三）幼儿故事的特征

幼儿故事在主题、情节、叙事与语言四个方面有自己独特的艺术特征。

1. 主题集中而明确

主题是文学作品中通过其形象体系显示出来的中心思想。幼儿故事的主题一般都很明确，有很强的针对性，让幼儿听了之后能够很直接地明白其中的善恶美丑。

2. 情节曲折而单纯

情节曲折是幼儿故事最具吸引力的地方。这就要求幼儿故事要有起伏、有悬念，因为平铺直叙的故事不可能引起幼儿的兴趣。这种起伏和悬念还要注意有度，要符合幼儿的理解水平，适应幼儿的接受能力，不能像成人故事那样起伏太大。故事的单纯主要表现在情节主线一般只有一条，单纯发展，不枝不蔓，但又不是直线式地推进，而是呈曲线形、波浪式的发展。

3. 叙事明快而简洁

故事是叙事文学，叙事成了幼儿故事的主要表现手段。幼儿故事的叙事一般不用倒叙、插叙的方法，这样的方法不适合幼儿的理解能力。一般采用直叙，其特点是开头要开门见山，结束要干净利落，整个叙述过程一般是粗线条的。

4. 语言浅显、活泼而富有童趣

幼儿故事语言的总体风格表现为朴素、浅显，但又不能呆板，应该多使用活泼、明快、形象和口语化的语言。

（四）幼儿故事的分类与形式

幼儿故事类别较多，从创作主体来区分，幼儿故事可分为民间故事、改编故事和创作故事；从创作形式来看，其可分为文字故事和图画故事；从创作题材来分，其可分为生活故事、历史故事、动物故事、神话故事、成语故事、科学故事和寓言故事等。

本书重点介绍比较受幼儿欢迎的五种故事类型。

1. 幼儿生活故事

幼儿生活故事是以幼儿的日常活动为题材编写的故事，以幼儿为主角，是幼儿生活的真实写照。这类故事在幼儿故事中所占数量最多，也是最受幼儿喜爱的。故事内容多为幼儿身边发生的事件，是幼儿生活的一面镜子，充满了浓郁的生活气息。如列夫·托尔斯泰的《李子核》、马光复的《瓜瓜吃瓜》、安伟邦的《圈儿圈儿圈儿》等作品，抓住幼儿生活的某一个片段，或某一件趣事，将幼儿的日常生活艺术地再现。幼儿生活故事主要取材于幼儿的家庭生活、社会生活或学校生活，反映了幼儿的生活趣味，有些故事甚至直接以真人真事为素材而创作，因此幼儿欣赏起来，会感到特别自然、亲切、趣味盎然。

幼儿生活故事的教育针对性强。因为幼儿生活故事来源于现实，真实地反映了幼儿的情感、思想、行为和性格。因此，生活故事在给幼儿带来真实感和亲切感的同时，也能够引导他们对照自己平时的思想和行为，潜移默化地学会解决在现实生活中所遇到的问题，从而养成良好的生活习惯。如杨福庆的《谁勇敢》引导幼儿分辨是非，领悟正确的思想认识和行为；安伟邦的《排队上车》引导幼儿积极向上，追求美好的事物；瓦·奥谢叶娃的《蓝色的树叶》指出幼儿身上存在的缺点和错误，启发他们及时改正。

李子核

［俄］列夫·托尔斯泰

有一天，妈妈买回了许多李子，她想吃过午饭后再分给孩子们吃。这些李子都放在盘子里。万尼亚从来还没有吃过李子哩，所以他老把这些李子拿起来闻闻。他心里非常喜欢这些李子，很想吃。他围着李子转来转去。当房间里没有人的时候，他实在有些忍耐不住了，就抓上一个吃了。吃饭前，妈妈点了一下李子的数目，发现少了一个。她把这件事告诉了爸爸。

吃饭时，爸爸说："喂，孩子们，你们哪一个吃了李子吗？"大伙儿答道："没有。"万尼亚的脸红得像龙虾，可他也说："没有，我没有吃。"

爸爸说道："你们不论哪一个吃了，都是不好的，不是怕你们吃，怕的是李子里面有核，要是哪一个不会吃，把核也吞下去了，那他过一天就会死的。我怕的是这个。"

万尼亚一听，吓得脸色发白，说道："不，我把核吐到窗子外面去啦。"

大家一听，哈哈大笑，而万尼亚却哭起来了。

这个故事塑造了一个嘴馋贪吃、缺少自制力、天真幼稚的幼儿形象，同时引导幼儿明白做人要诚实的道理。

2. 幼儿动物故事

幼儿动物故事是以动物为主人公的故事。它的特点是以丰富的想象力、生动的故事情节和典型的动物形象，生动有趣地介绍动物的习性特点，或间接地反映人类社会生活以及人与人之间的关系，帮助幼儿增长见识，陶冶情操。

从动物故事反映的内容看，大致可以分为两类。

一类是单纯地为写动物而写的故事，这类故事通过描写动物的生活特点、行动习惯以及彼此在生物链中的关系，生动有趣地介绍各种动物的特征、习性等。如民间故事《小羊喝水》介绍了狼和小羊的外在特征和基本特性，更主要的是让幼儿了解狼要吃羊的本性。而法国作家黎达写的《黎达动物故事集》，就是经过细致深入的观察，并参考有关科学著作写成的，完全实事求是，没有夹杂任何的主观想象，目的是向幼儿介绍正确的动物知识。

另外一类是借动物形象间接地反映人类社会生活、人与人之间的关系，体现人们对真与假、善与恶、美与丑的爱憎分明的观点。这样的故事虽然主人公仍然是动物，但这些动物身上已经有了人的影子，它们具有人的心理特征，故事反映的就是人的社会性。如《寒号鸟的故事》讲的是寒号鸟习性懒惰，秋天不知道及时垒窝，也不听伙伴的劝告，得过且过，到最后也没有自己的窝，只好一直露宿枝头。故事以此来教育幼儿要勤快，要善于听取别人的意见。

特别需要注意的是，很多的动物故事和童话的主人公都是动物，读者很容易将这两种文体混淆。该如何区分？其实，动物故事中的主人公并未超越现实中动物的特性，没有夸张的幻想；而以动物为主人公的童话中，这些主人公的身上往往发生了超越现实幻想的事情。如《狼和七只小羊》是童话，因为狼吞了小羊，羊妈妈剪开狼的肚子，小羊还能活着，这些情节是夸张的想象。《小羊喝水》中羊的自保和狼抓小羊都是它们的动物特性，并未有过多幻想的成分，因此是动物故事。

3. 幼儿历史故事

幼儿历史故事是指以历史上有意义的事件或者以某个历史人物在某一历史时期的活

动、生活片段为题材的幼儿故事。这类故事的特点是必须尊重历史，以一定的历史资料为基础，从适合幼儿的角度去挖掘故事，在允许的范围内作必要的加工和提炼，不能随意虚构。这样的故事离幼儿生活的时间空间较远，因此就要从语言上弥补缺陷，尽可能做到语言生动有趣、浅显易懂。

幼儿历史故事大致可以分为两类。

一类是历史人物故事。它是以历史上真实的人物为主体，讲述历史人物在一定历史时期的活动，不仅可以使幼儿了解简单的历史知识，而且能够使他们从中学习历史人物的聪明才智和高尚品德。如《司马光砸缸》《孔融让梨》《曹冲称象》《铁杵磨针》《孟母三迁》等都是代表作品。

曹冲称象

有一次，吴国孙权送给曹操一只大象，曹操十分高兴。大象运到许昌那天，曹操带领文武百官和小儿子曹冲一同去看这头大象。

曹操的人都没有见过大象。这大象又高又大，光说腿就有大殿的柱子那么粗，人走近去比一比，还够不到它的肚子。

曹操对大家说："这只大象真是大，可是到底有多重呢？你们哪个有办法称它一称？"嘿！这么大个家伙，可怎么称呢！大臣们都纷纷议论开了。

一个说："只有造一杆顶大的秤来称。"

而另一个说："这要造多大一杆秤呀！再说，大象是活的，也没办法称呀！我看只有把它宰了，切成块儿称。"

他的话刚说完，所有的人都哈哈大笑起来。有人说："你这个办法可不行啊，真是笨极了！为了称重量，就把大象活活地宰了，不可惜吗？"

大臣们想了许多办法，一个个都行不通。可真叫人为难呀。

这时，从人群里走出一个小孩，对曹操说："父亲，我有个法儿，可以称大象。"

曹操一看，正是他最心爱的儿子曹冲，就笑着说："你小小年纪，有什么法子？你倒说说，看有没有道理。"

曹冲趴在曹操耳边，轻声地讲了起来。曹操一听连连叫好，吩咐左右立刻准备称象，然后对大臣们说："走！咱们到河边看称象去！"

众大臣跟随曹操来到河边。河里停着一只大船，曹冲叫人把象牵到船上，等船身稳定了，在船舷上齐水面的地方，刻了一条道道。再叫人把象牵到岸上来，把大大小小的石头，一块一块地往船上装，船身就一点儿一点儿往下沉。等船身沉到刚才刻的那条道道和水面一样齐了，曹冲就叫人停止装石头。

大臣们睁大了眼睛，起先还摸不清是怎么回事，看到这里不由得连声称赞："好办法！好办法！"现在谁都明白，只要把船里的石头都称一下，把重量加起来，就知道象有多重了。

曹操自然更加高兴了。他眯起眼睛看着儿子，又得意洋洋地望望大臣们，好像心里在说："你们还不如我的这个小儿子聪明呢！"

《曹冲称象》是我们最为熟悉的幼儿历史故事之一（图 5-1）。故事讲述了在很多成人都束手无策的情况下，年仅 7 岁聪明睿智的曹冲想出了称象的好办法，解决了众人的困惑。幼儿不仅被生动有趣的故事情节所吸引，还会对这个和他们年龄相近却睿智的曹冲充满崇拜，同时懂得了遇到问题要多动脑筋的道理。

图 5-1 《曹冲称象》（黄巧明画）

另一类是历史事件故事。它是以历史事件为主来讲述历史人物的活动。这类故事对人物不作重点刻画，故事中的人物只是推动事件发展的引子，而侧重于故事的情节性，内容大都以某个历史时期的军事、政治事件为主线，常常是大故事套小故事，有详有略，引出一个个故事，如《负荆请罪》《草船借箭》《螳螂捕蝉，黄雀在后》等。

4. 幼儿知识故事

幼儿知识故事又称幼儿科学故事，是以简单的科学知识为内容的幼儿故事，以向幼儿传授知识为使命。幼儿知识故事具有准确性和故事性两个特征，是科学与文学的完美结合。它把科学技术上的发现发明及其发展、常见自然现象的科学道理、动植物的生活生长习惯或其他物体的特征、性能等知识融汇于有人物、有情节的故事中。

幼儿知识故事以生动活泼、平易风趣的形式向幼儿传授知识，深受幼儿欢迎。它一般把简单的科学知识、生活常识寓于生动有趣、引人入胜的故事情节中，让幼儿在阅读欣赏故事的过程中，潜移默化地学习科学知识。如《小花猫的故事》《天狗吃月亮》《吃冻梨》《明天有雨》《金色的草地》等。

在你周围的事物

［苏］米·伊林

德国有个林务官，决定把一片森林整理一下。什么是森林里多余的东西呢？这位林务官想：森林就是树木。可见，除了树木以外，全是多余的东西。因此，矮树丛、杂草是多余的，落在地上的树叶、枯木是多余的，这些东西把森林弄得乱七八糟的，都应该除掉。

于是，几十位工人按照这位林务官的命令，把所有的枯枝、落叶、矮树丛统统烧光和砍光了。森林变得又干净又宽敞了，地面上连一根野草也没有。

但是过了两三年，林务官发现森林有些不对头的地方。松树、橡树的树梢和叶子变得稀疏了，到处出现了像扫帚一样光秃秃的树木。枯萎的树木倒下来了。离秋天还很远，地面上却早已铺满了黄叶，甚至比以前还要多。

可能和故事中的林务官一样，大多数幼儿都认为森林中的杂草、落叶、枯木是多余的、无用的，其实不然，自然界中每样事物都有它存在的价值，少了一些，生态系统可能就被破坏了。面对这种相对深奥的科学知识，《在你周围的事物》用生动有趣的语言和有趣的故事形式介绍给幼儿，非但不会让他们觉得深奥、乏味，相反还会激发他们对科学的兴趣。

5. 幼儿民间故事

幼儿民间故事是指利用传统民间故事的题材改编而成的幼儿故事。它流传于民间，是劳动人民口头创作的故事，塑造的是生活中普通人的形象，情节曲折夸张，结构完整，语言质朴，诙谐幽默。

民间故事大致上有三个特征：一是时间、地点的模糊性，常用“古时候”“从前”“很早以前”等来交代时间，以“在一个很远的地方”“在一个美丽的村庄”“从前有座山”等交代地点；二是人物的类型化，常以人物的身份来替代人物的姓名；三是情节单纯而完整，常常围绕一个中心事件来展开情节，讲述有头有尾的故事。这类故事常常采用对比的手法，如懒惰凶狠的国王和勤劳善良的百姓，滑稽愚蠢的地主和聪明睿智的农民，是非善恶，一目了然。故事的结局大多是好人胜利，坏人得到应有的惩罚，从而满足幼儿单纯情感的需要。如《阿凡提的故事》《鲁班的故事》《长工和地主的故事》《巧媳妇》等。

二、幼儿童话概述

（一）幼儿童话的起源与发展

幼儿童话与儿歌一样，它的形成有着悠久的历史。它起源于民间文学，由神话、传说、民间故事演变而来，始于民间的口头创作和传播。

早期的人类对各种各样的自然现象都处于无知、蒙昧的状态，他们在与大自然的搏斗中常常失败，于是便用幻想和想象把自身的能力理想化，创造出能主宰万物的“神”，把自然现象和自然力量人格化，把人自身的意识、意志、愿望和感觉赋予整个世界（“万物有灵”观念），以此对自然现象和自然界的秘密作出各种天真的解释，这就是神话。

传说是神话的演进，是历史人物和生活事件的敷演。在传说中，人们依照自己的愿望，用夸张了的想象来描绘历史上曾经存在过的人物和事件。

关于童话与神话、传说的渊源，赵景深在《童话概要》中写道：“童话是从神话、传说转变下来的；换一句话说，神话（Myth）、传说（Sagas）发生较早，童话发生较迟。神话和传说都是民族文学，由民族全体创造出来的，不是一个人创造出来的；并且是口述的，不是笔书的。中国许多方士造的谣言，都不能算作真的神话传说；因为他们的心里实无此信仰，不过假造些话来骗人。至于神话传说，原始人类都极信仰。他们把神话和传说看作严肃的故事。因之，神话传说都有时间、地点、人名可据，神话是记神的事，传说是记半神和英雄、伟人的事。这是神话传说与童话不同的地方。童话有英文名 nursery tales，不过是保姆讲来哄小孩的，当然用不着什么特定的、麻烦的时间、地名、人名，只须说，Once upon a time there was a ... 便够了，所以神话和传说是严肃的故事，而童话是游戏的故事（play story）。”

而林庚在《中国文学简史》中说：“神话是人类童年时代的精神产物，它反映了初民对于世界的最初认识。尽管人类早已永远地离开了它的童年时代，可是作为个人，却仍然在不断地重复着自己的童年时代，并借此而得以重温人类童年的乐园。这样，神话消失以后，代之而起的便是童话；两者分属于不同的时代，却又是一脉相承的。童话就是儿童的神话，因而其思维方式也表现出与神话相似的特征。初民最初来到世界上，他们对于周围的事物都还缺乏基本的概念，他们得从头认识一切；而这最初的认识就是凭借着直觉与想象的，由此他们创造了一个人格化的宇宙，使整个大自然中的一切都获得了一种新的生命联系。这与今天的科学所揭示的世界大相径庭，却成就了人类最初的艺术创造。而童话其实也正是这样的，儿童眼中的世界大概与初民所看到的正相仿佛。”

脱胎于神话传说的童话样式首先是民间童话，它由人们口头创作，在各地区、各民族之中世代相传，后来被搜集整理成书。古印度一位婆罗门师爷自民间采集的《五卷书》就是最早的一部寓言童话故事集成，被认为是最早向孩童传授经验、启迪智慧的童话故事书。它用 5 个母故事套 78 个子故事的方式，串起了许多教训。书中传递出的最宝贵的东西是弱者通过各种努力最终可以战胜强者的思想。中古阿拉伯人的《一千零一夜》、古希腊的《伊索寓言》、法国的《列那狐故事》以及我国古代文献中记载的《女娲补天》《精卫填海》《大禹治水》等都是典型的作品。当正义战胜邪恶，坚定的目标通过艰苦的努力最终得以实现，幼儿可以从中得到快感和乐趣，也从中得到许多来自生活的经验和教训。这一时期的童话被看作人类经验和智慧的宝库，它们不自觉地强调知识性、实用性和经验性，非常重视训诫功能和教育功能。

随着社会的发展，14—16 世纪欧洲文艺复兴粉碎了封建和神学的精神枷锁。在这个光辉的时代，人们大力肯定和歌颂人的价值、人的力量、人的尊严、人的智慧和人的崇高，提倡个性解放、仁爱平等，并宣扬人的自由意志。在这样的时代背景下，17 世纪末法兰西学士院院士夏尔・贝洛摆脱了神的纠缠，也舍弃了古代的英雄和历史故事而面向民间童话，开创了使民间童话走进文学沙龙，走向文坛的新局面。他的努力使民间童话得到专门的收集、记载和整理，就这样，在 1697 年，被世人誉为“开儿童文学新纪元”的《鹅妈妈的故事》出现了。《鹅妈妈的故事》的出版被人们称作“儿童文学的独立日”。它是欧洲最早出现的一部童话集，情节单纯朴素，文笔洗练简洁，对比鲜明强烈，富于幽默感，是欧洲最早被广泛传播的童话集。从一定程度上说，它象征着欧洲儿童文学的诞生。

18 世纪末到 19 世纪前半期，浪漫主义文学思潮在欧洲各国兴起、成熟并逐渐取得成就。浪漫主义思潮十分有利于儿童文学的生长和发展，它在成熟期的许多主张与特征为以想象为第一要素的童话发展开辟了康庄大道，并为童话文学获得肯定创造出空前有利的条件。童话至此得到了最适宜的发展时机。19 世纪初德国的两位语言学教授格林兄弟，为追溯德语词根的语言研究工作而大量收集整理民间童话，他们分别于 1812 年和 1815 年出版了两卷《儿童和家庭童话集》，到 1819 年增订为三卷，增加了一卷《德国民间传说》，共收集了 200 多篇童话，初版时附有许多学术性很强的考证文字，是具有世界影响的第一部巨型民间童话集。这些童话拓宽了童话领域，语言极富表现力，各种谚语、俗语以及新颖的比喻随处可见，是保存口头成语、人物性格描写、语言游戏及谐音的宝库。

19 世纪初叶是浪漫主义与现实主义交替的时代，童话进入了现代自觉阶段，它的标志是童话大师安徒生的出现。安徒生勇敢地到现实人生中去开拓童话的艺术表现领域，把现实生活和现实儿童的形象引入了自己创作的文学童话。1835 年，安徒生的童话集《讲给孩子们听的故事》出版，标志着童话进入了作家创作阶段。安徒生是第一个明确为儿童创作的童话作家，在很长一段时期里，他几乎每年奉献一本童话集，作为圣诞节礼物馈赠给孩子们:《讲给孩子们听的故事》《新童话》《故事》《新童话和新故事》。这些童话以诗意的笔墨和幽默的笔墨并行交叉和叠合，形成一种安徒生童话独特的美，至今拥有着 0～80 岁的庞大的受众群，“他跟孩子们一起分享快乐，也借孩子们的力量更坚定地保护人类，使其不至于灭亡，并把人类引向理想境界。他就是那光明的灯塔”（保尔·阿扎尔《书·儿童·成人》)。文学童话作为一种文学样式在安徒生手里走向成熟。

在我国，童话的历史十分悠久，童话概念的形成却是近代的事。中国的童话最早散见于各类古籍之中，没有被列为独立的文学品类。最早出现“童话”这一名词的是商务印书馆于 1908 年 11 月发行的孙毓修主编的《童话》丛书。这套丛书专为儿童编译，颇具规模，最终出至 1923 年 9 月（含再版），共有 102 种作品，外国作品约占 63%。“五四”运动之后，叶圣陶、郑振铎、严文井等大批作家的创作童话以崭新的面貌出现在文坛上。1923 年，叶圣陶的《稻草人》出版，这是我国第一部作家童话集，标志着中国现代童话的产生，鲁迅称该作品“给中国的童话开辟了一条自己创作的路”。

随着历史的发展，经过几代童话作家的共同努力，我国的童话创作逐渐走向成熟，特别是进入新时期，思想的解放带来了创作的丰收，孙幼军、郑渊洁、冰波、王一梅、郑春华、谢华、杨红樱、汤素兰等大批新老作家的童话创作都取得了很高的艺术成就。

（二）幼儿童话的概念

陈子典在《新编儿童文学教程》中说:“童话是在现实的基础上，运用丰富的幻想与想象而创造出来的奇异故事。”

王泉根在《儿童文学教程》中指出:“童话是以幻想为核心，以拟人、夸张、变形为主要艺术表现手段，满足于表现人类普遍愿望的、适合儿童欣赏和接受的叙事文学样式。”

黄云生在《人之初文学解析》中说:“童话是一种适合儿童欣赏和接受的、具有特殊幻想性质的叙事文学体式。”

韦苇在《世界童话史》中说:“童话是以口头和书面形式存在的荒诞性与真实性和谐统一的奇妙故事，是特别容易被儿童接受的、具有历史和人类共享性的文学样式之一。”

这些表述的侧重点各异，但有一点是共同的，那就是“幻想”。幻想是童话的生命和灵魂，没有幻想就没有童话。所以，可以这样来回答“童话是什么”的问题：童话是以口头形式和书面形式存在的、符合儿童思维方式、符合儿童的心理和欣赏能力的、有着独特幻想逻辑的，在现实、超现实和人类心灵间自由徜徉的奇妙故事。

（三）幼儿童话的特征

1. 独特离奇的幻想

幻想是童话的基本特征。综观童话的内容可以发现，童话作品中的人物大多是现实生活中并不存在的假想形象；童话所描绘的环境，往往是人世间没有的虚幻境界；童话所讲述的种种情节，也是不可能发生的虚构故事。从古至今，童话都是借助幻想，将许多常见的人、事、物或现象交错编织成一幅幅奇异的图景，展现出一个超现实的世界。在这里，稻草人看到悲惨的事会晕过去，小狗和小猫是好朋友，驴皮鞋会自己踢人……童话中的“物我关系的混乱”“一切的一切都是人”“时空观念的解体”，都是由幻想特征引发的。

童话中的幻想是一种艺术幻想，它是“伴随着作家的情感，以创作出非写实性艺术作品为目的的艺术想象”。它虽然是非写实的，但也是根植于现实的。作者从幼儿混沌、杂乱的无意想象中找出富于诗意的理解，再运用恰当的幻想艺术形式将幼儿纯真美好的情感表现出来。安徒生曾说：“最奇异的童话是从真实生活中产生出来的。”童话并不直接描绘现实生活本身，而是借助艺术塑造并不存在于现实之中却具有现实意义的形象，对生活做折光式的间接反映，这正是童话区别于其他文学形式的特点。如民间童话中的妖魔鬼怪常常是现实社会中残暴的统治者、掠夺者或邪恶势力的化身；而“渔童”“田螺姑娘”“飞毯”等幻想形象，则反映了人们对美好生活的追求和向往。

安徒生的《海的女儿》展现了“海底人鱼世界”这一荒诞的美丽世界，这个童话的美不仅表现为意境的美，还通过小人鱼对爱情的执着追求以及为爱不惜牺牲自己生命的感人故事，表现了小人鱼崇高的精神境界和善良的心灵，其荒诞的美学内涵十分丰富，令人回味无穷。英国作家罗尔德·达尔的《好心眼儿巨人》也是表现美丽的荒诞：巨人用网兜收集了一万个轻雾般的漂游于空中的梦，分别装在一万个瓶子里，然后把这些“美好的梦”“金色的梦”用吹梦器吹进千家万户熟睡的孩子们的卧室，让他们睡得甜甜美美，做着幸福愉快的梦。《爱丽丝漫游奇境记》的作者刘易斯·卡罗尔以梦幻的方式，让爱丽丝误喝了魔水，变成了几英寸长的小人而进入一个奇妙的梦境，经历了一系列变化多端的险境，而她都一次次地化险为夷。其荒诞的幻境，一方面表现了作家超凡的想象力；另一方面，在无拘无束的幻想境界中，也流露出作者对英国维多利亚时代种种弊端的绝妙讽刺。在表现手法上，与作品夸张大胆的荒诞性所不同的是，作者尽可能以一种平静无奇的语言和心态来叙述一个似乎是很平常的故事，越是不动声色，越能表现出其与现实的距离感，因而也就更加显得怪诞离奇。

2. 自由快乐的游戏精神

游戏是幼儿主导的活动，游戏具有自由和欢乐等意义。幼儿童话是趣味盎然的快乐文学，它也经常洋溢着游戏精神。幼儿童话以美的形象感化人心，并结合幼儿的精神需求，满足幼儿的求知欲、好奇心和游戏心理，让他们在游戏中感受到快乐。

幼儿童话借助幻想的奇妙和荒诞，将游戏精神张扬到极致，因为童话的荒诞性使它拥有不根据实际进行幻想的可能。童话的主人公们在作品中可以完全不依照自然的法则和规律进行活动，可以不受一切清规戒律的束缚为所欲为，幼儿欣赏童话时可将生活中的烦恼完全抛给现实，自己在幻想中恣意徜徉。这样的童话对身体“无能”而幻想非凡的幼儿来说无疑是一种宣泄和释放。孙幼军的很多作品具有强烈的现代意识和游戏品格，同时也折射出令人感伤又回味无穷的诗性之光，如《冰小鸭的春天》《小雪人的信》等。其长篇系列童话《怪老头儿》，情节荒诞离奇，幻想怪异狂野，堪称具有游戏精神的代表作。彭懿也是一位创作手法多变，思路活跃，游戏性很强的童话作家，他的作品情节性强，节奏快，带有明显的科幻色彩，主要运用夸张怪异的闹剧形式，始终突出热闹有趣、引人入胜的特点，如《太阳系警察》《四十大盗新传》《古堡里的小飞人》《可口可乐鼠》等。“童话大王”郑渊洁的系列童话“皮皮鲁系列”“鲁西西系列”“舒克与贝塔系列”“魔方大厦系列”等都是将游戏精神张扬到极致的作品。当今的童话作品，游戏精神无处不在，游戏精神成为幼儿童话的一种内在品质，它可以愉悦幼儿身心，促进幼儿多方面能力的成长。

俄罗斯童话《会跑会跳的树》中描写道：因为鸟儿在林子里的树上又唱又跳，小熊便以为树是活的，他想：“我也要做一棵树！”于是它走到树林的空地上摇摇腿、晃晃脚地唱着。松鼠问它会不会翻跟斗，它就头朝下翻了个跟斗。听松鼠说每棵树上都住着鸟儿，小熊请松鼠帮忙找几只鸟儿来，于是松鼠找来了梅花雀。“小熊！”松鼠喊道，“过来，别摇摇摆摆啦，梅花雀答应到你头上住些日子！”小熊站好，眯缝着眼睛，接着，梅花雀就停到了他的肩上。“这回我是真正的树了！”小熊乐滋滋地想。“呜——溜——溜——溜——溜——！”梅花雀唱着。“呜——溜——溜——溜——溜——！”小熊唱着，腿不停地跳着、摇着。

这篇童话中的小熊、松鼠、梅花雀自然都是好奇、好动的幼儿的化身，它们沉浸在美妙的幻想境界里快活地游玩，那快乐的心情让幼儿感同身受。

3. 单纯明快的叙述模式

传统童话作为劳动人民口头创作的古老的文体形式，在千百年的流传过程中，形成了一些固定的叙述方式，体现出单纯明快的特点，符合儿童尤其是幼儿的阅读心理。“从前……”“很久很久以前……”是传统童话约定俗成的开始，它把读者一下子带到了一个过去的远离现实的世界。与此对应，“从此他们过着幸福快乐的生活……”又将读者带回到现实中来，善良的主人公都有大团圆的结局，暗合了幼儿的阅读期待，满足了他们纯真美好的心理愿望。

贺宜在《幼儿文学随笔》中曾说：“孩子年龄越小，就越缺少耐心。枯燥乏味、冗长臃肿的开头，对幼儿是一种折磨。如果你诚心诚意要他们听你的故事，最好能够开门见山、单刀直入地把故事的本体展现在他们眼前——当然，要他们乐于听完你的故事，这还得看你的整个故事是不是跟那个好的开头同样能吸引他们。”这句话形象地说明了幼儿文学情节的趣味性对于吸引幼儿注意力的重要性。幼儿童话的趣味性很大程度上体现在情节的巧妙动人上。情节一波三折才符合幼儿的审美期待。但是，幼儿直观而形象的思维特点决定了他们不可能真正理解“复杂”的故事及其背后的生活本质。所以，幼儿童话的情节发展虽然本质上是线性的，往往一开头就单刀直入地过渡到高潮；但是，为了吸引幼儿，照顾他们的注意力和记忆力较差的特点，常常使用三段式、循环法、对照式来安排结构，故意营造一波三折的曲折效果，更好地强化幼儿对关键情节的注意和记忆，达到强化主要情节，突出主题的目的。

（1）三段式。三段式又称反复法。通常是同一场景三次反复，或者同一情节三次递进，或者三个人物依次描写，以形成回环曲折的艺术魅力。“三段”雷同情节的重复，“三回”故事的波折，“三次”相对力量的较量，“三人”经历的比较，会给人留下深刻的印象。童话中的反复常常是三次：一件事反复三次，一句话反复三次……当然，也并不是完全重复，第二次比第一次总有一点变化，第三次比第二次的变化又多一些，一层层推进直到情节发展到高潮，一模一样的重复是不可能推进情节和矛盾发展的。有些情节虽然没有重复“三次”，或者不止三次，其效果和用意都是一样的——务必使故事引人入胜，又能清楚地被记住，在幼儿脑子里烙刻下线索发展的清晰图像。由于这些事件同中有异、异中有同，所以并不使人感到单调，反而具有一种特殊的情趣。如《灰姑娘》中主人公三次从舞会逃开，《白雪公主》中后母三次到森林里加害公主，《拇指姑娘》中有三次结婚场面的描绘等。在童话中，一些相同或者相似的情节反复出现，层层深入，虽有重复却又有变化，最后凸显主题，这是三段式的特点。

（2）循环法。循环法的情节模式是：甲连着乙，乙连着丙，丙连着丁，丁又连着甲，将大致相同的故事在不同人物间循环一周来表现主题。此法也是通过反复叙述主要情节来吸引幼儿的注意并加强其记忆，使幼儿关注进而理解主题。如方轶群的《萝卜回来了》讲小白兔挖到一个大萝卜，送去给小猴，小猴又送给小鹿，小鹿又送给小熊，小熊又去送给小白兔，萝卜循环了一周，仍然回到了小白兔的家里（图 5-2）。在这个童话故事里，类似的情节多次反复，每一次作者都重复的话语是：“……一面找一面想：雪这么大，天气这么冷，……在家里，一定也很饿。我找到了东西，去和他一起吃。”“他想了想，知道是好朋友送来给他吃的，就说：萝卜也带去，和……一起吃！”这两句话就是这个故事的主题，通过多次重复使它在幼儿心里得到巩固和确定。

图 5-2 《萝卜回来了》（修丹丹画）

（3）对照式。对照式又称为对比式，即通过人或物的两个方面展现真假、美丑、善恶，使作品主题更加鲜明，适合幼儿评判是非只有“好”和“坏”两极的天性。如《小红帽》中的大灰狼和小红帽，《龟兔赛跑》中的兔子和乌龟。张天翼的童话《大林和小林》就是将勤劳善良的小林和好吃懒做的大林进行鲜明的对比，最后二人完全不同的命运结局对幼儿的触动是很大的。贝洛的《仙女》中的两姐妹，一善一恶，在故事的最后呈现出善有善报、恶有恶报的不同结局。另一种对照是前后对照，以同一人物前后不同的表现和遭遇来组织故事情节，从而突出人物性格的变化以及变化的原因。如《邋遢大王奇遇记》中小邋遢从懒惰、不爱干净变得勤劳、讲卫生就是一个很好的对比。王尔德的《巨人的花园》中的巨人，由开始的自私、粗暴到最后的善良、温和，也运用了前后对照的方法。

4. 生动独特的表现手法

童话是幻想的产物，是社会生活在作家头脑中的特殊形式的反映。幻想既是童话的内容，又是童话的形式，作为形式，它有自己独特的表现手法，这就是拟人、夸张和象征。

（1）拟人。儿童文学理论家陈伯吹在《儿童文学简论》中说过："为了把幻想故事的主要物质材料（自然物），通过幻想和联想，转化成为作品形象，以特殊的形式来反映生活，就得把它们'人格化'起来，于是'拟人法'就成为童话创作艺术手法的宠儿了。"拟人是把人类的特性、特点加诸外界事物上，使之人格化的表现手法，是童话表现幻想最常用的艺术手法。

童话的拟人手法不是让小猫小狗会讲人话就行了，最重要的是做到物性和人性的和谐统一，使之既具备人的某些特点，又保留物的某些属性，如果割裂了被拟物和所拟物的特征和属性，就破坏了童话完整的艺术氛围。

拟人手法的运用，可以将作品中的对象人格化，赋予它们人类的语言、行动、思想和感情，便于幼儿认知、理解和体会，符合幼儿的想象和审美趣味，更容易被幼儿喜爱和接受。在童话中，所有的角色都如同一个个鲜活的人物，而它们身上所发生的故事也能够还原于现实世界。如《三只蝴蝶》中的红、黄、白三只蝴蝶就像是三个团结友爱、不离不弃的小朋友，《丑小鸭》中的主人公丑小鸭像是一个坚强勇敢、心地善良的小朋友形象。《三只小猪》是著名的英国童话（图5-3），告诉幼儿处理事情不应该凑合，做人要勤劳肯干，不要急于求成，要乐于助人，要团结。

图 5-3 《三只小猪》（吴慧婷画）

图 5-4 《拇指姑娘》（黄巧明画）

（2）夸张。夸张是借助丰富的想象夸大和强调所描写对象的某些特征，作必要的放大或缩小，突出其本质特征，以增强表达效果的表现手法。夸张被广泛运用于各种艺术形式中，但童话的夸张有其独特的特点。其他文体的夸张通常建立在部分真实的基础上，有一定限度，不会离真实太远。而童话的夸张可以突破时空的限制，是一种强烈的、极度的夸张。它是从内容到形式全方位的夸张，夸张色彩可以渗透到人物刻画、环境描写、气氛渲染、细节描述等各个环节，从而增强作品的趣味性和幽默感。童话如果没有夸张，就会失去色彩。

安徒生的《拇指姑娘》中所描写的拇指姑娘（图 5-4），她的身形还没有人的大拇指的一半长，她的摇篮是一个漂亮的胡桃壳，被单是玫瑰的花瓣。她可以坐在郁金香的花瓣上，把两根白马尾当作桨，在盛水的盘子里划来划去。安徒生正是借助夸张的手法把拇指姑娘娇小、可爱的特征予以强调、突出，使读者获得鲜明、生动的印象。

英国作家乔纳森·斯威夫特的《格列佛游记》中的小人国一切都很小：最大的城市才相当于舞台中的城池布景，那儿的公民的身高不满15厘米，漂流到那儿的格列佛医生的手掌可供五六个小人在上面跳舞；另一个国家大人国的一切又大得惊人：麦子高约12米，人是庞然大物，格列佛在他们那里成了一个小矮人，被人用食指和拇指捏住，提起来放在衣袋里……童话用夸张手法造就了浓烈的幻想氛围，这就使幻化的意境和形象的某些特征更鲜明突出，同时也使作品产生了意味深长的美感和幽默感。

（3）象征。象征是借助某一具体事物的形象，表现某种抽象的概念、思想或感情。其特点是利用象征物与被象征物之间的某种相似，使被象征物的某一内容得到含蓄而形象的表现。在童话里，就是用幻想世界来比喻现实社会，用幻想故事来暗示生活的本质意义。

象征是将童话的幻想和现实相融合的重要方式。在童话的世界里，动物的形象常常是人性的象征：老虎凶残、狐狸狡猾、小猴聪明、小羊温顺、小猪懒惰等。这些形象常常是以正反对比的形式出现在故事中，如《龟兔赛跑》中的兔子和乌龟，俨然就是自以为是、目中无人的骄傲者和正视不足、默默努力的进取者的形象；而《小红帽》中的大灰狼与小红帽则分别是凶狠狡猾与单纯善良的人物形象的化身。

童话的象征是由人物的全部活动所构成的故事整体来表现的。如《丑小鸭》中丑小鸭变成美丽的白天鹅的艰难曲折的经历象征着历尽艰辛困苦走向成功的道路；《大萝卜》中的小耗子是不可忽视的微弱力量的象征；《皇帝的新装》中的皇帝是愚蠢贪婪的象征；《宝葫芦的秘密》中的宝葫芦象征不劳而获的思想……同时，这一切以一个个生动鲜明的幻想故事作象征载体而给幼儿留下了深刻的印象，使幼儿有所领悟。

当然，童话的象征只是从总体上概括象征某一事物或某种思想感情，并非人物的一言一行，故事的每一细节都象征着什么，如果一一对号入座，童话的象征意义就变得太牵强了。

5. 丰满鲜活的人物形象

传统童话强调传授人类千百年来累积的知识经验，因此童话的时代特征往往不明确，主人公往往是泛指的，故事更注重文化意义，演绎文化精神，其人物塑造也带有一定的人类共性和民族性的思想和文化精神，这使童话中的形象成了某一类人的代表。如公主王子型、灰姑娘型、后母巫婆型等。

现代童话则非常重视童话形象的塑造，往往把刻画成功的童话形象放在童话创作的首位，因而创造出了许多丰满、鲜活、个性化的童话形象。如《夏洛的网》中的蜘蛛夏洛、《长袜子皮皮》中的长袜子皮皮、《木偶奇遇记》中顽皮的小木偶等。这些形象的情感、体验及独特的感受被细致地描述，因而这些形象是个性的、独特的“这一个”，而不是“这一类”。

（四）幼儿童话的分类与形式

根据不同的分类标准，可以把童话分为不同的种类。

1. 根据形成过程划分

根据形成过程来划分，幼儿童话可以分为民间童话和创作童话（亦称艺术童话、文学童话）。

民间童话由劳动人民创作，经世代口耳相传，带有明显的民族或地方特色，如《田螺姑娘》《狼外婆》《猎人海力布》《长发妹》等。创作童话由作家独立地、有意识地为儿童创作，具有作家明显的艺术个性，如安徒生的《海的女儿》（图 5-5）、卡达耶夫的《七色花》、柯岩的《小熊拔牙》、金近的《小猫钓鱼》等。

图 5-5 《海的女儿》（黄巧明画）

2. 根据童话的主要形象划分

根据童话的主要形象来划分，幼儿童话可以分为常人体童话、拟人体童话和超人体童话。

常人体童话是指主人翁一般是普通人，但这些普通人却有着离奇有趣的经历和遭遇的童话。常人体童话在传统童话中大量存在，如安徒生的《皇帝的新装》、张天翼的《宝葫芦的秘密》、刘易斯·卡罗尔的《爱丽丝漫游奇境记》等。

拟人体童话是指运用拟人手法，将人类以外多种有生命或无生命的事物人格化的童话。这些人格化了的事物在童话中不仅有了生命，而且具备和人一样的感情，可以像人类一样思考、说话、活动，人性和物性高度统一在一个形象中。拟人体童话数量很多，如阿·托尔斯泰的《金鸡冠的公鸡》（图 5-6）、叶圣陶的《稻草人》、卡洛·科洛迪的《木偶奇遇记》、米尔恩的《小熊温尼·菩》等。

金鸡冠的公鸡

［苏］阿·托尔斯泰

从前，有一只猫，一只画眉鸟，还有一只公鸡——一只金鸡冠的公鸡，他们一起住在树林的一间小房子里。

有一天，猫和画眉鸟到树林里去砍柴，他们临走的时候，叮嘱公鸡说："我们走得很远，你在家好好看门，一声也不要响。要是狐狸来了，你可千万不要把头探到窗子外面去。"

狐狸听说猫和画眉鸟不在家，就跑到小屋子前面来，坐在窗子下面唱歌。他唱道："公鸡呀公鸡，金鸡冠的公鸡，你的脑袋油光光，你的胡须丝一样，你把头探出窗口，我给你吃颗小豆。"狐狸唱了一遍又一遍，公鸡忍不住了，把头探出窗口。狐狸一把抓住它，飞快地往狐狸洞跑去。

公鸡于是"喔喔"大叫："狐狸把我抓住，走过黑幽幽的森林，跨过急腾腾的河流，翻过高耸耸的山头，猫啊，画眉鸟啊，快来救救我吧！"猫和画眉鸟听见了，急忙追来，从狐狸手里把公鸡救回来。

过了些时候，猫和画眉鸟又要到树林里去砍柴，临走的时候，他们严厉地叮嘱公鸡说："你待在家里，千万别把头探到窗子外面，我们这次走得更远，是听不见你的叫喊声的。"

他们刚走，狐狸又来了。他坐在窗下唱道："公鸡呀公鸡，金鸡冠的公鸡，你的脑袋油光光，你的胡须丝一样，你把头探出窗口，我给你吃颗小豆。"公鸡坐在那里一声不响，狐狸接下去又唱："孩子们跑啊跑，麦子撒了一地，母鸡把它们捡起来，就是不给公鸡……"公鸡忍不住了，把头探出窗口："喔喔喔！干吗不给？"狐狸一把抓住他，就往狐狸洞跑。

公鸡"喔喔"叫救命："狐狸把我抓住，走过黑幽幽的森林，跨过急腾腾的河流，翻过高耸耸的山头，猫啊，画眉鸟啊，快来救救我吧！"猫和画眉鸟听见了，转身就来追赶。猫在地上跑，画眉鸟在天上飞。他们赶上了狐狸，猫用爪子抓，画眉鸟用嘴啄，把公鸡救回来了。

过了些时候，猫和画眉鸟又要到树林里去砍柴，临走的时候，他们非常严厉地叮嘱公鸡说："你千万别听狐狸的话，千万别把头探到窗子外面，我们这次走得更加远，是听不见你的叫喊声的。"

猫和画眉鸟这回去砍柴，走得很远很远。狐狸又来了，他坐在窗下唱道："公鸡呀公鸡，金鸡冠的公鸡，你的脑袋油光光，你的胡须丝一样，你把头探出窗口，我给你吃颗小豆。"可是公鸡一声不响。

狐狸就接着唱："孩子们跑啊跑，麦子撒了一地，母鸡把它们捡起来，就是不给公鸡……"公鸡仍旧一声不响。于是狐狸接下去唱："人们跑啊跑，核桃撒了一地，母鸡把它们捡起来，就是不给公鸡……"公鸡忍不住了，把头探出窗口："喔喔喔，干吗不给？"狐狸一把抓住他，带回自己的狐狸洞去。他走过黑幽幽的森林，跨过急腾腾的河流，翻过高耸耸的山头。

尽管公鸡叫了又叫，喊了又喊，猫和画眉鸟都没听见。等到他们回家，公鸡不见了。猫和画眉鸟于是跟着狐狸的脚印走。猫在地上跑，画眉鸟在天上飞……跑啊跑啊，飞啊飞啊，他们来到了狐狸洞口。猫调好琴弦弹起来："叮铃铃，叮铃铃，金弦线的小提琴。狐狸在不在家中，在那热烘烘的狐狸洞吗？"

狐狸听了又听，心里想：是谁琴弹得那么好，歌唱得那么甜，让我去看看吧。他于是爬出洞口，猫和画眉鸟一把抓住他，猫用爪子抓，画眉鸟用嘴啄，又抓又啄，狐狸痛得逃走了。

他们救出了公鸡，用树皮篮子捧回家去。从此以后，他们太太平平地过日子，狐狸再也骗不了公鸡啦！

图 5-6 《金鸡冠的公鸡》（吴慧婷画）

超人体童话是指主人公以超自然面貌出现、具备创造奇迹的超常能力的童话，主人公形象在“人”的基础上融入了“神”的特征，如神仙、精灵、鬼怪、妖魔、巫师等。如《渔夫和金鱼的故事》中可以满足老渔夫各种要求的金鱼，《白雪公主》中能够回答恶毒皇后的问题的魔镜等。

当然，这三种童话形象并不相互排斥，有时还会出现在一个童话角色身上。如孙悟空既是猴子的拟人形象，又是拥有神力和宝物的超人形象。

3. 根据内容划分

根据内容来划分，幼儿童话可以分为文学童话和知识童话（科学童话）。

文学童话是以人与人的关系为表现内容的童话，通常故事情节奇异动人，想象天马行空。如《爱丽丝漫游奇境记》《卖火柴的小女孩》《皇帝的新装》等。

知识童话是以科学知识为表现内容的童话，通常内容浅显，情节安排单纯明了，既富于科学的启迪，又具有艺术的美感。知识童话不负有普及科学的任务，但能培养幼儿对自然科学的兴趣，启迪幼儿的智慧。如《胖子学校》《五兄弟闯关》等。

4. 根据篇幅长短划分

根据篇幅长短来划分，幼儿童话可以分为长篇童话、中篇童话、短篇童话、微型童话等。

长篇童话一般都在 40 000 字以上，如张天翼的《大林和小林》、卡洛·科洛迪的《木偶奇遇记》等。

中篇童话一般在 8 000～40 000 字之间，如岳辉的《再见，美人鱼》《白发天使》等。

短篇童话一般在 800～8 000 字之间，如叶圣陶的《稻草人》、洪汛涛的《神笔马良》等。

微型童话一般在 800 字以内，如《小黑狗学猫叫》，全篇童话只有 195 个字。

三、幼儿寓言故事概述

（一）寓言故事的起源与发展

寓言是世界上最古老的文学体裁之一，和神话、传说一样，最初是民间流传的口头文学，寓言与童话可谓是同根同源。寓言在全世界有三大发祥地：古希腊、古印度和中国。

古印度的《五卷书》是闻名世界的寓言童话集，古希腊的《伊索寓言》被誉为西方寓言的始祖。这两部作品集在内容形式和语言风格方面，都奠定了寓言在文学之林中的地位，并且成为后世寓言的蓝本。

世界文学宝库中，还有不少寓言珍品。17 世纪，法国诗人拉·封丹用诗体写作《寓言诗》，共十二卷。其中，《乌鸦和狐狸》《农夫与他的孩子们》等寓言广为流传。18 世纪，德国文学家莱辛所著寓言中，《狮子与驴子》《神与绵羊》等寓言脍炙人口。19 世纪，俄国杰出的寓言诗人克雷洛夫以诗体写作寓言，其中以《狼和小羊》《天鹅、梭子鱼和虾》等最为著名。

拉·封丹、莱辛和克雷洛夫并称“世界三大寓言作家”。

我国春秋战国时期是寓言最为发达的时期，在先秦诸子百家的著作中，有大量的寓言成为众所周知的成语，如《揠苗助长》(《孟子》)、《自相矛盾》(《韩非子》)、《守株待兔》(《韩非子》)、《刻舟求剑》(《吕氏春秋》)、《望洋兴叹》(《庄子》)、《南辕北辙》(《战国策》) 等世代流传，至今仍在口头语言和书面语言中运用。这个时期，虽然寓言数量众多，但从文体的角度来看，寓言在当时并非独立的文体，而是处于附庸地位。

两汉时期，寓言虽逊于先秦，但也有《叶公好龙》《螳螂捕蝉》这样劝诫性突出的佳作。魏晋南北朝时期，邯郸淳的《笑林》开创了后世笑话体寓言的先河。《搜神记》《世说新语》中也包含寓言。另外，印度佛教寓言的传入，在内容和形式方面都为中国寓言提供了借鉴。

唐宋时期，寓言逐渐摆脱了附庸地位，成为独立的文学体裁。这时期出现了以柳宗元、韩愈、苏轼为代表的一大批文学家。柳宗元的《三戒》(《临江之麋》《黔之驴》《永某氏之鼠》)、《捕蛇者说》、《种树郭橐驼传》，韩愈的《毛颖传》等寓言，有着强烈的现实生活气息，主要抨击某些不良社会现象，指斥某类卑鄙人物，其哲理性减弱了，但讽刺性增强了。

黔之驴

〔唐〕柳宗元

黔无驴，有好事者船载以入。至则无可用，放之山下。虎见之，庞然大物也，以为神。蔽林间窥之，稍出近之，慭慭然莫相知。

他日，驴一鸣，虎大骇，远遁；以为且噬己也，甚恐。然往来视之，觉无异能者；益习其声，又近出前后，终不敢搏。稍近，益狎，荡倚冲冒。驴不胜怒，蹄之。虎因喜，计之曰："技止此耳！"因跳踉大㘎，断其喉，尽其肉，乃去。

噫！形之庞也类有德，声之宏也类有能，向不出其技，虎虽猛，疑畏，卒不敢取。今若是焉，悲夫！

这篇寓言通过庞大的驴徒有其表，终被老虎吃掉的故事，讽刺外强中干的小人。从相反的角度看，看似强大的东西并不可怕，只要敢于斗争、善于斗争，就一定能够战胜它。可以说，柳宗元的寓言具有很强的现实意义。

明代，寓言创作进入又一个黄金时代。刘基有寓言集《郁离子》，宋濂有寓言集《龙门太子凝道记》《燕书》，赵南星的《笑赞》、冯梦龙的《笑府》中也有佳话。如刘基的《卖柑者言》、宋濂的《剜股藏珠》等均是经典寓言。明代中期的《中山狼传》以其生动形象、情节巧妙、结构完美成为古代寓言的典范之作。明代的寓言故事于嬉笑怒骂之中蕴含深刻道理，在中国寓言史上具有里程碑式的意义。

清代，寓言风格以诙谐幽默为主，较著名的有石成金的《笑得好》、吴趼人的《俏皮话》等。

中国现当代作家也用寓言形式创作，特别是在儿童文学作品中更为多见。在现代，中国寓言创作进入了一个新的发展阶段。鲁迅、胡适、茅盾、郑振铎、陈伯吹等名家都创作、翻译过寓言作品。其中，陈伯吹的《小朋友寓言》、贺宜的《随你便先生》、何公超的《丑小鸭》、聂绀弩的《天亮了》等都是较优秀的作品。这一时期，冯雪峰的创作成绩最为显著，仅 1947—1948 年，他就创作了近 200 篇寓言。

1949 年后，寓言作家不断创作出大量优秀作品，如严文井的《向日葵和石头》、刘征的《狐狸为鸡鸣不平》、黄瑞云的《一头学问渊博的猪》、申均之的《小雨点》等，他们以各自不同的风格使中国当代寓言创作呈现出多彩的繁荣景象。

（二）寓言故事的概念

幼儿寓言是隐含着哲理教训或讽喻意义，能让幼儿从中体会道理的短小故事。

寓言之“寓”是“寄托”的意思，寓言是寄托意思的寓言。莱辛在《汉堡剧评》中说：“把一句普通的道德格言引回到一件特殊事件上，把真实性赋予这个特殊事件，用这个事件写一个故事。在这个故事里，大家可以形象地认识出这个普通的道德格言，那么，这个虚构的故事便是一则寓言。”因此，寓言是把某个深刻的哲理或教训寄托在简短而形象的故事里，带有讽刺或劝诫性质的文体。“寄托”使寓言有了一种别致的表达技巧：不直接把意思说出来，却借用相关的具体事件，巧妙地进行影射。寓言因此具有独特的品格：借此喻彼，借远喻近，借古喻今，借物喻人，使深奥的道理、抽象的观念、深刻的教训等从具体直观的故事中显现出来。

（三）幼儿寓言故事的特征

故事和哲理是构成寓言不可缺少的要素，正如法国寓言大师拉·封丹的比喻：“一个寓言，可以分作身体与灵魂两部分，所述说的故事好比是身体，所给人们的教训好比是灵魂。”故事和哲理相互依存，故事为揭示哲理服务，哲理统率着故事。只有生动的故事而缺乏哲理，故事纵然写得生动形象，只会喧宾夺主，不能算是成功的寓言；反之，虽有哲理、教义而没有故事，寓意无所寄托，只能是苍白的说教。因此，“意”必须巧妙地“寓”于生动的“言”，方成“寓言”之实。

1. 假托故事，哲理性强

寓言的要旨是阐明教训或者哲理。寓意是寓言的灵魂，故事必须为寓意服务。寓言常把讽喻的意义蕴藏在故事之中，往往使动物、植物或其他无生命的形象扮演人类社会中的种种角色，反映人的思想、行为、情感和社会生活，并加以评价，以此来阐述某些是非标准和道德观念，让人们通过故事记取它的含义。

寓意的表达方式大体有以下三种。一是先讲述故事，后说理点题。如《克雷洛夫寓言全集》里有一篇《猪》，就是先讲述故事，作者在结尾这样点明寓意：“我不愿用这个比喻把任何人侮辱，但怎么能不把某些评论家称作猪？他们无论评价什么，只善于看别人的短处。”二是先说出寓意，后叙述故事。如《克雷洛夫寓言全集》里有一篇《鹰和田鼠》，开头点出：“不要轻视任何人的建议，首先要考虑它是否合理。”然后才讲述鹰和田鼠的一段故事。三是只讲故事，教训不说出来，让读者自己去体会。如中国古代故事《刻舟求剑》《守株待兔》等（图 5-7、图 5-8）。很明显，寓言的训诫意味比童话明显。童话以审美为第一功能，教育功能是通过审美活动来实现的，所以主题往往是含蓄地表达出来的。这是寓言与童话或其他一般故事的最大区别。

图 5-7 《刻舟求剑》(邱铃薇画)

图 5-8 《守株待兔》(修丹丹画)

2. 篇幅短小，概括性强

寓言语言精练，篇幅短小，具有高度的概括性，这也是寓言在形式上的一个显著特征。作者通常截取生活中一个最富代表性的片段加以概括、提炼，将深刻的道理浓缩在一个短小的故事里，力求用最少的语言去表达最丰富的内容和最深刻的思想，突出了高度概括的特点。如《伊索寓言》中的《狮子和狐狸》:

狐狸讥笑母狮每胎只生一子。母狮回答说:“然而是狮子!”

这个故事十分简短，但却说明了事物不在多，而在于精，也就是说，美好的事物在质而不在量的道理。又如《韩非子》中的《守株待兔》:

宋人有耕者，田中有株，兔走触株，折颈而死。因释其耒而守株，冀复得兔。兔不可复得，而身为宋国笑。今欲以先王之政，治当世之民，皆守株之类也。

这则寓言运用类比，只几句话就讽刺了死守狭隘经验，不知变通，或妄想不劳而获的侥幸心理。

3. 诙谐幽默，比喻性强

比喻性强是寓言的本质特征。寓言虽然不忌讳说教，却不是板着脸孔训人，而是在诙谐幽默的比喻中巧妙地揭示哲理。细心观察，可以发现每则寓言都是作者精心设置的比喻，它是把整个故事作为喻体，把寓意作为本体来结构布局的。一般文体中的比喻只是用在局部或个别事物的描写上，是为了达到优美生动而采用的局部表现技巧。而寓言的比喻则是把整个故事当作一个喻体来喻示某类人或者某种现象，从而达到借此喻彼，借物喻人，扬善斥恶，教人明智的目的。总之，寓言是以生动有趣的故事来比喻寄托抽象的道理，达到讽刺或训诫的目的。如《伊索寓言》中的《狮子、熊和狐狸》:

一天，狮子和熊一起走出山林散步，忽然看见一只小羊羔，他俩同时扑上去，抓到了那只小羊羔。

狮子和熊为了争夺这只小羊羔，先是争吵，后来就动手打了起来。在经过了一场激烈的搏斗后，双方都受了重伤……他们只好有气无力地躺在地上，大口大口地喘着粗气。

狐狸早就躲在远处坐山观虎斗了，他看到了狮子和熊搏斗的全过程。当他见到他们两败俱伤，都直挺挺地躺在地上时，便跑过去，把躺在他们之间的小羊羔抢走了。

伤势严重的狮子和熊，眼睁睁地看着狐狸抢走了小羊羔，却毫无办法，他俩谁也没有力气去追狐狸，更没有力气再去与狐狸搏斗了。

这时，狮子与熊唉声叹气地说："我们都错了，我们俩斗得你死我活，却让狐狸得到了好处。"

这则寓言故事用生动有趣的动物故事来比喻人类社会的某些现象，寄寓深刻的道理，正如俗话所说："鹬蚌相争，渔人得利。"双方相争让第三者得了利。这样比直接说教更容易让人接受，而且印象深刻。

4. 批判犀利，讽刺性强

寓言的要旨是阐明教训或哲理，往往具有强烈的批判意识。寓言常常通过无情揭露反面形象来达到宣扬教义的目的。在面对人性的弱点、现实的谬误、社会的不合理现象时，寓言作者常常以机智的幽默进行讽刺，使故事在有趣的叙说中透出文辞的犀利。因此，讽刺就成为寓言创作中常用的手法。

◎技能指导

一、幼儿故事讲述与表演

（一）幼儿故事讲述的基本特点

幼儿故事表演《小猪变形记》

讲故事就是用有声语言描述故事人物与事件，使听者如见其人、如闻其声、如临其境。讲述故事时，幼儿教师应该充满感情，将自己置身于故事情节之中，以"我是故事中的人"的感情讲述故事，从而更好地带领幼儿进入故事的情境当中，打动幼儿的心。作为一名幼儿教师，不仅要掌握故事表演的基本功，还要具备指导幼儿进行故事表演的能力。讲述幼儿故事有两个基本特点。

1. 以有声语言讲述为主，体态语等为辅表现故事

幼儿故事讲述是以有声语言讲述为主、体态语等为辅表现故事。故事的表现形态不只是讲述，也可以是表演，在故事讲述中，体态语等是辅助表现手段。另外，讲述故事不是朗读故事或者背诵故事，讲述是有明确听众或观众的讲话。故事文本可以看作一个讲述的脚本，讲述者完全可以合理加工，用自己的语言来讲述。

2. 在教育情境中面向幼儿讲述，非舞台表演形式

幼儿故事讲述是在教育情境中的讲述，而不是舞台表演，它的听众或观众是幼儿。讲述者应该怀有一颗童心，有幼儿意识，乐于跟幼儿分享故事。

（二）幼儿故事讲述与表演方法

1. 故事讲述与表演前的语言加工

故事的讲述与表演是一种非常有效的教育形式，它寓教于乐，使幼儿在轻松、愉快的娱乐中，不知不觉地受到教育和启发，幼儿可以在听赏和表演的过程中陶冶情操、认识社会、丰富知识、发展思维、学习语言等。当然，不是随便一个故事都可以拿来表演，在此之前需要对故事的语言进行艺术加工。

（1）改书面语为口语。语言的加工是故事文本加工的主要内容。语言加工的基本要求是通俗简明、形象生动、上口顺耳。讲故事不是朗读故事也不是背诵故事，因此故事的语言是不是上口、简单易懂就显得尤为重要了。教师要将幼儿故事改编成合适表演的剧本，帮助幼儿熟悉故事的情节和角色的台词。首先应该把一些过于书面的词语改为口语，如“小河流水淙淙”，可以改为“小河的水呀，哗啦哗啦地流着”；一些复杂的长句要改成短句，以便于幼儿接受和理解。教师在给幼儿讲述故事时，还要注意语言的形象化、具体化，多运用拟声词，绘声绘色，给幼儿以形象的感染。如《小公鸡和小鸭子》：

小公鸡和小鸭子一块儿出去玩。它们走到草堆旁，小公鸡的嘴尖尖的，在草堆里捉到了许多虫子，吃得很欢；小鸭子的嘴扁扁的，捉不到虫子，急得它直叫唤。

可以改写为：

小公鸡和小鸭子是一对好朋友。有一天，它们一块儿出去玩。它们走到草堆旁边，小公鸡的嘴尖尖的，在草堆里找到了许多虫子，它一边吃一边唱：“叽叽叽，叽叽叽，真好吃！”小鸭子呢，它的嘴又扁又平，在草堆里找了半天也没有找到一条虫子。当它好不容易找出一条虫子时，用嘴一啄，没吃到虫子，反倒把草、土弄到了嘴里，急得它“嘎嘎嘎”直叫唤。

（2）调整、修改故事情节。故事是否被幼儿接受、喜欢，主要取决于故事情节有没有戏剧性。俗话说“无巧不成书”，这里的“巧”，既指故事中的“巧合”，又指故事情节安排得巧妙。如果原作情节安排得不够理想，就需要创编者加以调整和修改。调整和修改故事情节的过程，是对故事进行再创作的过程。常用的方法有：砍、留、换、补、巧设“扣子”。

砍：删去与主题无关的情节和不必要的交代语言。删减的目的是突出主干，使情节发展便捷。

留：保留原有故事的基本情节，不能另起炉灶，改得面目全非。

换：换掉一些无关大局的情节，或是幼儿不能理解的太过曲折的情节。

补：增加一些必要的情节和细节，使故事更加生动、有趣。

巧设“扣子”：别出心裁地安排好情节的重要因素——“扣子”。对于故事的有些情节，不要一下子和盘托出，而是采用欲扬先抑、渲染烘托的方法，以达到引人入胜的艺术效果。

（3）设计好开头和结尾。俗话说“万事开头难”，故事如果有一个好的开头，就能一下子吸引幼儿，引起他们听赏故事的兴趣。故事的开头并没有固定的模式，都是根据故事的内容来设计，只要能顺利地导入故事就行。教师可以先提出一个幼儿感兴趣的问题，引起他们的注意，然后讲故事。如《老虎和青蛙》的开头可以这样设计：

“白肚皮，大嘴巴，吃害虫，保庄稼。”小朋友们，你们知道我说的是谁吗？对，就是小青蛙。那你们知道小青蛙为什么吃害虫吗？听我来讲个故事吧。

组织幼儿猜谜语，幼儿很快就能猜出谜底是青蛙，这样，幼儿听故事的兴趣就被激发出来了。然后告诉幼儿，今天讲的故事名字。

也可以用简练的语言概括故事，故意留下悬念，引出故事。如《小熊的包裹》的开头可以这样设计：

小熊是个爱运动的男孩儿，小狗是个爱打扮的女孩儿，他俩是好朋友。可是，在怎样对待朋友的做法上，他俩不一样。

还可以采用讨论的方法设计开头。但不管采用哪种形式设计开头，都要做到语言简洁、生动有趣。

另外，设计好结尾也很重要。每个故事都有结尾，在讲述故事时，可以采用原故事的结尾，也可以对原故事的结尾进行加工处理，以取得更好的效果。如《学跳舞的小螃蟹》的结尾可以这样设计：

小朋友们，小螃蟹每天都用心地学习、快乐地跳舞，你们说它最后能成为舞蹈家吗？

也可以总结式设计结尾。由于幼儿年龄尚小，难以理解一些道理，因此可以直接告诉幼儿故事的教育意义。如《做在大胡子里的鸟窝》的结尾可以这样设计：

鸟妈妈看着五个可爱的小宝贝，心里别提有多高兴了。小朋友们，同鸟妈妈一样高兴的还有谁呢？对啦，大胡子爷爷。帮助别人，快乐自己，不是吗？

还可以提问式设计结尾。启发幼儿去思考故事中的意义，培养他们爱思考的好习惯。

2. 体态语在幼儿故事讲述中的应用

幼儿年龄较小，思维活动以形象思维为主，认识事物以感性认识为主，因此教师要更多借助手势、身姿、表情等辅助手段来帮助幼儿理解故事、感受人物的个性。讲故事时，除了言语的交流，教师和幼儿目光及肢体的接触交流对于幼儿理解故事的内涵也很重要，要注意配合故事情节，用夸张的姿势、表情等进行戏剧化的表演，以吸引幼儿的注意力。体态语在幼儿故事讲述中的应用原则如下。

（1）把握角色个性。幼儿故事中出现的角色各具形态，性格各异，在设计体态语之前，幼儿教师要认真分析作品中每个角色的个性特征，并启发幼儿理解，不能只是简单的模拟。把握好角色的前提是讲述者要与作品内容产生情感共鸣，在此基础上把动作与表情、语调融为一体，协调运用。如为讲述《猴王吃西瓜》进行体态语设计：

猴王找到一个大西瓜，可是，怎么吃呢？

这个猴王是从来也没有吃过西瓜。忽然，它想出了一条妙计。

于是，猴王把所有的猴都召集起来了，对大家说："今天我找到一个大西瓜，至于西瓜的吃法嘛，我当然是知道的。不过，我要考验一下你们的智慧，看你们谁能说出西瓜的吃法，要是说对了，我可以多赏它一块，要是说错了，我可要惩罚他！"

第一句微笑讲述。"可是"一句作皱眉头状，"这个猴王"一句伴随着微笑。"忽然"一句，食指指向脑袋，表示想办法。讲话时，猴王表情威严，音色变粗。强调"当然"二字，并点点头。"不过"一句，脸一板，表示威严；手向前伸出，在胸前划过，表示"你们"。"多赏它一块"一句可赞许地点点头，"惩罚他"一句可瞪起眼睛，表示威吓。

在讲述故事时，一定要先分析故事中的人物角色的性格，再设计恰当的体态语，不要一开始就急着讲故事，在讲述中临时加动作，这样就会手忙脚乱，影响故事讲述的效果。

（2）体态语的设计要自然大方美观。故事表演要求口语表达的生动完美和表情动作的和谐统一。要做到这一点，首先要求准确运用表情和眼神。眼睛是心灵的窗户，表情是心灵的屏幕，内心的喜、怒、哀、乐都会在脸上有所体现，从眼睛里流露出来。在故事表演的过程中，表情和眼神往往是配合运用的，随着故事内容的发展而变化，表达出强烈的爱憎情感。如讲到喜悦兴奋之处，要面带喜色、双眉舒展；讲到令人气愤的地方，应怒目圆睁，显出怒不可遏的神态；讲到悲哀愁苦之处，应紧蹙双眉，流露出忧伤的表情。表达什么内容，心中就应该有怎样的情绪，要学会用眼睛来说话、用表情来传意。如表演《狼和小羊》片段：

狼非常想吃小羊，就故意找碴儿，对小羊说："你把我喝的水弄脏了！你安的什么心？"

小羊吃了一惊，温和地说："我怎么会把您喝的水弄脏呢？您站在上游，水是从您那儿流到我这儿来的，不是从我这儿流到您那儿去的。"

狼气冲冲地说："就算这样吧，你还是个坏家伙！我听说，去年你在背地里说我的坏话！"

可怜的小羊喊道："啊，亲爱的狼先生，那是不会有的事，去年我还没有生下来呐！"

在表演这个故事时，刻画狼的形象时应该有一个表情变化，先是冷冷地找碴儿，接着是恶狠狠地露出凶相；刻画小羊的形象时也应该有一个表情变化，开始是温和地争辩，接着是无辜、可怜地叫喊。表演者要在这四种表情及眼神中自如地变换，确实需要不断地学习和训练。

其次是正确使用动作。动作是故事表演中不可缺少的辅助手段。表演故事没有动作会显得呆板，动作太多又会显得过于随便和凌乱。因此，设计动作要符合故事内容的要求，与口语表达相互协调，与面部表情、眼神相互配合，与讲述的节奏变化相吻合，只有这样才能让观众感到真实、自然。当然，任何动作的设计都需要建立在对角色性格的准确分析上，幼儿故事的幻想根植于现实，故事中的人物表演同样源于生活。教师平时要认真观察生活，因为很多动作的设计只是把生活中的东西夸张放大罢了，比如猴子抓痒、小兔蹦跳、小鸭子摇摆、狗熊站立等。但是别忘了动作的作用永远都是“助”说话，“助”得恰如其分，就可以为故事表演增色添彩。

3. 有声语言在幼儿故事讲述中的应用

古人说“先声夺人”，富有情感的声音在幼儿故事讲述中非常重要。拟声运用得好，可以增强故事的形象感、真实感，起到渲染故事氛围的效果。另外，教师要能够根据故事的情节和人物的性格使用适当的语音、语调，注意口齿清晰、语速得当，根据角色的年龄、性别、身份、性格等特征，塑造相应的语言特点。如老人说话时声音低而粗，中气不足，发音吐字位置靠后，语速较慢且语调略带沧桑；幼儿说话时声音高而细，发音吐字位置靠前，语速较快且不会控制气息；性格豪爽、刚强的人，说话声音中气十足，吐字饱满、有力；性格善良、温柔的人，说话声音半实半虚，发音吐字婉转、轻柔；等等。

（1）“表”“白”分明。故事讲述时要有层次性、生动性和个性，也就是说要“表”“白”分明。“表”是故事讲述中的叙述语言，主要交代故事发生的时间、地点、人物、事件；“白”是故事讲述中的角色语言，包括独白和对白。

要做到“表”“白”分明，可以分三步走。第一步针对整体，把握整个故事的结构层次，确定讲述的语势与重点；第二步针对角色形象，塑造个性化的声音形象；第三步针对故事的每一个情境，根据特定语境确定具体内容的讲述技巧。如《卖火柴的小女孩》，通篇的语势是在抑扬交替的节奏中推进的，其中小女孩擦燃火柴出现幻觉的场景是“扬”的部分，它们是整个故事表现的重点。

（2）明确故事角色的个性，塑造个性化的声音形象。故事角色语言的基本表现要求是声音形象具有个性。个性化的声音形象源于故事角色的个性，因此，塑造个性化的声音形象首先要明确故事中角色形象的个性；其次应该根据角色个性确定角色形象的声音形象。幼儿故事中有很多角色是拟人化的动物、植物形象，在确定其个性特点时，除了其思想感情是人格化的，年龄、性别等也可以转化为人来处理，可以这样问自己：如果当作人，这个角色是什么性别，年龄是多少，身体状况如何？如塑造《鹅》中角色的声音形象：

鹅对满院的家禽说：“从今后咱们要互相学习，特别是我，有啥缺点，大家尽管提，不要客气。”

“请您闲来没事别大喊大叫，吵得大伙不得休息。”

“唔，我生来就是大嗓门，大家捂上耳朵不就解决问题啦？”

“我也来提醒您一声，吃起东西来不要只顾自己。”

“哎，胃口大不能算缺点，何况大家都没养成礼让的风气。”

“还有，你的飞翔术并不高明，可总是吹嘘天鹅要来请教你。”

“唉，提意见也得有个分寸，不能纠缠那些鸡毛蒜皮。”

“有一回你拉住小鸡的耳朵，说再提意见就把他拖下水去。”

“我不过跟他开了个玩笑。这算什么批评？简直是抨击！哼！”

有些人拿着批评的武器，只是为了装饰自己，千万不要碰到他的痛处，轻轻瘙痒倒还可以。

我们不妨确定这个语言故事中各个角色的个性特点。

鹅——壮年，男性，身强力壮，盛气凌人，装模作样。

第一位提意见者——鸭子，老年，性别不限，虚弱，需要安静的环境休息。

第二位提意见者——鸡大婶，中年，心直口快，为自己的孩子说话。

第三位提意见者——天鹅，青年，男性，年轻气盛，强壮能干，心气高。

第四位提意见者——小鸭，性别不限，正直勇敢，为小伙伴小鸡打抱不平。

确定了个性特点，就比较容易找到声音的形态了。

鹅——气满声高，拿腔拿调，语速时快时慢，带着拖腔。

第一位提意见者——心平气和，气弱声低，语速慢，音色闷。

第二位提意见者——稍有不满，语速中等，响亮，利落。

第三位提意见者——不服气，气满声高，语速稍快，声音急促，声音色彩明亮。

第四位提意见者——理直气壮，童音，语速中等。

角色形象的把握并没有标准答案。如第一位提意见者，也可以解读为正孵蛋的母鸡；第四位提意见者，则可以解读为鸡妈妈或小鸡。相应的，各角色的声音形态也会随之变化。如果是小鸡提意见，很可能是勇敢与惊恐交集的心理状态，控诉起鹅的霸道来也许是吞吞吐吐的。

（3）适当运用特殊语言。特殊语言是指表意的功能性发声，如笑声、哭声、叹息声、啧啧声、掌声、回声，以及强声、弱声等。在运用不同语音语调表现故事的基础上，适当运用特殊语言可以丰富故事讲述的声音色彩。如讲述《猴子捞月亮》片段时：

小猴子吓得喊了起来：“哎哟，不好了！月亮给我抓破了！”——哭腔

小猴子高兴地喊：“好了，好了，月亮又圆了！”——笑声

老猴子听了，生气地说：“唉，这么点儿小事都干不好！月亮抓破了，可怎么办呢？”——叹息声

小猴子吓得撒腿就跑，一边大声叫喊：“不好了！不好了！月亮掉到井里了！”——强声呼喊

幼儿故事讲述中经常需要模拟动物的叫声，除了可以在音色上塑造形象外，还可以带上感情色彩，在日常的学习中可以想象情境加以练习。

二、幼儿故事创编

看图讲述故事《两猫相争》

幼儿教师在日常的教学活动中所选用的幼儿故事的内容主要有三种：一是真人真事，根据现实生活中真实的人物和事件编写，如《孔融让梨》《诚实的列宁》等；二是虚构的故事，取材于现实生活，情节上加以虚构，如《瓜瓜吃瓜》《蓝色的树叶》等；三是改编的故事，根据小说、电影、图画故事、民间故事等其他文学作品改编而成。为了满足幼儿的需要，教师应该具备幼儿故事创编的能力。

（一）创编幼儿故事的要求

1. 选取恰当的素材

幼儿故事选材来源于现实生活，很容易引起幼儿的共鸣，且具有很强的现实意义和教育价值。只要留心，就会发现许多适合幼儿听赏的内容。但值得注意的是，并不是生活中所有的人和事都可以成为幼儿故事的素材，应选取恰当的内容。简单来说，可以从以下两个方面来选择。

（1）选取积极向上、纯真美好的内容。既然大多数幼儿故事都具有很强的教育意义，那么内容积极向上、纯真美好的素材再合适不过了。如陆弘的《谁要我帮忙》塑造了一个勤劳热心、乐于帮助大人做事的好孩子形象；《瓜瓜吃瓜》的主人公瓜瓜是一个知错能改的好榜样。这种类型的幼儿故事非常具有教育意义。

（2）选取典型的小题材，反映大主题。相对于童话而言，一般的幼儿故事篇幅都较为短小。大部分的幼儿故事都是作者通过对幼儿生活细致的观察、对幼儿心灵细微的了解，选取幼儿生活中最平常却又最典型的片段编写而成的，真正做到了大处着眼，小处入手，以小见大。如《蓝色的树叶》通过借笔这样的小事，传达出“在别人遇到困难时，伸出援手是一种良好的行为习惯”的道理。

2. 突出人物性格

由于幼儿故事笔墨简洁，采用最精练的文字展现故事主题、塑造人物形象，因此，很多幼儿故事并不注重人物外貌的细致描写，而更看重对其性格的塑造。为了突出人物的性格，更加着力于语言和动作的描写。如《李子核》中，作者抓住了万尼亚一连串的动作“打转转—闻闻—摸摸—看看—踮起—抓起—塞进”等，以及万尼亚自相矛盾的辩解，将主人公馋嘴贪吃和撒谎之后内心的紧张刻画得十分传神，让作品显得生动有趣。

3. 运用浅显直白的语言

幼儿是阅读、欣赏幼儿故事的主体，他们的语言系统正处在形成和完善的过程中，这就要求幼儿故事的语言要浅显直白、通俗易懂。如《曹冲称象》中“曹操自然更加高兴了。他眯起眼睛看着儿子，又得意洋洋地望着大臣们，好像心里在说：‘你们还不如我的这个小儿子聪明呢！’”可以改为“曹操高兴地哈哈大笑起来：‘你们都没有我的小儿子聪明啊！’”

4. 设计紧凑清晰的结构

因为幼儿故事篇幅短小，所以要求其结构紧凑、层次清晰。在创编幼儿故事时，通常按照时间顺序组织素材。值得注意的是，在创编故事时，可以适当地制造情节的起伏、波折，设置悬念，以增加趣味性和吸引力。如《水晶宫》的故事内容简单却又一波三折，幼儿欣赏起来饶有兴趣。改编幼儿故事要尽量将原作中的结构方式改得单纯、紧凑，开头应该开门见山，让人物尽快出场，进入主题。

（二）创编幼儿故事的方法

1. 仿写

仿写是仿照已有的幼儿故事，构思出故事情节相似、人物形象不同的新故事。需要注意的是，在使用拟人手法时，一定要处理好“人性”和“物性”的关系，最好遵循动物的习性和生活状态，如牛勤劳、羊温顺、猪懒惰、猴聪明、虎凶残、狼阴险等。“人性”和“物性”必须在允许的范围内虚构。

2. 续写

续写，顾名思义，就是继续写下去。根据原来的故事大胆地想象，在不改变人物的基础上编写一个新故事，这是一种训练想象能力的好办法。如续写《乌鸦喝水》：

自从乌鸦喝到那瓶水之后，心里很高兴，也非常得意，它常常在大伙儿面前夸耀自己的聪明。

一天，它飞呀飞呀，飞得累了，口渴得很，嘴里还不停地唠叨：“好渴呀，好渴呀。”忽然，它看到前面有一口井，心里想：“这下可好了，有水喝了。”乌鸦停在井沿上往下瞧，井里的水清澈极了。真想喝口井水解解渴呀，可怎么才能喝到水呢？乌鸦四下望了望，看到水井旁边的地面上，堆着许多小石子，高兴极了：“有了！用上次的办法试试看。”

它衔来一颗石子扔进井里，“叮咚”，水面溅起一朵小水花；它又衔来一颗石子扔到井里，“叮咚”，水面又溅起一朵小水花。就这样，乌鸦飞来飞去，累得满头大汗，可水呢，一点儿也没往上升。它想：“咦？上次的办法怎么不管用了呢？”

“哈哈！哈哈！”就在它疑惑不解的时候，传来了一位老人的笑声，原来一位头戴草帽的老爷爷看到了乌鸦做的事情。老爷爷把水桶往井里一抛，再往上一提，满满的一桶水就被提了上来。

乌鸦看见水，忍不住大口大口地喝起来。

老爷爷笑着对乌鸦说：“瓶子里的水换成了井里的水，情况变了，你不能拿老办法来解决新问题呀。”乌鸦听了，很惭愧地点点头，再也不向大家夸耀自己聪明了。

三、幼儿故事教学活动

【教学活动案例展示】

桃 花 瓣

桃树妈妈开了花，真美丽。风儿轻轻吹过，桃树妈妈让粉红色的花瓣飘呀飘，飘落在草地上。

小蚂蚁捡了一片花瓣，在洞口搭了一个凉棚。粉红色的凉棚真美丽！

小甲虫捡了一片花瓣当作小船，摇啊摇。粉红色的小船真美丽！

小兔捡了很多花瓣，做了三个花环。粉红色的花环真美丽！小兔送一个花环给小刺猬，送一个花环给小松鼠。

“桃树妈妈，你没花瓣儿了怎么办呢？”

桃树妈妈说：“不要紧，不要紧。”

咦，桃树妈妈没了花瓣，结了很多的桃子。红红的桃子咬一口，真甜呀！

中班语言活动：桃花瓣（文学活动）

【活动目标】

1. 理解故事的内容。
2. 展开想象，尝试仿编句子“粉红色的……真美丽”。
3. 感受分享的快乐。

【活动准备】

1. 经验准备：幼儿观赏桃花，观察桃花瓣。
2. 材料准备：塑料桃花瓣、塑料圈、动物头饰、音乐、教学课件。

【活动过程】

一、实物导入，引起幼儿兴趣

引导语：老师手上拿的是什么？桃树妈妈开了花，桃花飘落下来，真美丽。桃花瓣是什么颜色的？你想把它变成什么？

师：小朋友都动脑筋了，那它还可以变成什么呢？接下来，老师还带来了一个好听的故事，名字就叫作《桃花瓣》。

二、初步感知作品，理解故事内容

1. 教师完整讲述故事。

2. 结合幻灯片，提问引导幼儿，初步理解故事内容。

（1）故事的名字叫什么？

（2）提问并引导幼儿说出“粉红色的……真美丽”。

提问：哪些小动物捡到了花瓣儿？小动物用花瓣儿做什么？（小蚂蚁用桃花瓣做凉棚；毛毛虫用桃花瓣做小船；小兔子用桃花瓣做三个花环）

（3）引导幼儿懂得分享的快乐。

提问：小兔子把桃花瓣送给了谁？

小结：小兔子把花瓣变成三个花环，送给了小刺猬、小松鼠和自己，小兔子真是一个懂得分享的小动物。我们要向小兔子学习。

（4）桃树妈妈没有了花瓣，怎么办？

三、设置情景表演，体验作品情节

过渡语：刚才小朋友们都竖起耳朵认真听故事，知道桃花瓣变成了许多东西，还结了许多果子。接下来，老师邀请小朋友一起来表演《桃花瓣》的故事。

师：老师当桃树妈妈，小朋友当小动物，喜欢哪个小动物就到哪个动物家藏好。（引导幼儿说出：桃花瓣变成……）

四、创造作品，尝试仿编

游戏“藏花瓣”。老师把花瓣藏到小朋友身后，谁拿到花瓣就说出想把花瓣变成什么。

五、结束：自由游戏

老师把花瓣撒下来。小朋友捡到花瓣，想一想：你想把花瓣变成什么？偷偷地告诉身边的小朋友。

【活动延伸】

家园共育：小朋友可以把捡到的花瓣带回家，告诉爸爸妈妈想把花瓣变成其他什么东西。

◎实践任务

任务一：幼儿故事讲述与表演

任务目标：能够进行幼儿故事讲述与表演，掌握幼儿故事讲述的方法。

任务材料：幼儿故事《礼物》文本。

礼　物

大象老师领着一群小动物去森林里玩。不过，今天大家都想写首诗送给妈妈，当作节日的礼物。

你看，小兔子坐在树墩上抓长耳朵；小老鼠在地上写写涂涂；小笨熊大摇大摆走来走去，嘴里哼哼着什么；小鹿转着圈子；小狮子闭着眼躺着，尾巴却在地上打拍子；小猴子倒挂在树上，荡来荡去，没去戏弄谁……

天快黑了，该回家了。大象老师问：“怎么样，诗写出来了吗？”

小动物们一个个都愁眉苦脸的。小兔子说：“我只想出来一句。”“我也只想出来一句。”小笨熊叹了口气。其他小动物都说只想出一句。大象老师说：“让我们听听吧，从小兔子开始，一个个来。”

“我的妈妈最勇敢！”小兔子朗诵。大家都笑了。大象老师称赞说：“很好！”小兔子很不好意思。

小狮子接着念：“我的妈妈最温柔！”大家也笑了。

小鹿害羞得头低到了地，小声说：“我的妈妈最大方！”大家听后交头接耳。

小猴等不及了，抢着说：“我的妈妈最美丽！”还问大家他说得对吗。

“我的妈妈最善良！”小笨熊低声说，大家听后捂着嘴巴笑了。

“我的妈妈最坚强！”小老鼠吱吱叫，逗得大家又哈哈笑了。

大象老师最后说：“你们的诗都很好，加在一起就是一首好诗，可以送给全世界的妈妈。”

小动物们高兴地朗诵起来：我的妈妈最美丽！我的妈妈最善良！我的妈妈最温柔！我的妈妈最大方！我的妈妈最勇敢！我的妈妈最坚强！

任务要求：

1. 模拟对幼儿讲述、表演故事。有幼儿意识，表现出正在对幼儿讲故事；普通话标准，口齿清楚，语速适宜，有感染力。两个学生分为一组，自行选择角色，进行所扮演人物的具体表演设计，小组成员轮流讲完故事。
2. 回答问题：① 在帮助幼儿理解故事时，教师提出问题：“你喜欢这首诗歌吗？说说你喜欢的理由。”你认为这个问题适合 5～6 岁幼儿吗？为什么？② 根据故事内容，说说能组织 5～6 岁幼儿开展其他什么游戏？
3. 请在 10 分钟内完成上述任务。

任务二：整理故事主线

任务目标：能够熟练掌握整理故事主线的方法。

任务材料：幼儿故事《小羚羊避暑》文本。

小羚羊避暑

炎热的夏天来了，小羚羊的妈妈要带孩子到高山地带去避暑，小羚羊想，还有许多小伙伴也一定热得难受，得约大家一起去。

“谁跟我去避暑？”她一边走，一边喊。

一匹小红马奔跑过来，对小羚羊说：“我不去，我一出汗就像洗了冷水澡一样凉快了。”原来他身上有许多汗腺，热了就靠出许多汗来调节体温，防止中暑，不需要避暑。

小羚羊想：听说小黑狗身上没有汗腺，一定热得受不了。去约他避暑吧。这时，小黑狗正趴在屋檐下，张着嘴，伸出长长的舌头，直喘气。

“黑狗弟弟，高山地带凉快极了，你跟我一起去避暑，好吗？”小羚羊对他说。

“谢谢你。”小黑狗摆摆尾巴说，“我身上没有汗腺，可舌头上有许多汗腺呢。我伸出舌头，就是用它排汗，来调节体温呀。”

小羚羊说声“再见”，继续往前走，走到一棵大树旁，看见小黄鸡躺在树下的沙土里，两脚搔着沙土，还不断地打着滚儿。

“你躺在沙土里玩，多热呀！”小羚羊摇摇头说。

小黄鸡“咯咯咯”地笑了，他说：“我热得直喘气，在沙土里躺躺，浑身凉飕飕的，可舒服了。”

小黄鸡不需要避暑，小羚羊多么失望呀！她又走进林子里去约小松鼠。“我不用去避暑。”小松鼠在树枝间蹦来跳去，回答说，“夏天到来之前，我就脱掉了冬天的厚皮毛衣，换上了薄薄的夏装啦”。

再去找谁呢？小羚羊正犹豫着，小灰兔急急忙忙地从她面前经过，小羚羊喊住他。

小灰兔摆动着两只大耳朵说："我不想去避暑。夏天，我挺着这两只大耳朵，可以散热，调节体温。"

小羚羊见没有小朋友跟她去避暑，只好跟着自己的妈妈去避暑啦。

任务要求：

1. 两个学生分为一组，一起讨论阅读作品。
2. 迅速标出故事中出现的小动物，找出关键词。
3. 共同讨论后，写出故事发展主线。

任务三：幼儿故事创编

任务目标：能够熟练掌握幼儿故事创编的方法。

任务材料：一幅图片（图 5-9）。

基本要求：

1. 看图片模拟给幼儿讲故事。仔细观察图片，根据图片信息，展开丰富的想象，创编故事，声情并茂地看图讲故事，要求如下：① 故事和题目符合图意，语言生动有趣。② 给故事取名，名字有一定的概括性，符合图意。③ 普通话标准，口齿清楚，语速适宜，有感染力。
2. 模拟提问。请模拟向 4～5 岁幼儿提 2 个问题，以引导幼儿观察画面，发现画面中角色之间的关系，大胆想象。
3. 请在 10 分钟内完成上述任务。

图 5-9　任务材料

（材料来源于教师资格考试面试真题，据考生回忆重现）

◎经典推荐

一、经典幼儿故事作家推荐

（一）安徒生

安徒生（Hans Christian Andersen，1805—1875），丹麦作家、诗人，因为他的童话故事而举世闻名。他最著名的童话故事有《小锡兵》《冰雪女王》《拇指姑娘》《卖火柴的小女孩》《丑小鸭》《红舞鞋》等。安徒生生前曾得到皇家的致敬，并被高度赞扬"给全欧洲的一代孩子带来了欢乐"。他的作品已经被译为 150 多种语言，成千上万册童话书在全球陆续发行出版。他的童话故事还被制作为电影、舞台剧、芭蕾舞剧以及动画片。

安徒生的童话故事体现了丹麦文学中的民主传统和现实主义倾向。他的童话脍炙人口，到今天还为世界上众多的成年人和儿童所传诵。如《卖火柴的小女孩》《丑小鸭》《看门人的儿子》《皇帝的新装》等，既真实地描绘了现实生活，又渗透着浪漫主义的情调和幻想。由于作者出身贫寒，对于社会上贫富不均、弱肉强食的现象感受极深，因此他一方面以真挚的笔触热烈歌颂劳动人民，同情不幸的穷人，赞美他们善良、纯洁的高尚品质；另一方面又愤怒地鞭挞残暴、贪婪、虚弱、愚蠢的反动统治阶级和剥削者，揭露教会僧侣的丑行和人们的种种陋习，不遗余力地批判社会罪恶。《皇帝的新装》辛辣地讽刺了皇帝的昏庸无能和朝臣们阿谀逢迎的丑态；《夜莺》和《豌豆上的公主》嘲笑了贵族的无知和脆弱；《白雪皇后》则表现了作者对人类理想的看法，即坚信“真善美终将取得胜利”的乐观主义信念。他在最后一部作品《园丁和主人》中，还着力塑造了一个真正的爱国者形象，反映了作者本人忠贞不渝的爱国主义精神。

安徒生的一些童话故事，特别是晚期的某些作品，也显示出他思想上的局限性。他虽然把满腔同情倾注在穷苦人身上，但因找不到摆脱不幸的道路，又以伤感的眼光看待世界，流露出消极情绪。他认为上帝是真、善、美的化身，可以引导人们走向“幸福”。他在作品中有时也进行道德说教，宣扬基督教的博爱思想，提倡容忍与和解的精神。安徒生的童话同民间文学有着血缘关系，继承并发扬了民间文学朴素清新的格调。他早期的作品大多数取材于民间故事，后期创作中也引用了很多民间歌谣和传说。

安徒生的作品很早就被介绍到中国，《新青年》1919 年 1 月号就刊载过《卖火柴的小女孩》译文。1942 年，北京新潮社出版了林兰、张近芬合译的《旅伴》。此后，商务印书馆、中华书局和开明书店陆续出版了安徒生童话的译本、安徒生传记及其作品的评论，译者有郑振铎、茅盾、赵景深、顾均正等。不过 1949 年以前的译本都是从英语、日语或其他国家文字转译过来的。1949 年后，叶君健对安徒生原著进行了系统的研究，直接把安徒生的童话故事从丹麦文译成中文。人民文学出版社于 1955、1958、1978 年多次出版了叶君健译的《安徒生童话选集》。

（二）张秋生

张秋生（1939—2022），天津人，中国著名儿童文学家。1958 年开始发表儿歌、儿童诗。曾任《儿童时代》杂志编辑，后调上海少年报社，任该报副总编辑、总编辑，并兼任《童话报》主编。出版有儿童诗集《“啄木鸟”小队》《校园里的蔷薇花》《燃烧吧，篝火》《三个胡大刚的故事》《爱美的孩子》，童话诗集《小猴学本领》《小粗心奇遇》《天上来的百兽王》，童话集《小松鼠和他的伙伴们》《小巴掌童话百篇》《丫形树上的初级女巫》《鸡蛋·鸭蛋·老鼠蛋》《来自桦树林的蒙面盗》《狮子和老做不醒的梦》《强盗、精灵和巫婆的故事》等。其作品先后获陈伯吹儿童文学奖、中国作协全国优秀儿童文学奖、宋庆龄儿童文学奖等。

（三）郑渊洁

郑渊洁（1955—　），生于河北石家庄，中国当代作家。1977 年开始文学创作，其创作风格受张天翼的影响比较大，先后创作过诗、歌词、小说等文学体裁。曾在《中国盲童文学》《儿童文学》等杂志社当编辑，还参与创办了《东方少年》《大灰狼画报》杂志。著有长篇小说《猪王照相》《白客》《生化保姆》《智齿》《金拇指》《我是钱》《病菌集中营》《鬼车》等，普法童话《魔鬼号列车——皮皮鲁和452宗罪》，大型童话丛书《皮皮鲁总动员》，演讲集《童话都不敢这么写》。1984年被媒体冠以“童话大王”的美誉。1985年创办杂志《童话大王》，专门刊登自己的作品，2021年正式停刊。2008年，为表彰郑渊洁在文学创作领域的成就，联合国授予他“国际版权创意金奖”。

郑渊洁呼吁找回儿童天性，倡导顺应和发展儿童的自我意识，并保护每一个儿童应有的自尊心和独特人格。他塑造了许多淘气孩子的形象，最有代表性的是皮皮鲁。皮皮鲁什么都不怕，总是在天上地下四处冒险，可以发明各种新奇东西，自身还携带神奇的超能力，奇妙的事情天天发生在他的身上。皮皮鲁淘气爱玩、个性张扬的性格特征与皮皮、小飞侠等世界经典顽童形象一脉相通，都展现了儿童最本真的自我；而皮皮鲁作为中国儿童心中最真切渴望的化身，作为作家笔下理想的儿童形象，又不可避免地带有机智讽刺、愤世嫉俗的性格特征。

二、经典幼儿故事作品推荐

（一）《鸡毛信》

这个抗日小英雄的故事，发生在华北抗日根据地。

12岁的龙门村儿童团团长海娃，每天一边放羊，一边放哨，监视着前边平川地里敌人的据点。一天，炮楼里的鬼子进山去抢粮食了，只剩下“猫眼司令”和几个鬼子兵。民兵中队长老赵画了一张攻打炮楼的路线图，并写了一封信，准备把它交给八路军张连长。老赵把送信的任务交给了儿子海娃。海娃一看信封上面插了鸡毛，知道是十分重要的，他赶着一群羊作掩护送信去了。没想到，海娃在山沟里碰上了鬼子。他灵机一动，把鸡毛信拴在了“老头羊”的尾巴里，瞒过了鬼子小队长。一路上海娃受尽了折磨。深夜，海娃好不容易从睡得像死猪一样的鬼子的腿缝里溜了出来。他赶到羊圈里，小心地把鸡毛信取了下来，一口气跑了几里路。后面伪军也追来了，海娃又被他们抓回去。他把鬼子带到了一条山路上，鬼子的骡马不能爬陡峭的山坡，海娃乘机拼命往山上爬，越爬越远，鬼子开枪打中了海娃的手。海娃忍着疼拉开嗓子喊“八路军叔叔……”，终于把鸡毛信交给了张连长。

就这样，按照鸡毛信中提供的情报，八路军与民兵一举炸毁了鬼子的炮楼，夺回了被敌人抢走的粮食，还活捉了鬼子头头“猫眼司令”，为百姓除了害。

（二）《少年詹天佑》

清朝末年，我国派出了第一批出国留学生。有个才12岁的少年叫詹天佑，十分聪明好学，又立志为国效力。后来他学习工程技术毕业，回到了国内。可清朝政府却不信任本国人，修铁路都让外国人主持。詹天佑尽管有才干，也只能当助手。

1905年，要修建从北京到张家口的铁路的消息传开了。英国和俄国都争着要修，因为他们知道这条铁路在中国的战略要地，掌握了它就能控制中国。双方争执不下，最后达成“协议”：中国如果不让他们修，他们就什么也不提供。他们以为中国人离开他们肯定修不成这条铁路。清朝政府这才让詹天佑担任总工程师。有人对他不放心，说他自不量力，胆大包天，劝他不要承担这项难度非常大的工程。詹天佑说：“京张铁路如果失败，不但是我的不幸，也会给中国带来很大损失。外国人说中国工程师不行，我则坚持由自己来办！”为了给中国人争口气，他把全部精力都投入进去，和工人们一起吃住在工地，细心勘探，大胆试验，经过 4 年的艰苦劳动，终于成功地修筑了京张铁路。这是中国人自己设计施工的第一条铁路，极大地鼓舞了全国人民的志气。

詹天佑为祖国赢得了荣誉，那些瞧不起中国工程师的外国人也表示对他由衷敬佩。

（三）《小马过河》

马棚里住着一匹老马和一匹小马。

有一天，老马对小马说：“你已经长大了，能帮妈妈做点事吗？”小马连蹦带跳地说：“怎么不能？我很愿意帮您做事。”老马高兴地说：“那好哇，你把这半口袋麦子驮到磨坊去吧。”

小马驮起麦子，飞快地往磨坊跑去。跑着跑着，一条小河挡住了去路，河水哗哗地流着。小马为难了，心想：我能不能过去呢？如果妈妈在身边，问问她该怎么办，那多好哇！

他向四周望望，看见一头老牛在河边吃草。小马嗒嗒嗒跑过去，问道：“牛伯伯，请您告诉我，这条河，我能蹚过去吗？”老牛说：“水很浅，刚没过小腿，能蹚过去。”

小马听了老牛的话，立刻跑到河边，准备蹚过去。突然，从树上跳下一只松鼠，拦住他大叫：“小马，别过河，别过河，河水会淹死你的！”小马吃惊地问：“水很深吗？”松鼠认真地说：“深得很呢！昨天，我的一个伙伴就是掉进这条河里淹死的！”

小马连忙收住脚步，不知道怎么办才好。他叹了口气，说：“唉！还是回家问问妈妈吧！”

小马甩甩尾巴，跑回家去。妈妈问：“怎么回来啦？”小马难为情地说：“一条河挡住了，我……我过不去。”妈妈说：“那条河不是很浅吗？”小马说：“是啊！牛伯伯也这么说。可是松鼠说河水很深，还淹死过他的伙伴呢！”妈妈说：“那么河水到底是深还是浅？你仔细想过他们的话吗？”小马低下了头，说：“没……没想过。”妈妈亲切地对小马说：“孩子，光听别人说，自己不动脑筋，不去试试，是不行的。河水是深是浅，你去试一试就会明白了。”

小马跑到河边，刚刚抬起前蹄，松鼠又大叫起来：“怎么，你不要命啦！”小马说：“让我试试吧。”他下了河，小心地蹚了过去。原来河水既不像老牛说得那样浅，也不像松鼠说得那样深。

（四）[日]新美南吉《去年的树》（孙幼军译）

一棵树和一只鸟儿是好朋友。鸟儿坐在树枝上，天天给树唱歌；树呢，天天听着鸟儿唱歌。

日子一天天过去，寒冷的冬天就要来到了。鸟儿必须离开树，飞到很远很远的地方去。

树对鸟儿说：“再见了，小鸟！明年请你再回来，还唱歌给我听。”

鸟儿说：“好的，我明年一定回来，给你唱歌，请等着我吧！”鸟儿说完，就向南方飞去了。

春天来了，原野上、森林里的雪都融化了。鸟儿又回到这里，找她的好朋友树来了。

可是，发生了什么事情呢？树，不见了，只剩下树根留在那里。

“立在这儿的那棵树，到什么地方去了呢？”鸟儿问树根说。

树根回答：“伐木人用斧子把它砍倒，拉到山谷里去了。”

鸟儿向山谷里飞去。

山谷里有个很大的工厂，锯木头的声音“沙——沙——”地响着。

鸟儿落在工厂的大门上。她问大门说：“门先生，我的好朋友树在哪儿，您知道吗？”

门回答说：“树吗，在厂子里切成细条条儿，做成火柴，运到那边的村子里卖掉了。”

鸟儿向村子里飞去。

在一盏煤油灯旁，坐着一个小女孩儿。鸟儿问女孩儿：“小姑娘，请告诉我，你知道火柴在哪儿吗？”

小女孩回答说：“火柴已经用光了，可是，火柴点燃的火，还在这个灯里亮着。”

鸟儿睁大眼睛，盯着灯火看了一会儿。

接着，她就唱起去年唱过的歌儿给灯火听。

唱完了歌儿，鸟儿又对着灯火看了一会儿，就飞走了。

（五）[丹]安徒生《拇指姑娘》（梗概）

很久很久以前，有一位妇人非常希望自己有一个孩子。可她盼了很久也未能如愿，只好去求女巫。女巫给她一粒大麦，让她种到花盆里。很快，花盆里就长出一朵红红的花苞，可是不知为什么，它总是紧闭花瓣。一天，老妇人忍不住去吻了一下，花苞竟然打开了，里面藏着一个小姑娘。这个小姑娘又白嫩，又可爱，还没有大拇指的一半长，因此人们就将她叫作拇指姑娘。

拇指姑娘的摇篮是一个亮得发光的漂亮胡桃壳，她的垫子是蓝色紫罗兰的花瓣，她的被子是玫瑰的花瓣，这就是她晚上睡觉的地方。但是白天她在桌子上玩耍——在这桌子上，妇人放了一个盘子，上面又放了一圈花儿，花的枝干浸在水里。水上浮着一起很大的郁金香花瓣。拇指姑娘可以坐在这花瓣上，用两根白马尾作桨，从盘子这一边划到那一边。这样儿真是太美丽啦！她还能唱歌，而且唱得那么温柔和甜蜜，从前没有任何人听到过。

一天晚上，当拇指姑娘正在她漂亮的床上睡觉的时候，一个难看的癞蛤蟆从窗子外面跳进来了。

“这姑娘倒可以做我儿子的漂亮妻子哩，”癞蛤蟆说。于是他一把抓住拇指姑娘正睡着的那个胡桃壳，背着她跳出了窗子，一直跳到花园里去。

可是拇指姑娘并不喜欢难看的癞蛤蟆，她就在花朵里哭啊哭啊。水里的小鱼听到了哭声，他们都觉得如此美丽的拇指姑娘不应该嫁给难看的癞蛤蟆。所以它们用牙齿把叶梗子咬断了，使得这花朵顺着水流走了，带着拇指姑娘流走了，流得非常远，流到癞蛤蟆完全没有办法达到的地方去。

这时候一只大金龟子发现了拇指姑娘，他伸出尖锐的爪子，一把就把她抓起来飞走了。天哪！当金龟子带着她飞进树林里去的时候，可怜的拇指姑娘该是多么害怕啊！大金龟子把她放在树上，请她吃蜂蜜，可是别的金龟子都觉得拇指姑娘太奇怪了，因为她只有两只脚，又没有触须。最后，金龟子们都离她而去了。整个夏天拇指姑娘独自在森林里生活，她编了一张小床吊在苜蓿的叶子下，吃花蜜，喝露水，有时还要摘一些野果充饥。

冬天到了，森林一片枯萎凋零的景象，拇指姑娘冷得浑身发抖，连藏身之处都找不到。她只好走出森林，去寻找一个温暖的地方。她走了好远，来到田鼠家门口，她敲开门说："我已经好几天没吃东西了，请给我一点儿东西吃好吗？""哦，真可怜！快进来吧。"田鼠拿出许多好吃的饭菜请她吃，拇指姑娘连连道谢。"这个冬天很冷，你就留在我这里吧。"田鼠说。

有一天，田鼠家来了一位客人，这个客人是一只鼹鼠，拇指姑娘为他唱歌。她先唱了"金龟子呀，飞走吧"，又唱了"牧师走上草原"。她的声音是那么优美，鼹鼠不禁爱上她了。

鼹鼠回家后，就在自己房子里挖了一条长长的地道，一直通到她们的这座房子里，他请田鼠和拇指姑娘到这条地道里来散步，而且只要她们愿意，随时都可以来。不过鼹鼠忠告她们不要害怕一只躺在地道里的死鸟，是一只完整的鸟儿，有翅膀，也有嘴。无疑这只鸟儿是不久以前，在冬天开始的时候死去的，他现在被埋葬的这块地方，恰恰被鼹鼠打穿了成为地道。

但是想到这只可怜的鸟儿，拇指姑娘怎么也睡不着。她爬起床来，用草编成了一张宽大的、美丽的毯子。她把毯子送到那只死了的鸟儿身旁，把他的全身盖好。同时她还把在田鼠的房间里所寻到的一些软棉花裹在燕子的身边，好使他在这寒冷的地上能够睡得温暖。

鸟儿居然活了，原来他没有死，只是冻晕了过去，拇指姑娘高兴极了，她用花瓣盛着水送给鸟儿喝，还拿来了食物。就这样，鸟儿在这儿住了一整个冬天。拇指姑娘待他很好，非常喜欢他。鼹鼠和田鼠一点儿也不知道这事，因为他们不喜欢这只可怜的、孤独的鸟儿。

春天来了，燕子已恢复了健康，他很感激拇指姑娘。"我要离开这里了，你愿意和我一起走吗？"燕子问。"不行，田鼠婆婆会伤心的。"鸟儿飞走了，拇指姑娘留下来，住在黑暗潮湿的地洞里。

可是，田鼠却擅自做主，要把拇指姑娘许配给鼹鼠，拇指姑娘一点也不喜欢鼹鼠，因为鼹鼠不喜欢阳光。

秋天来了，鼹鼠先生要来娶亲，拇指姑娘来到地面，她要和阳光与大地告别了。原来，阳光、鲜花、绿树……自然界的一切都那么美！拇指姑娘正在依依不舍的时候，鸟儿飞回来了，他说："拇指姑娘，我要飞到温暖的地方去，这次你愿意和我一起去吗？"拇指姑娘高兴极了，她跳到燕子身上。

最后他们来到了一个温暖的国度。这里阳光灿烂，温暖无比，天似乎也是加倍地高，到处都是美丽的花朵，许多非常可爱的小人在路上跑来跑去，跟一些颜色鲜艳的大蝴蝶一块儿嬉戏。这些小人都和拇指姑娘一般大，原来，这才是拇指姑娘真正的家乡。

这时候，拇指姑娘遇到一位可爱的男孩，他和拇指姑娘一样大，他是那么白皙透明，好像是玻璃做成的，他头上戴着一顶最华丽的金制王冠，他肩上生着一双发亮的翅膀，他是小人们的王子。

小王子看到拇指姑娘的时候，马上就变得高兴起来，她是他一生中所看到的最美丽的姑娘。因此他从头上取下他的金王冠，把它戴到她的头上，问拇指姑娘愿不愿意做他的妻子。拇指姑娘也很喜欢这个王子，她立马就同意了。以后拇指姑娘就和王子幸福地生活在一起了。

（六）寓言故事《狐狸和葡萄》

在一个炎热的夏日，一只狐狸走过一个果园，它停在了一大串熟透而多汁的葡萄前。它从早上到现在一点儿东西也没吃呢！狐狸想："我正口渴呢。"于是它后退了几步，向前一冲，跳起来，却无法够到葡萄。狐狸后退了几步继续试着够葡萄。一次，两次，三次，但是都没有得到葡萄。狐狸试了又试，都没有成功。最后，它决定放弃，它昂起头，边走边说："我肯定它是酸的。"正要摘葡萄的孔雀说："既然是酸的那就不吃了。"孔雀又告诉了准备摘葡萄的长颈鹿，长颈鹿没有摘，长颈鹿告诉了树上的猴子，猴子说："我才不信呢，我种的葡萄我不知道吗？肯定是甜的。"猴子说着便摘了一串吃了起来。

寓意：这是说，有些人能力小，做不成事，就借口说时机未成熟。

（七）寓言故事《徒劳的寒鸦》

宙斯准备为鸟类立一个王，于是指定一个日期，要求众鸟全都按时参加，挑选最美丽的鸟为王。鸟儿都纷纷跑到河里去梳洗打扮，全力进行参赛的准备。

寒鸦也想参加比赛，可是它知道自己没有一个地方是漂亮的，于是便来到河边，捡起鸟儿们梳洗落下的羽毛，小心翼翼地插在自己身上，再用胶粘住。

比赛的日期到了，所有的鸟一齐来到宙斯面前，都希望自己能够获得青睐，当鸟中之王。可是宙斯一看，在众鸟之中，花花绿绿的寒鸦显得格外漂亮，准备立寒鸦为王。

众鸟十分气愤，纷纷从寒鸦身上拔下本属于自己的羽毛。于是，寒鸦身上美丽的羽毛一下全没了，又变回丑陋的寒鸦了。

寓意：这是说，借助别人的东西可以得到美的假象，但那本不属于自己的东西被剥离时，就会原形毕露。

（八）寓言故事《老猎狗》

一条老猎狗年轻力壮时从未向森林中任何野兽屈服过，年老后，在一次狩猎中，遇到一头野猪，他勇敢地扑上去咬住野猪的耳朵。由于他的牙齿老化无力，不能牢牢地咬住，野猪逃跑了。主人跑过来后大失所望，痛骂他一顿。年老的猎狗抬起头来说："主人啊！这不能怪我不行。我的勇敢精神和年轻时是一样的，但我不能抗拒自然规律。从前我的行为受到了你的称赞，现在也不应受到你的责备。”

寓意：这是说，生老病死是不可抗拒的规律。

（九）寓言故事《蚂蚁与屎壳郎》

夏天，别的动物都悠闲地生活，只有蚂蚁在田里跑来跑去，搜集小麦和大麦，给自己贮存冬季吃的食物。屎壳郎惊奇地问他为何这般勤劳。蚂蚁当时什么也没说。

冬天来了，大雨冲掉了牛粪，饥饿的屎壳郎走到蚂蚁那里乞食，蚂蚁对他说：“喂，伙计，如果当时在我劳动时，你不是质疑我，而是也去做工，现在就不会忍饥挨饿了。”

寓意：这是说，纵使风云变化万千，未雨绸缪的人总能避免灾难。

（十）《借你一把伞》

下雨了，糟糕了，娜娜没有带伞，娜娜站在雨中。

小蚂蚁拿着小小的酢浆草走过来，说：“借你一把伞。”娜娜拿着，小蚂蚁的伞真小。

青蛙拿着瓜的叶子跳过来，说：“借你一把伞。”青蛙的伞是漏斗伞。

兔子拿着上头有叶须的萝卜，说：“借你一把伞。”兔子的伞会漏雨。

小狐狸拿着“芋头叶”给娜娜，小狐狸的伞是不是刚好呢？撑着撑着，啊，雨漏下来了，娜娜和小动物跑了起来。

大熊拿着大大的荷叶过来说：“借你一把伞。”大熊的伞好大好重啊。

小狗强强拿着伞跑了过来，说：“借你一把伞。”啊，那就是娜娜的伞嘛！

下雨天，拿着伞排队走，还有谁没有伞吗？

◎思考与练习

---

1. 思考：什么是幼儿生活故事？它与幼儿童话有什么区别？它在幼儿教育中有什么特殊的作用？请结合实例说明。
2. 简述童话的起源和发展过程。
3. 以 3～6 岁的幼儿为对象，将《丑小鸭》改编成适合其听赏的童话。
4. 讲述故事时，应该注意哪些方面？
5. 选择一篇故事，抑扬顿挫、声情并茂、绘声绘色地进行讲述。

探寻六　幼儿图画书综合实践

◎学习目标

【知识目标】

1. 掌握幼儿图画书的概念、发展概况、特征及分类。
2. 掌握幼儿图画书的构成及表现方式。
3. 熟悉幼儿图画书的经典作家作品。

【技能目标】

1. 掌握幼儿图画书鉴赏的方法。
2. 掌握讲述图画故事的方法。
3. 尝试创作幼儿图画书。

【素质目标】

1. 传承中华文脉，培养爱国主义精神。
2. 在世界多元文化包容开放的格局中坚定文化自信。
3. 培养团结协作及创新精神。

一、幼儿图画书概述

（一）幼儿图画书的起源与发展

图画书的形式起源于西方。1658 年，捷克教育家夸美纽斯撰写的《世界图解》被公认为是欧洲最早带插图的儿童书。英国学者约翰·洛威·汤森在《英语儿童文学史纲》中提到："为书画插图是一回事；图画占同样重要且通常是最重要地位的图画书又另当别论了。"虽然偶有前驱者，但现代图画书的起源应该在 19 世纪后三十年。1902 年英国比阿特丽克斯·波特编绘的《兔子彼得的故事》被认为是现代图画书之始。

在中国，幼儿图画书从 20 世纪 90 年代起逐渐被人们熟悉、接受，并发展起来。相比国外图画书几百年的发展历程，中国图画书起步较晚，很多优秀的绘本都是引进的。可喜的是，近年来中国原创图画书发展迅速，涌现了一批致力于图画书创作、出版的作家、画家和出版社，出版了一批充满中国气息的优秀作品，如《年》《宝儿》《团圆》《故宫》《一园青菜成了精》《不是方的，不是圆的》等。

幼儿图画书在幼儿的早期阅读中扮演着非常重要的角色，被誉为"人生的第一本书"。它对于培养幼儿健康情趣、良好阅读兴趣和阅读习惯，丰富幼儿学习经验，促进幼儿语言、认知和思维等多方面能力发展具有重要意义。

（二）幼儿图画书的概念

幼儿图画书是以幼儿为主要接受对象的一种特殊的文学样式，是结合图画和文字两种方式来叙述故事、表达情感和主题的读物。幼儿图画书在日语中被称为"绘本"，在英语中被称为"picture book"。

图画书不同于我们平时所称的"图画读物""连环画""小人书"，同一般带插图的书也不相同。在图画书中，图画是主体，具有讲述故事的功能，它本身就承担着叙事抒情、表情达意的功能。

中国儿童文学作家彭懿在他的《世界图画书：阅读与经典》中说，"在我们通常所说的图画书里，图画不是文字的附庸，不再可有可无，甚至可以说是图画书的生命了。图画书是用图画与文字共同叙述一个完整的故事，是图文合奏。说得抽象一点，它是通过图画与文字这两种媒介在两个不同的层面上交织、互动来诉说故事的一门艺术。当然也有例外，例如一个字也没有的无字书。"

带插图的故事书中，图与图未必有连贯的关系，这些书里的插图只是使故事更加形象直观的辅助手段，假如把图删除掉，完全不影响故事的讲述。而在图画书中，图画之间都有连贯性，图画和文字共同承担表情达意的功能。

（三）幼儿图画书的特征

幼儿图画书是美术和语言的综合艺术，具有独特的美学特征和表现形式，也具有不同于其他幼儿文学形式的审美效果。

1. 图文的结合性

图文完美配合是图画书的本质特点。日本图画书之父松居直在《我的图画书论》一文中，用两个公式深刻地道出了图画书中图文关系的精髓：

文 + 画 = 有插画的书

文 × 画 = 图画书

图画书中图画和文字的关系不是单纯地一方说明另一方，而是各自充分发挥自己的表达优势，相互融会，相互补充，相互丰富。朱自强先生补充："在加法关系中，文字和图画不仅是分离的，而且合在一起并不比原来多，在乘法关系中，文字和图画不仅是融合的，而且生成了比原来丰富的新东西。"佩里·诺德曼在《阅读儿童文学的乐趣》一书中说："一本图画书至少包含三种故事：文字讲述的故事、图画暗示的故事，以及两者结合后所产生的故事。"

由佩特·哈群斯创作并画图的《母鸡萝丝去散步》（图 6–1）是诠释图画书图文关系的经典。

母鸡萝丝出门去散步，穿过院子，绕过池塘，越过干草堆，经过磨房，钻过篱笆，钻过蜜蜂房，按时回到家吃晚饭。

这段文字叙述看似平淡无奇，只不过是一只母鸡在农场里兜了一个圈子。可是，图画中却出现了一只狐狸。原来，有一只狐狸一直跟在母鸡的后面，每一次都试图扑向母鸡，可倒霉的狐狸不是被钉耙敲中脑袋，就是掉进池塘里，每一次母鸡都化险为夷。

这个作品，图画和文字都能独立地叙述一个故事，但是图文互动合奏后，产生了一个新的故事。单看文字肯定看不出这个故事的特别之处，其特别之处在于隐藏在文字背后的事实。后面的狐狸垂涎三尺、出尽洋相，前面的母鸡却气定神闲、浑然不觉。整个故事呈现了滑稽的对照，充满戏剧性和幽默的效果，读来令人忍俊不禁。

图 6–1 《母鸡萝丝去散步》扉页（明天出版社，2021 年）

再看日本作家五味太郎创作的《鳄鱼怕怕　牙医怕怕》。这部作品讲述了这么一个有趣的故事：鳄鱼去看牙医，不知道会经受什么样的痛楚，心里感到很害怕；牙医知道鳄鱼要来看牙，不知道鳄鱼会对他怎么样，同样感到很害怕。带着这样一份忐忑的心情，鳄鱼和牙医相遇了，他们硬着头皮努力克服心里的恐惧，履行各自的义务，又时时被自己的恐惧吓得够呛，最后总算完成任务，长吁了一口气。

作者巧妙地为鳄鱼和牙医各自的心理活动以及他们之间的对话设计了几乎完全一样的表达方式。如在故事起始处，捂着脸颊的鳄鱼一边走向诊所，一边怀着这样的想法：“我真的不想看到他，但是我非看不可。”而此时，正在诊所里等待鳄鱼到来的牙医一样在想：“我真的不想看到他，但是我非看不可。”此后，见到牙医的鳄鱼和见到鳄鱼的牙医同时发出了带着恐惧和不情愿的一声“啊！”当鳄鱼在躺椅上坐下准备接受治疗时，为了鼓励自己克服恐惧，它和牙医都在心里默念着“我一定要勇敢”。整部作品的文字叙述就以这样一种奇妙的平行方式向前推进。如果我们不看画面，仅凭这些看似重复的文字，显然难以揣测故事的情节；如果我们不读文字仅仅看故事的画面，那么它看上去就只是一个普通的鳄鱼看牙医的故事。而当这些看似平常的画面和文字合在一起，共同组成一个故事时，我们却强烈地感受到了这里面散发出的既贴近幼儿生活现实，又充满奇趣想象的巧思、幽默和快乐。在这里，画面成为了文字叙述的意义得以完成的必要条件，而文字也反过来成为了画面情趣得以实现的重要保证。

2. 图画的直观性

图画书的图画也是一种语言符号，具有独特的信息传达功能。一本好的图画书，能让一个不识字的幼儿仅凭画面就“读”出大意。无字图画书也能传达意蕴丰富的故事。

图画作为一种绘画艺术，讲究创意构思、意境烘托和情境造型。在图画书中，图画的色彩、线条、形状和技法风格等艺术表现方式，以直观的形象直接作用于幼儿的视觉，传达出故事中特殊的情感内容。由于画面的情感内容不像文字那样需要经过符号的转换，而是能够直接作用于我们的感知觉，因此，对于幼儿读者来说，理解图画书中的画面语言有时比理解其文字叙述更简单、更直接。

幼儿图画书的图画首先要精美，这是从艺术水平上来说的，即图画故事中的图画表现力要强，耐看、耐读，能吸引幼儿反复欣赏，并能不断提供新鲜感。其次要幼儿能够理解和接受。美国作家、儿童书籍插图画家维吉尼亚・李・伯顿的《小房子》给孩子们讲的是时间、季节和年代变化的问题。如何才能深入浅出地讲清楚时间这个非常抽象的概念呢？作者非常巧妙地设计了一个可爱的小房子居于画面中间，以“她”为观察的中心点，构图的风格大致一样，为了表现出季节的不同，作者别出心裁地用不同的色彩进行了区别，活动其间的人物也因此不同，从而突出时间的变化。如“春天”的画面左页用鲜花和飞翔的知更鸟围绕着文字，绵延起伏的田野里有农夫和正在犁地的牲口；秋天是红黄两色的枫叶随风而下簇拥着文字，田野上整齐地堆放着收获之后的秸垛，还有满载而归的马车。这些景物都是具有季节特征的意象（图 6-2）。嫩绿的色彩是春天的主旋律，金黄色是秋天的主打色，在不同季节里奔跑的马车、犁地的牲口、满载而归的马车、上学的孩子们大步流星地奔出小房子的情态惟妙惟肖。再加上文字的补充，抽象而捕捉不住的时间就变得具体而生动了。

a. 春天

b. 秋天

图 6-2 《小房子》内页（江苏凤凰少年儿童出版社，2021 年）

3. 构图的连续性

图画书是由多幅不同的图画构成的，它非常强调画面的连续性。构图的连续性是图画书区别于带插图的书的重要特征之一。

图画书中的图画通常都有几十页的画面，这些画面并不是一张张单独的图画，画面和画面之间有一种潜在的联系、内在的衔接，每一幅图画都具有承前启后的作用。作品所发生的时间、空间、环境、人物、情节以及它们的变化都得依赖具体的画面来表现。而具体的某个画面都是瞬间场面的定格，不可能反映故事情节的演变，因此故事的发展只能通过画面的变化和差异来实现。中国儿童文学作家彭懿在他的《世界图画书：阅读与经典》说道：“图画书要用画面来说话，它非常强调画面的连贯，它通常被规定在 32 页或 40 页之内，这几十页画面要形成一个连续的视觉映像，就仿佛是一部电影短片。每一本图画书的作者或绘画者就相当于一位电影导演，必须在限定的篇幅里把一个故事讲得既清楚又好看，这就要求他不但善于运用分镜头语言，还要有一种把握视觉节奏的能力。所以一本好的图画书，即使孩子不识字，仅是靠‘读’画面，应该也可以读出个大意。此外，一般来说图画书都有一个精心设计的版式，从封面、扉页到正文以及封底，构成了一个完整的整体，左右两页文字与图画相互依存，依靠翻页推进剧情。”

4. 图文的趣味性

幼儿的天性使他们爱玩爱闹，喜欢有趣的事物，所以有趣的画面才能让幼儿感到亲切，才能得到他们的喜爱。以幼儿为主要读者的图画书，必须具有浓郁的趣味性，画面应让幼儿感到亲切，要使幼儿产生浓厚的兴趣，在欣赏图画书的过程中体验快乐。因此，色彩、线条、形状、构图等各个环节都应符合幼儿的审美需求，形象要大胆夸张、鲜明生动，可运用夸张、变形、特写等艺术手法来表现，在故事安排与人物造型设计上，均讲求新奇、逗趣好玩，以引起幼儿阅读的兴趣，满足幼儿的好奇心，激发幼儿的想象力。大卫·香农的图画书《大卫，不可以》（图 6-3）中，大卫长什么样子呢？椭圆的小脑袋，细小的身体，大大的嘴巴，六颗长得稀稀落落、尖尖的牙齿，三角形的鼻子，一高一低两条短眉毛……大卫的造型既像是用几何图形拼接的玩偶，又像幼儿用稚拙的笔触描绘的自画像，这样的画法让大卫的表情和肢体动作生动有趣，一下子把幼儿的眼球牢牢地吸引住了。

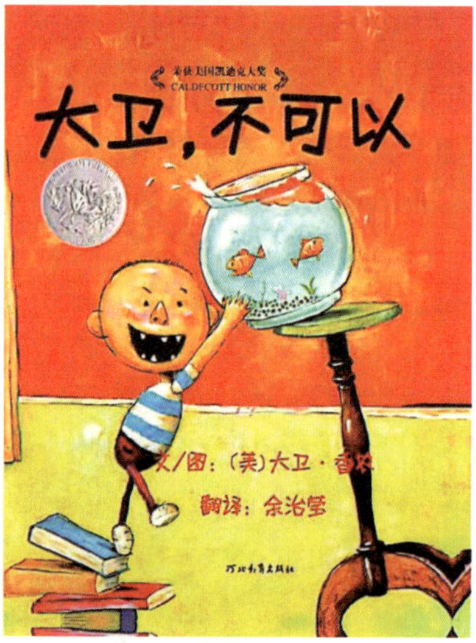

图 6-3 《大卫，不可以》封面（河北教育出版社，2023 年）

二、幼儿图画书的分类与形式

为图画书进行分类是一件很难的事情，因为图画书是一个包容性很强的概念。它种类繁多，而且种类与种类之间的界限也非常模糊。有人把图画书分成婴儿书、字母书、数数书、概念书、玩具书等。随着印刷和装帧技术的不断进步，幼儿图画书出现了许多新的形式，如布书、立体书、洞洞书、翻翻书、带香味的书、配有录音设备的书等。

根据分类标准的不同，图画书可以分成不同的种类。

根据有无文字可分为无文图画书和有文图画书；

根据内容可分为文学类图画书和知识类图画书；

根据画面颜色可分为单色图画书和彩色图画书；

根据画面数量可分为单幅图画书、多幅图画书和系列图画书。

下面择要介绍几种类型。

（一）根据有无文字划分

1. 无文图画书

无文图画书没有文字，完全凭图画表现故事内容。它将用语言文字表达的文学艺术彻底转化为用图画表述的绘画艺术。它要求作者有高超的画面语言表达技巧，让幼儿仅仅凭借图画书的翻页功能就能读懂故事。世界著名插画大师莫妮克·弗利克斯的“小老鼠无字书”系列作品《颜色》《反正》《飞机》《小船》《数字》《字母》《房子》《大风》（图 6-4）就是这类无文图画书。

图 6-4 《大风》内页（明天出版社，2003 年）

2. 有文图画书

有文图画书既有图画，又有文字，图画和文字共同表现故事内容，这是图画书最常见的形式，在图画书中占绝大多数。

（二）根据内容划分

1. 文学类图画书

文学类图画书是包含情节、主题、角色、环境等文学要素的图画书。一本文学类图画书的内容可以是一则童话或者生活故事，也可以是一篇散文，还可以是一首或若干首儿歌等。

2. 知识类图画书

知识类图画书传达的是有关自然科学和社会人文科学的知识或信息。它是幼儿图画书的重要类型，如数字图画书、概念图画书、百科知识图画书等都属于这一类。

（三）根据画面颜色划分

1. 单色图画书

单色图画书是画面只用一种颜色的图画书，加上作底色的白色，实际是两种颜色，多为黑色图画。这种图画主要靠简洁的线条、有趣的造型来表现内容，加上主体人物突出，又少有环境陪衬，很容易引起幼儿对主要人物的注意和兴趣。

2. 彩色图画书

彩色图画书是画面使用了多种颜色的图画书，幼儿图画书大多属于这一类。

（四）其他

立体活动书、带香味的书、带音响的书，游戏化、玩具化的书是幼儿图画书发展的新趋势。

三、幼儿图画书的结构

幼儿图画书的结构讲解

一本完整的图画书由封面、环衬、扉页、正文、版权页和封底六部分构成。

（一）封面

一本书首先映入眼帘的是它的封面。封面又称封皮、书封、外封，是图画书表面的一页，上面有文有图。文字包括书名、作者、译者、绘者、出版机构等信息。多数图画书的封面图取自正文里的一幅图画，有些与封底相互呼应，共同构成一幅画面，还有些是根据图画书的内容专门制作的。有些精装书与平装书不同，在厚厚的硬壳外面还套着一张外封面，通称“护封”。护封前后都有一个向内折的折口，称为“勒口”。虽然护封和封面是同一画面，但是前后勒口往往印着许多与这本书相关的重要信息，不能漏看。腰封上可以印和这本图书相关的宣传、推荐性文字。腰封的主要作用是装饰封面或增强封面的表现力，多用于精装书籍。

图 6-5 《我的幸运一天》封面（江苏凤凰少年出版社，2022 年）

一般来讲，封面是一本图画书的精华所在，其版式、画面内容是创作者及出版机构精心设计的。它除了起到保护和美化的作用外，还能呈现许多与内容相关的信息，是阅读图画书的一扇门。佩里·诺德曼在《儿童文学的乐趣》一书中说：“在开始阅读一本书之前，封面是影响读者期待的最重要因素，封面或护封上的图画通常涵盖了故事中最关键的要素。”读者通过阅读封面，可以猜测故事内容、基调、情绪、氛围或者风格，从而产生阅读兴趣和阅读期待。如《我的幸运一天》封面（图 6-5）上，一只狐狸和一只小猪都双手握在一起，笑眯眯地看着对方，看到这样的画面，读者不禁要猜测：到底是谁的幸运一天呢？他们之间到底会发生什么样的故事呢？这幅画面能够激起幼儿的好奇心，让幼儿去猜测故事是怎样的，从而引发他们的阅读期待。

（二）环衬

环衬是封面与书芯之间的两页衬纸，一页粘在封面的背后，一页是活动的，因其以两页相连环的形式被使用，所以称为环衬，也有人将其形象地称为蝴蝶页。有的图画书没有环衬。连接封面的部分为前环衬，连接封底的部分为后环衬。环衬使封面和内页之间牢固连接，起装饰和保护书芯的作用。

环衬是整本图画书里最容易被漏看的一页，因为它基本没有文字，有的甚至连图案都没有，只有单一的颜色。而实际上，图画书的环衬与正文的内容主题息息相关。

有的图画书的环衬仅仅是白纸或色纸，没有任何图案。但不管是白纸还是色纸，都是经过精心挑选、大有讲究的。环衬的颜色往往与图画书整体氛围或后面的故事十分吻合。比如文图均由美国作家莫莉·卞创作的《菲菲生气了》（图 6-6、图 6-7、图 6-8），该作品荣获 2000 年美国凯迪克银奖。这是一本关于如何控制和处理情绪的图画书，它讲述了小女孩菲菲从生气到平静的情绪变化过程。这本书的前后环衬是整页的红色。这个颜色的选择与正文的故事息息相关。红色象征着愤怒生气的情绪，而故事里小女孩菲菲生气的时候，就像一座快要喷发的红色火山。

图 6-6 《菲菲生气了》封面（河北教育出版社，2022 年）

环衬上有时也会印上与故事内容相关或者从作品中截取出来的图案。前后环衬遥相呼应，有时还会升华主题，甚至暗含故事的另一个结尾。如《好饿的小蛇》，前环衬上有一棵结满了红果子的大树，而后环衬上这棵树断了。读过这本书的读者都知道是小蛇把它吃掉了，如果不看前后环衬，可能就会错过故事结局（图 6-9）。

图 6-7 《菲菲生气了》环衬

图 6-8 《菲菲生气了》内页

a. 前环衬　　b. 后环衬

图 6-9 《好饿的小蛇》前后环衬对比（二十一世纪出版社，2022 年）

（三）扉页

扉页又称主书名页，是在环衬之后、书芯之前的一页。有的图画书的扉页与前环衬的背面合成了一幅双页的画面。扉页上一般会重复封面出现过的书名、作者、译者、绘者以及出版机构等文字信息。有的扉页上还有作者的简介以及本书的获奖情况等。

图 6-10 《活了 100 万次的猫》扉页（接力出版社，2021 年）

除了上述文字信息，扉页上一般也包含图画。它有时是正文中的一个画面，有时则是单独创作的。扉页上图画的作用与封面图画相似，或展示作品的主人公，或揭示故事的开头，或为正文作铺垫与营造情境等，给读者带来阅读的乐趣。如佐野洋子的《活了 100 万次的猫》扉页上，一只虎斑猫神气威风地张着双臂，目光专注，仿佛在凝聚一种力量，它正是书中的主人公（图 6-10）。

再如五味太郎的《鳄鱼怕怕　牙医怕怕》的扉页上，鳄鱼一只手捂着腮帮子、一只手抓着一根藤蔓。鳄鱼怎么啦？他在想什么呢？翻过扉页，鳄鱼已经从藤蔓上下来了，“我真的不想看到他……”，可见他要去见一个他不愿见的人。整个故事实际上从扉页就开始了（图 6-11）。

（四）正文

正文是一本图画书的主体部分，包括图画书扉页之后、后环衬之前的所有文字与图画构成的内容。图画书所要表达的内容基本是在正文内完成的，不管是文学类图画书的主题、情节、角色、情感、意蕴，还是知识类图画书的知识、信息，都是在正文部分传达的。

（五）版权页

版权页是指书籍的版本记录页，用以呈现该书的相关版权信息。版权页中，记录有书名、作者或译者姓名、出版机构、发行者、印刷者、版次、印次、印数、开本、印张、字数、出版年月、定价、书号以及图书在版编目（CIP）数据等项目（图 6-12）。版权页的位置有时在前环衬与扉页之间，有时在正文最后一页与后环衬之间。

版权页与图画书的艺术表现力之间没有必然的关联，但是它的位置有时会影响作品的艺术表现效果。决定一本图画书版权页位置的基本原则是：不破坏图画书叙述的整体性。如果后环衬还在延续正文的故事，那么版权页就不应当插入正文与后环衬之间，而宜放在扉页前。

图 6-11 《鳄鱼怕怕　牙医怕怕》扉页（少年儿童出版社，2004）

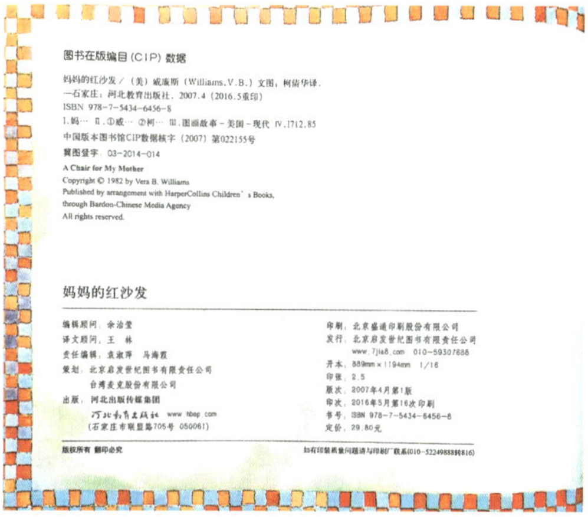
图书在版编目（CIP）数据

妈妈的红沙发 / （美）威廉斯（Williams, V.B.）文图，柯倩华译.
—石家庄：河北教育出版社，2007.4（2016.5重印）
ISBN 978-7-5434-6456-8
Ⅰ.妈… Ⅱ.①威… ②柯… Ⅲ.图画故事－美国－现代 Ⅳ.I712.85
中国版本图书馆CIP数据核字（2007）第022155号
冀图登字：03-2014-014

A Chair for My Mother
Copyright © 1982 by Vera B. Williams
Published by arrangement with HarperCollins Children's Books,
through Bardon-Chinese Media Agency
All rights reserved.

妈妈的红沙发

编辑顾问：余治莹
译文顾问：王　林
责任编辑：袁淑萍　马海霞
策划：北京启发世纪图书有限责任公司
　　台湾麦克股份有限公司
出版：河北出版传媒集团
　　河北教育出版社　www.hbep.com
　　（石家庄市联盟路705号　050061）

印刷：北京盛通印刷股份有限公司
发行：北京启发世纪图书有限责任公司
　　www.7jia8.com　010-59307688
开本：889mm×1194mm　1/16
印张：2.5
版次：2007年4月第1版
印次：2016年5月第16次印刷
书号：ISBN 978-7-5434-6456-8
定价：29.80元

版权所有　翻印必究
如有印装质量问题请与印刷厂联系(010-52249888转816)

图 6-12 《妈妈的红沙发》版权页（河北教育出版社，2007 年）

（六）封底

封底是图画书的最后一页，它与封面相连，印有书号、定价、条形码等信息，有的还会有内容提要、相关的作品推荐与评论。图画书的封底跟封面一样，一般也有文有图。封底的图画有的是从正文中截取的某个画面，有的封底的画面是专门创作的。

大部分的封底与封面呼应，有的甚至要与封面连在一起进行欣赏。有些封底是故事的结尾或延续。如《第一次上街买东西》（图 6-13），正文讲的是一个小女孩第一次上街去买牛奶的经历：躲闪自行车、摔破了膝盖……故事的结尾，是小女孩的妈妈等在巷子口，然后和她一起朝家里走去。那么，小女孩回到家里的情形又是怎样的呢？封底又添一幅很温馨的画面，妈妈抱着小宝宝在喂奶，小女孩坐在妈妈对面喝牛奶，她的一条腿还架在妈妈的腿上，两个膝盖都贴上了创可贴。这个封底就是延续了小女孩买牛奶回家后的情节。

图 6-13 《第一次上街买东西》封底（新星出版社，2020 年）

◎技能指导

一、幼儿图画书阅读与欣赏

图画书是最适合幼儿阅读的读物，它被称为“人生第一本书”，对幼儿的认知、语言、观察、想象、思维、情感和社会化及审美能力发展具有重要的价值。作为幼儿教师，要学习和了解图画书的相关知识，学会在自己欣赏图画书的同时引导幼儿阅读欣赏图画书。

（一）幼儿图画书阅读欣赏的指导思想

教学实录：绘本阅读指导

1. 创设良好的阅读环境，引发阅读兴趣

阅读环境对幼儿的阅读兴趣和阅读专注力具有重要的影响。因此，创设一个能自主感知、体验和探索的阅读环境是阅读欣赏图画书的前提。

阅读环境包含显性物质环境和隐性心理环境。安静的空间，恰当的光线，丰富的图画书，易于取放的书架，舒适的座椅和靠垫等，为幼儿创设了温馨、舒适的显性物质环境。大人和幼儿之间平等、和谐的关系，大人的阅读榜样和阅读参与，以及耐心的鼓励和引导，是幼儿阅读最需要的心理支持，这些构成了幼儿阅读的隐性心理环境。

2. 尊重主体，感受阅读的快乐

幼儿是图画书阅读的主体，幼儿在阅读过程中有自己的选择和兴趣点，有自己的奇思妙想。由于幼儿的经验、主观愿望、兴趣爱好、阅读方式和阅读能力存在个体差异，不同幼儿阅读相同的图画书也会产生各自不同的感受和体验。幼儿教师应尊重幼儿独特的阅读感受，做到平等参与和引导，让幼儿真正感受到阅读的快乐。

3. 立体育人，提升精神境界

阅读欣赏图画书的价值在于，它没有一句教条，却能满足幼儿的成长需要；没有一丝说理，却能启发幼儿的深入思考；没有一点儿喧闹，却能激起幼儿的会心一笑，“让孩子像个孩子”。通过阅读图画书，幼儿不断进行着丰富的情感体验，使情感得到了升华。当阅读把快乐带给幼儿时，也把不可估量的巨大精神财富带给了他们，为他们建造起了自由的精神空间与心灵家园。幼儿在与图画书进行心灵对话的过程中，在闪烁着人性光辉、充满大自然和谐和童真童趣的字里行间徜徉时，可以开阔眼界，丰富内心，升华境界，健全人格。

（二）幼儿图画书阅读欣赏的基本方法

幼儿图画书的特殊性在于它是文学和美术的有机统一，图与文相互渗透、互相补充。但是，二者又有自己独立的叙述方式，不能将图画理解为文字的补充或说明，或是将文字理解为图画的解释或说明，图画书的文和图都在“说话”，共同表现一个主题。一般而言，阅读欣赏图画书最重要的是捕捉图与文的最佳结合点，抓住人、事、物、景的外部特征和与此相关的图画，引导幼儿进入作品表达的思想情感空间。

松居直说，“图画书不是孩子们自己阅读，而是由大人读给孩子听”。大人读故事，幼儿一边用眼睛看图画，一边用耳朵听大人的声音，这就是图画书最正确的阅读法。

1. 从头到尾完整阅读

一本图画书的内容由封面、环衬、扉页、正文和封底构成。因此阅读欣赏图画书，并不能仅停留在正文的赏读，而应从头到尾对各个构成部分细致地观察和品读，不放过任何一个细节。

2. 欣赏和观察图画

图画书的每一幅图都由插画家精心手绘，讲究绘画的技法和风格，讲究图的精美和细节，是一种独创性的艺术。可以说，好的图画书中每一页图画都堪称艺术精品。这是发挥图画书独特的审美和教育价值最重要的部分。

另外，图画书以其直观、形象的画面叙述情节、表情达意和表现主题。幼儿接触图画书，首先在视觉上被图画的力量所冲击，可见幼儿接受图画故事不同于接受文字故事，是视觉先于听觉。作为幼儿教师应引导幼儿充分观察图画和理解图意，养成良好的阅读习惯，提升阅读理解能力。

引导幼儿观察图画有如下方法。

首先，观察图画的形式。图画的形式通常包括线条、色彩和形状等。图画具有很强的表意功能和表情功能，主要借助线条、色彩和形状等美术形式来体现情感。

一般来说，一条简单的、没有变化的直线会使人感到单调、平静；变化缓慢、连绵的曲线，具有流动感，给人柔和之感；放射线使人感到舒展、充满活力。色彩是图画中最具表现力的要素，能表达情感或者对象的性格特点，通常承担着表达情感的重大责任。灰暗的冷色调会传递出忧伤、恐惧等情感信息，而明亮、鲜艳的暖色则会传递出温暖、快乐、积极的情感信息。形状也有表情功能，正方形显得稳定、刚直、呆板；圆形显得活泼、柔和、流动。因此，第一次拿到图画书时，不读文字先读图。一个画面一个画面地仔细阅读，理解线条、色彩和形状等表现出来的情感倾向，从而更好地理解作品内容。

下面以《菲菲生气了》为例，来阐释色彩变化跟情绪变化的关系。该书描述的是主人公菲菲因和姐姐争抢玩具而产生冲突，愤怒的情绪从爆发到缓解再到平静，最后到愉悦的全过程的故事。这本图画书中画面色彩与故事情节配合得相得益彰。画家在创作时是用颜色来表现菲菲的情绪的。菲菲生气时画面是红色的，冲出家门时连树林都是红色的，随着她步入树林，怒气渐渐消散，画面颜色演变成橙色、深紫红色、深蓝色，到菲菲坐在大橡树的树干上面对平静的湖水时，整个画面已经是蓝、白、绿的清凉色调。最后，菲菲安静地回到家里时，画面又转为温暖的橙色（图 6-14）。

其次，观察画面的关联。看单幅画面时，引导幼儿观察图画的顺序，如从左到右、由近及远、由主到次、由局部到整体等，理解画面的局部和整体的关联。图画的连续性是图画书的重要特征。图画书的故事情节是依赖连续的图画来依次叙述的。阅读时要引导幼儿对比画面的差异，前一页和后一页有什么区别，它们是如何衔接起来的。

最后，观察图画的细节。彭懿在《世界图画书：阅读与经典》中说道：“在一本图画书里，常常隐藏着许多作者在经意或不经意之间留下的细节。它们有的与作品的主题无关，只不过是增加一点小噱头或是出自作者个人的癖好。但也有的与主题息息相关，甚

图 6-14 《菲菲生气了》颜色变化对比

至可以说，缺少了这样一个细节，整个作品就缺少了一种发人深省的力量。”很多图画书都包含着丰富细腻的画面细节，如人物特征、色彩、表情、动作、符号、小物件、小装饰等，这些细节不仅能给幼儿带来乐趣，更蕴含了故事情节发展的重要线索。

如图画书《隧道》的第二个画面，妹妹对面那幢楼房顶的烟囱边上，放着一顶女巫的黑色高帽，窗子里有一只黑猫正在向外窥视，哥哥身后的那面墙上，六块玻璃碎片像黑夜里的蝙蝠。第四个画面，大衣橱边上挂着的红色外套，就和墙上那幅图里小红帽穿的红色外套一模一样。这些小细节绝不是可有可无的点缀，读到最后会发现这一切都是有寓意的：其实，女巫的黑色高帽、黑猫、黑夜里的蝙蝠，都暗示了即将到来的凶险；至于那件红色外套，妹妹后来正是穿着它，才勇敢地走过了鬼哭狼嚎的恐怖森林。

《妈妈的红沙发》的图画边框也有细节（图 6-15）。作者非常用心地为每幅画面设计了边框，而每个边框都和故事内容或是图画的主题有关。比如罗莎去蓝车餐厅找妈妈，边框就画成了蓝色瓷砖；而厨房场景四周的边框则出现了各种炊具；和妈妈逛街买回新鞋子时，边框是蓝天白云，象征着快乐的心情；火灾发生时，边框上有燃烧的火；火灾过后，边框上是枯萎的花朵；当她们搬进新家时，邻居们纷纷来帮忙，边框是绿色的，草地上长满了漂亮的郁金香，预示着今后的日子灿烂芬芳；到银行去换纸币时，边框就是钱币的符号。最后一页照片中的红沙发让一家人亲密地窝在一起，边框是蓝紫色的背

图 6-15 《妈妈的红沙发》边框细节

景，星星和月亮衬托着，更显得温馨。

观察是幼儿进入图画书世界的钥匙，没有观察，就没有图画书阅读。幼儿的观察是自己对作品的感知和理解，成人最好不要过早介入指导，否则会影响幼儿对作品的直观感受和思维加工水平。观察不一定一次完成，一本优秀的图画书总是能让幼儿爱不释手，多次翻阅。幼儿在多次翻阅欣赏时，每一次观察到的内容都有所增加，关注到的细节会越来越多，理解和感悟会越来越深入，画面的美感带给幼儿的审美感受也会越来越丰富。因此，给予幼儿充分、多次观察图画的机会是图画书欣赏最重要的环节。

3. 品味文字语言

图画书用图像与文字共同叙述一个完整的故事，是图文合奏。图画书秉承“一连串图画和少量文字”的叙事特点，在必须使用文字进行内容叙述时，它的文字与纯文本文学的文字，有着明显不同的表达方式。

图画书的文字不仅能帮助幼儿了解故事梗概，还能使幼儿感受语言的形象美、重复美、韵律美和简洁美的特征。幼儿教师要利用图画书文字呈现上所具有的特质，培养幼儿最初的文字欣赏兴趣，引导幼儿体味文字与图画交融的美妙，帮助他们在阅读早期获得阅读文字的快乐体验，为今后过渡到纯文字文学阅读做早期兴趣的引导。

优秀图画书的文字作者会依据故事题材与内容，在能够实现画面表达的前提下，建立起文本某种特有的文字韵味和品格。那些流传广泛、为读者津津乐道的图画书的文字，或生动具象，或凝练抽象，或清新雅致，或通俗平易，或有书面语的精粹隽永，或有口头语的生活气息，或富诗情哲理，或显幽默玩笑。如《我爸爸》对故事中的爸爸有如下的描写：“我爸爸长得又高又大，看起来像栋大房子。”“我的爸爸，他一跳可以飞过月亮。”比喻、夸张的修辞手法激发了幼儿阅读的热情。

又如图画书《鳄鱼怕怕　牙医怕怕》，同一句话两个主人公都说一遍，即每一页中鳄鱼和牙医的语言设计都是一模一样的，但语气不同，相同的场景、相同的句子却表达了牙医和鳄鱼两个人物不同的害怕心理。这种重复强化了语言表达效果，不仅有利于幼儿学习，而且能帮助幼儿理解在不同的情景下，相同的语言可以表达不同对象的不同心理状况。例如，来到诊所的鳄鱼坐在拔牙的椅子上，作者给的文字是“我好害怕”，而对于牙医，作者给出的台词依然是“我好害怕”。前一个害怕是鳄鱼面对病痛的自然反应，而后一个害怕是人面对鳄鱼这种动物所产生的自然反应。这两种反应的状态一样，但意义存在差异。如果我们不看画面，仅凭重复的文字很难读出故事充满趣味的情节；而如果不读文字只看画面，我们就可能只读到一个鳄鱼去看牙的普通童话故事。所以，在这本图画书中，文字与图画有机结合，共同构建了一种奇特的效果，叙述了一个令人捧腹的故事。可见，文字在图画书中并不是对图的解释、说明和补充，而是有机的组成部分。

图 6-16 《南瓜汤》文字排列（明天出版社，2021 年）

有时，文字的应用与呈现方式有着极大程度的自由。在绝大多数的图画书里，文字还仅仅是一个“叙述者”，默默地承担着和图画一起讲故事的任务，在排列设计上并没有什么特别之处。但在有的图画书里，一行行排列得好好的文字会像脱缰的野马，变得又大、又粗、又黑，甚至歪七扭八——这时的文字就不仅仅是文字了，而是图画，是情绪。如图画书《南瓜汤》（图 6-16）讲的是一个关于友情的故事：只有猫把南瓜切成片、松鼠搅汤、鸭子加盐熬出来的南瓜汤，才是世界上最好喝的南瓜汤。可有一天早上，鸭子却起了一个大早，想去拿那把挂在墙上、本不该属于他的汤匙。于是，伴随着“咣啷”一声巨响，汤匙掉了下来，画面里的猫和松鼠被震醒了。在书中，“咣啷！汤匙噼里啪啦掉下来”几个字突然被醒目地放大了、变形了，好像和汤匙一起掉了下来，连读者也被吓了一跳。这种排列方式，显然是突破了常规的图画书文字排列方式，给读者带来了视觉上的强烈冲击。

4. 妙用翻页，巧妙设问

翻页是图画书阅读欣赏的一大特点。不用手去翻阅，就看不到想要看的东西；不动手翻页，就体会不到其中的乐趣。松居直在《我的图画书论》中这样描述：“大人要给孩子读书时，孩子面对着合上的书，像对着要打开的魔术箱一样，屏住气、瞪大眼睛等待着。翻开封面就像演戏时的拉幕一样，念书的人和听的人都充满了期待感和紧张感。”优秀的图画书善于利用翻页制造悬念来吸引幼儿，引导幼儿积极思考与想象，从而使幼儿的思维力、想象力得到锻炼和发展。如图画书《古利和古拉》第一个场面是古利和古拉在森林里找食物，文字是：“他俩一边说着一边走，忽然……哎呀！路中间有一个好大好大的……”到底是什么呢？这就造成一个悬念。幼儿急于翻页，原来是一个占了半页画面的大蛋出现了，古利和古拉站在蛋边显得很小。画面的对比效果很鲜明，情节的突然变化让幼儿大吃一惊，如此出其不意的转折会激发并增强幼儿的欣赏兴趣。

幼儿常按自己的感受和意识来翻页，他们或仔细地看每幅画面的每个细节，或急于揭秘故事的发展而赶快翻页。阅读欣赏中，幼儿教师应把握幼儿快慢结合、张弛有度的欣赏节奏，抓住翻页造成的悬念机会，巧妙引导幼儿大胆猜测和思考。

二、图画故事讲述

图画故事是图文合奏，图画和文字共同叙述一个完整的故事。幼儿对图画故事内容的接受，常常是在成年人的讲述和自己的观察欣赏的互动中实现的。因此，讲述图画故事时要注意以下六点。

绘本讲读《小黑鱼》

（一）注意讲述的顺序

讲述图画故事一般从封面开始，接着不要忽略环衬和扉页，然后才是正文，最后到封底。

（二）转化图画语言

图画书的文字常常比较简洁，讲述图画故事，如果只照着图画书上的文字念，有可能无法传达图画书的全部信息，也有可能讲述出来的故事不完整。因此，讲述者需要把对图画的理解转化成规范、完整又艺术化的语言，结合图画书的文字，共同呈现完整的故事。

（三）选择讲述者的角度

讲述故事一般用第一或第三人称。作为讲述者要根据需要，认真选择讲述者的角度。第一人称讲述，显得亲切，便于抒发感情；第三人称讲述，客观地展现故事内容，比较灵活自由。

（四）注意适当留白

讲述图画故事不要讲得太满，可根据幼儿的年龄和对画面理解的程度，适当留白，给予幼儿想象、体会和创造的空间。

（五）设计游戏化的互动

讲述图画故事时可设计些游戏化的互动，以引起幼儿阅读听赏的兴趣。不过游戏互动要少而精，保证不破坏故事的整体性。

（六）讲述尊重原文

幼儿图画书的语言简约而优美，讲述者应尽量遵从原文，原汁原味地再现文本自身的语言风格、情感特质、内涵意蕴，让幼儿感受语言文字的魅力。

三、自制图画书

幼儿自制图画书是幼儿园开展早期阅读活动中常见的综合性延伸活动。自制图画书，不仅可以促进幼儿动手能力、艺术理解力、创造力的发展，还能增强幼儿对图画书的认知，激发幼儿对阅读和书写的兴趣。因此，作为幼儿教师，有必要掌握基本的图画书制作方法。

（一）确定主题

主题是自制图画书首先要考虑的关键要素，要根据幼儿的年龄、爱好、生活经验和阅读水平来确定。主题可以来源于幼儿兴趣关注点、生活小故事、童话故事、绘画作品、儿歌、诗歌等。常见的主题有品格培养、自然生态、生活习惯、生命教育、健康发展、安全教育、社会交往、艺术发展、语言发展、亲子情感、科学启蒙等。

（二）选择合适的底本故事

确定主题后，选择或创编合适的底本故事。故事内容应生动活泼，富有幼儿情趣。

（三）图画的绘制

1. 形象塑造夸张鲜明

角色形象是作品的主要部分，面部表情要活泼，可用夸张手法表现角色个性特征。

2. 画面处理简洁易懂

背景要简单，主要内容尽量放置在画面中央。轮廓要清晰，避免出现重叠现象。另外，幼儿深度视觉尚未发展成熟，很难理解画面的透视性和立体性，因此，画面往往采用平面的，且横向排列。如要表现森林中多个房子的布局，不应画成纵向的，应该横向排列，以便于幼儿理解。

3. 色彩运用简约明快

色彩要简单，以红黄蓝绿为主，主体物与背景物色彩对比要鲜明，既不能太素雅，又不能太花哨。

4. 细节处理趣味化

幼儿善于观察动作、表情、色彩、背景、边框等细节，细节的处理可以增添作品的趣味。如页码标识可以用苹果图案表示，第一页用一个小苹果表示，第二页用两个小苹果表示，第三页用三个小苹果表示，以此类推。这种方法既有趣味性，又便于幼儿理解。

5. 绘制媒材多样化

制作图画书可以广泛运用各种绘画媒材，包括铅笔、水彩笔、水粉颜料、蜡笔、油画棒、丙烯颜料等。也可运用不同材质的道具，如树叶、花草、手工纸、木棒、布料、绒线、各种谷物豆类和废旧物品等。

6. 表现手法多样化

自制图画书的手法多种多样，最常见的是绘画。除此之外，还有剪贴（图 6–17）、拓印、布贴、摄影等。

（四）文字表述

文学类图画书的文字表述并没有太多限定，但是一定要注意文字与图画的关系。图画书中的文字和图画相互配合、互为补充，共同承担表情达意的作用，在创作中应充分考虑文字和图画的配合和应承，使二者有机地融为一体。松居直说，图画书的文字非常少，但正因为少，对作者的要求更高：它必须精练，用简短的文字构筑出一个跌宕起伏的故事；它必须风趣活泼，符合幼儿的语言习惯。

图 6-17　剪贴手法

（五）开本和结构

开本就是书的规格大小，分为大开本和小开本，小的不过巴掌大小，大的有时超过半张报纸。根据装订边是书的短边或长边，分为横开本和竖开本。正规开本都是全张纸按长边一次次对折而成的，除此以外的都称为异型开本。选择什么样的开本，要根据读者对象与内容考虑。

依照图画书的结构设计制作封面、环衬、扉页、正文、封底。

（六）装订成册

书的装订方式很多，如线装、蝴蝶装、胶装、滚动条等。装订前应先将书编好页码（封面、封底、环衬、扉页除外）。

四、早期阅读教学活动

《幼儿园教育指导纲要》提出，要培养幼儿对生活中常见的简单标记和文字符号的兴趣。教师应利用图书、绘画和其他多种方式，引发幼儿对阅读和书写的兴趣，培养幼儿的前阅读和前书写技能。早期阅读是幼儿园语言教育活动的一种重要类型，它在促进幼儿获得有益的语言运用经验、提高幼儿语言表达能力等方面具有重要作用。

早期阅读是一个多元复杂的过程，幼儿需要在阅读过程中寻找到适合的途径，积累阅读经验，从而建立起自主阅读的意识和技能。指导幼儿早期阅读活动要注意以下五个方面。

（一）阅读前的准备工作

阅读前的准备工作直接影响阅读活动的成效。准备工作包括对阅读材料的选择、呈现及放置问题，阅读环境的创设问题，幼儿阅读习惯、方法及相关经验的准备问题，以及对阅读材料的分析等。

对阅读材料的分析，需侧重分析阅读符号的特点和阅读能力的要求。教师要着重分析书面语言（指阅读材料呈现的各种信息，包括图像、色彩、线条、符号以及文字信息等），重点培养幼儿的观察猜测、思考联想、理解表达等能力。

（二）引导幼儿接触阅读材料

阅读材料是幼儿阅读的对象和内容。观察感知和理解体验阅读材料可为幼儿的自主阅读、师幼共读以及围绕阅读主题展开讨论等作好充分准备。出示阅读材料有多种方式，可直接出示、选择重点画面出示、选择主要角色出示，也可配合神秘的语言或音响、配合直观的动作或表演、配合有趣的歌谣或谜语、配合好玩的游戏活动等引出阅读材料。接触阅读材料能够激发幼儿阅读的兴趣，其重点在于引导幼儿观察、感知和理解阅读材料，对材料进行猜测设疑，初步了解阅读的内容。

（三）给幼儿自主阅读的空间

自主阅读是培养幼儿阅读能力的重要环节，也是阅读活动的重点环节。它是在教师提出阅读的要求后，让幼儿自己阅读，教师在旁边观察了解，进行个别指导。幼儿必须按照一定的要求进行自主阅读。对幼儿提出的阅读要求应具体明确，直接告知幼儿在阅读中应该做什么，怎么做。阅读要求往往从阅读目标引申出来，一般从阅读方法、阅读习惯以及阅读理解等方面提出，如："按页码一页一页仔细看""用拇指和食指轻轻翻书""边看边想图书讲了什么事""和你的猜想一样吗？"

自主阅读以幼儿独自阅读为主。当幼儿自主阅读时，应保持环境安静，充分尊重幼儿个体的阅读需要和节奏，教师以全面观察为主，着重掌握幼儿在阅读中的具体表现。一般不要随意干预、介入幼儿的自主阅读，如有特殊的情况再给予幼儿必要和急需的个别指导，且在与幼儿个别交谈时轻声细语，注意不干扰他人。

（四）师幼共同阅读

师幼共同阅读是教师与幼儿一同阅读，一同欣赏阅读材料，分享阅读的乐趣的活动。师幼共同阅读时，重在引导幼儿发现、思考和表达。教师和幼儿往往边阅读、边交谈、边讲述，教师需要围绕阅读的重点进行启发提问，并组织幼儿开展讨论和交流。教师要以平等的方式与幼儿友好交谈，帮助幼儿梳理自主阅读中的片面理解和个人经验，带领幼儿共同感受阅读的情趣，共同理解阅读的内容。这一环节重在集体分享阅读的乐趣，避免教师直接生硬、说教式地告知幼儿什么内容、什么道理，而应带领幼儿一同感知和理解阅读内容，一同领悟所揭示的道理，在充满愉悦情绪的气氛中讨论各自的想法和感受。共同阅读后，教师可自然小结阅读主题，与幼儿一同朗读或讲述阅读的内容，增强阅读的情趣。

（五）图画书阅读的误区

1. 图画书的阅读目的是学习文字、学习知识

阅读图画书确实能让幼儿识字，但识字并不是阅读图画书的目的，只是阅读的副产品。松居直在《我的图画书论》中指出："读书不是读字。……只有真正理解了书中所写的事情，才能算作读书。读书不是读字，而是理解书的内容。读字只是手段，不是目的。"能够阅读图画故事收获愉快的心情并通过图画展开各种快乐幻想，才是最好的阅读图画书的方法。图画书本来就是让不识字的幼儿看图画也能明白的读本，也只有达到这

种要求的才算好图画书。

2. 看图画书主要看正文

真正阅读幼儿图画书，应仔细读标题、作者、译者、绘者、扉页、正文、封底。要注意阅读图画书的细节，一方面这是对创作者的尊重，另一方面优秀的图画书故事往往在细节处独具匠心。应介绍图画书的作者、作者国籍，让幼儿知道图画书都是人们精心编写的。读中国作家的作品要让孩子增强民族自尊心，读国外作家的作品要引导幼儿有国际化视野，在文化碰撞中学习精华。

3. 成人提问有助于幼儿理解图画书的内容

阅读图画书是一项快乐的享受活动，它使幼儿身心愉悦。但在阅读中，老师或家长一连串的问题却让孩子不胜其烦。图画书的阅读过程对幼儿来说是快乐的。图画书不是教科书，不是问题集。成人有意识地提问，多数情况下只是为了成人的自我满足。当然，不是说问题一定不要问，关键在于成人要非常自然地、不刻意地和幼儿进行对话，不留任何人为设定的痕迹。不要让幼儿认为，读图画书就是为了问问题，这会让幼儿精神紧张，从而分散幼儿的注意力。

4. 幼儿读过了图画书的内容后就无须再读

幼儿阅读图画书时，会经常出现这种现象：在一段时间内，短则几天，长则几个月，让家长反复讲一本图画书。幼儿对书中的内容已经烂熟于心了，但依然每天让家长讲这本书，依然对这本书兴致盎然。蒙台梭利曾说过，重复是孩子的智力体操。幼儿在不断的重复中汲取他所需要的东西，只要他还喜欢这本书，那说明书中还有他所需要的东西，老师或家长就要满足幼儿的需求，不断地讲下去，直至幼儿不再选择这本书为止。

【教学活动案例展示】

中班语言活动：好饿的小蛇（早期阅读活动）

【活动目标】

1. 能大胆地用语言表述自己的观察、猜测与想象。
2. 初步理解故事内容，感受幽默有趣的情节。
3. 对阅读活动感兴趣。

【活动准备】

1. 经验准备：知道香蕉、苹果等水果的形状。
2. 材料准备：小蛇图片、纸质绘本、幻灯片。

【活动过程】

一、图片导入，引起幼儿兴趣

出示小蛇图片引出主题。

过渡语：小朋友，今天老师带来了一个很好听的故事，有一个小动物也跟着我来了，它想讲故事给你们听。它会是谁呀?

小结：它说它是一条小蛇。小蛇的身体细细长长的，身上有黄黑相间的斑纹。

二、观察理解画面，激发幼儿想象

过渡语：小蛇扭着扭着，它觉得肚子有点饿啦，于是呀，小蛇来到一片果园。果园里面可能会有很多很多的水果吧!

重点提问：果园里有什么水果给小蛇吃呢?

小结：果园里有好多的香蕉、苹果、橘子、草莓、菠萝、西瓜、桃子、梨、樱桃，都是小蛇爱吃的水果。

1. 吃苹果。

（1）教师讲述故事，重点提问：吃了一个苹果后，小蛇的肚子变成了什么样?

小结：吃了一个圆圆的苹果后，小蛇的肚子变了，变得像球、瓶盖、轮子一样，圆圆的，真可爱。

（2）出示小蛇吃了三个苹果（一串）的图片，重点提问：吃了三个苹果后的小蛇肚子变成了什么样?

小结：小蛇吃了三个苹果后变得像毛毛虫、蝴蝶结、糖葫芦一样。（设计意图：小蛇吃了苹果后肚子发生了变化，非常可爱，幼儿对此非常感兴趣，让幼儿对这个图形进行联想，丰富幼儿的想象力。）

2. 吃香蕉。

（1）教师讲述故事，重点提问：猜猜小蛇吃了什么肚子才变成这样的? 吃了一根香蕉的小蛇肚子像什么?

小结：吃了一根弯弯的香蕉后，小蛇的肚子又变了，变得像小船、月亮、橘子瓣儿一样，弯弯的。

（2）出示吃了两根香蕉（平面、对称）的图片，重点提问：吃了两根香蕉后的小蛇肚子像什么?

小结：吃了两根弯弯的香蕉后，小蛇的肚子变了，变得像蝴蝶、蜜蜂、蜻蜓一样。这真是一条神奇的小蛇，你看，它吃了什么东西，肚子就会变成什么样。

三、模仿表演小蛇吃水果，感受故事的幽默

要求：

1. 幼儿模仿小蛇扭动，发出“啊呜”“咕嘟”吃水果的声音。

2. 吃好水果后变一变，看谁变得像。

3. 音乐结束，回到座位。

4. 分享交流。

小结：你们都是一群神奇的小蛇，吃了苹果后，身体就变得大大的、圆圆的，吃了香蕉后，身体就变得弯弯的。

【活动延伸】

请小朋友回家和父母讨论：小蛇吃了其他形状的东西后，身体会变成什么样?

◎实践任务

任务一：幼儿图画书欣赏

任务目标：体会幼儿图画书的特征；学会幼儿图画书的欣赏方法；传承中华文脉，培养爱国主义精神。

任务材料：图画书《团圆》（余丽琼 / 文，朱成梁 / 图）、阅读任务表（表 6-1）。

任务要求：

1. 从图画看起，然后阅读文字。
2. 从封面开始，看到封底。
3. 完成阅读任务表。

表 6-1　阅读任务表

图画书名称	《团圆》
主题	
图画特点	
文字特点	
图画和文字的关系	
趣味点或特点	

任务二：图画故事讲述

任务目标：掌握绘本的结构；学会从介绍封面开始讲述图画故事。

任务材料：绘本《大卫惹麻烦》《是谁嗯嗯在我头上》。

任务要求：

1. 表情亲切自然。
2. 声音明亮，普通话标准。

任务三：自制图画书

任务目标：掌握制作图画书的方法；培养团结协作及创新精神。

任务材料：自备。

任务要求：以小组为单位，自选素材，共同制作一本幼儿图画书，并举办自制图画书作品展。

◎经典推荐

一、经典幼儿图画书作家推荐

（一）伦道夫·凯迪克

伦道夫·凯迪克（Randolph Caldecott，1846—1886），英国插画家，被后人赞誉为“现代图画书之父”，图画书三大先驱者之一。凯迪克积极探索图文关系并进行实践，强调只有图文在视觉上变为一个整体，彼此之间才能真正融合。他所创作的图画书永远能为孩子们带来欢笑。凯迪克是个非常善于用画面讲故事的“说书人”，善于抓住令人捧腹的细节，为画面融入更多的幽默趣味。代表作品有《玫瑰花环》《金鸭子的书》《稀罕，稀罕，真稀罕》等。

图 6-18 《妈妈的红沙发》

美国著名的图画书大奖“凯迪克奖”就是以凯迪克名字命名的。凯迪克为《骑士约翰的趣闻》一书绘制插图，其中约翰骑马驰骋的插图成为美国凯迪克奖的标志。如今，凯迪克奖已成为美国最具权威的绘本奖，被誉为绘本界的“奥斯卡”。中国已出版的获凯迪克奖的作品，有《让路给小鸭子》、《约瑟夫有件旧外套》、《大卫，不可以》、《三只小猪》、《小黑鱼》、《驴小弟变石头》、《讨厌黑夜的席奶奶》、《妈妈的红沙发》（图 6-18）等。

（二）凯特·格林纳威

凯特·格林纳威（Kate Greenaway，1846—1901），英国女插画家，图画书三大先驱者之一。其图画清新可爱，笔下那些散发着玫瑰气息的少女形象让人过目不忘。她的水彩画作品常常以蓝色和绿色的纤细阴影为特点，并以优雅而善意的幽默而著称。她善于用儿童的眼睛来看世界，从而使平凡的生活充满浪漫的想象和缤纷的色彩。代表作品有《玛格丽特的花坛》《孩子的一天》《窗下》等。

图 6-19 《南瓜汤》

英国图书馆协会为纪念凯特·格林纳威，于 1955 年以她的名字创立“凯特·格林纳威奖”。该奖是英国儿童图画书的最高荣誉。中国已出版的获凯特·格林纳威奖的作品，有《我绝对绝对不吃番茄》、《亲爱的大熊爸爸》、《你睡不着吗？》、《聪明的变色龙》、《大猩猩》、《和甘伯伯去游河》、《南瓜汤》（图 6-19）等。

（三）沃尔特·克雷恩

沃尔特·克雷恩（Walter Crane，1845—1915），英国插画家，图画书三大先驱者之一。他被认为是19世纪末最有影响力的作家之一，也是他那一代儿童作家中最具影响力的作家之一。他曾师从一位著名的雕刻师，正是这段经历为他的插画事业打下了基础，也确立了他古典优雅的绘画风格。他主张图画与文字的和谐搭配以及装帧的精心设计，代表作品有《婴孩的歌剧》和《幼儿伊索寓言》。

（四）松居直

松居直（1926—2022），日本著名绘本作家，被誉为“日本图画书之父”，日本绘本的先驱人物。创作有《桃太郎》《木匠与鬼六》《桃花源的故事》等绘本，并著有多部绘本理论著作，如《幸福的种子》《我的图画书论》等。

图 6-20 《好饿的小蛇》

（五）宫西达也

宫西达也（1956—　），日本著名绘本作家。他的绘本故事温馨、诙谐，结构曲折，独树一帜的画风大胆、有力，使得画面极具视觉冲击力。代表作品有《青蛙小弟睡午觉》、《你看起来好像很好吃》、《今天运气怎么这么好》、《我是霸王龙》、《好饿的小蛇》（图6-20）等。

图 6-21 《不要和青蛙跳绳》（接力出版社，2015年）

（六）彭懿

彭懿（1958—　），出生于沈阳，中国著名儿童文学理论家、作家。他是中国较早研究图画书的人，他的《世界图画书：阅读与经典》是国内第一部关于图画书的理论著作。译作有《獾的礼物》《安房直子幻想小说系列》《与幽灵共度的夏天》《红蜡烛与美人鱼》等，原创图画书代表作品有《萤火虫女孩》、《巴夭人的孩子》、《驯鹿人的孩子》、《不要和青蛙跳绳》（图6-21）等。

（七）蔡皋

蔡皋（1946—　），湖南长沙人，中国著名绘本画家。曾创作了《海的女儿》《李尔王》《干将莫邪》《六月六》《隐形叶子》《花仙人》《桃花源的故事》《荒原狐精》等绘画作品。其中，与日本著名绘本作家松居直合作的绘本《桃花源的故事》被指定为日本小学教材，被日本美术馆收藏。

（八）熊亮

熊亮（1975—　），生于浙江嘉兴，绘本作家、插画家，中国原创图画书的领军人物。他的作品融传统与现代为一体，体现出浓厚的“中国风”，带有禅意色彩，甚至是有点怪异的特色，深受幼儿喜欢。代表作品有《小石狮》《兔儿爷》《南瓜和尚南瓜庙》《二十四节气》《灶王爷》等。

二、经典幼儿图画书作品推荐

（一）《老鼠娶新娘》（张玲玲 / 文，刘宗慧 / 图）

这是一本充满浓郁民间趣味和具有中国特色的绘本（图 6-22）。故事来源于中国台湾地区的童谣，主要讲述了老鼠村长选女婿嫁女儿的故事。童谣朗朗上口，故事让人听得津津有味。

图 6-22 《老鼠娶新娘》（二十一世纪出版社，2008 年）

打开图画书，一股浓浓的中国风扑面而来。乡土气息中吐露着中国传统民居、民风和民俗，错落的农家小院，红红的灯笼喜字，凤冠霞帔的新娘，还有小老鼠们组成的“鼠村小社会”，这些都足以引起幼儿的兴趣。再细看每一页画面，都能够让幼儿看上很久，因为图画内容太丰富。除了画面，表现强弱关系、坚持不懈和正视个人优缺点的故事逻辑也很清晰，文字和图画完美地演绎了老鼠娶亲的小故事。

这本图画书非常适合锻炼幼儿观察画面细节和连贯前后故事的能力。比如，当幼儿已经非常了解故事内容，甚至可以大致复述故事内容时，家长可以和孩子另辟蹊径，玩“观察画面找一找、说一说”的小游戏。

（二）《逃家小兔》（[美] 玛格丽特 · 怀兹 · 布朗 / 文，[美] 克雷门 · 赫德 / 图）

该书讲述了一个小兔子和妈妈玩语言捉迷藏的简单故事。

这个故事简单到了只剩下几段对话，但就是这几段对话，却让世界上的人都为之着魔。事先没有一点征兆,一天，一只小兔子突然对妈妈宣布说他要“跑走了”——尽管后来我们知道，这并不是出于他的叛逆或是遭遇了什么委屈，他不过是想知道妈妈有多么爱他——但我们还是不能不佩服这位机智而又豁达的妈妈，她没有惊诧，甚至没有问为什么，而是欲擒故纵地说：“你要是跑走了，我就去追你，因为你是我的小宝贝呀！”紧接着，一场在幻想中展开的欢快而又奇特的追逐游戏就开始了。小兔子上天入地，可不管他扮成小河里的一条鱼、花园里的一朵花、高山上的一块石头，还是一只小鸟，身后那个紧追不舍的妈妈总是能够抓住他。最后，小兔子逃累了，依偎在妈妈的身边说不再逃了，于是妈妈便喂了他一根象征爱的胡萝卜。

《逃家小兔》总是能让年幼的小读者感到一种安详宁静的愉快，这个小兔子的经历就像他们自己的游戏一样，给他们带来了一种妙不可言的趣味感。

《逃家小兔》能让一代又一代的家长，在幼儿睡前为他们阅读这个让他们倍感温暖的可爱故事，还因为克雷门画的那些画。克雷门把一大一小两只兔子画得既写实又浪漫，对画面的衔接和处理也很有创意。当小兔子说“如果你来追我，我就要变成溪里的小鳟鱼，游得远远的”，妈妈说“如果你变成溪里的小鳟鱼，我就变成捕鱼的人去抓你”时，分别是两张黑白钢笔画，而紧随其后的两页则合二为一，是一张全景式的横长的彩色跨页，没有对白，只有一幅色彩浓烈的想象的画面——小兔子变成了河里的一条鱼，妈妈穿着黑色的长靴，一只手拿着一个鱼篓，一只手用力把鱼竿甩了出去，逗人发笑的是鱼钩上拴的竟是一根鲜红的胡萝卜（图 6-23）。这样的插画不仅一次又一次把故事推向高潮，而且把幼儿的想象力拓展到了一个无限的空间。

图 6-23 《逃家小兔》（明天出版社，2008 年）

◎思考与练习

1. 思考：幼儿图画书的特征有哪些？最本质的特征是什么？
2. 举例说明图画故事中“图”和“文”的关系。
3. 举例说明幼儿图画故事与带插图的书的不同之处。
4. 一本完整的幼儿图画书由哪些组成？
5. 选择一本图画故事书，完整讲述。

探寻七　幼儿戏剧综合实践

◎学习目标

【知识目标】

1. 了解幼儿戏剧的起源与发展概况。
2. 掌握幼儿戏剧的概念、特征与分类。
3. 熟悉幼儿戏剧的经典作家作品。

【技能目标】

1. 掌握幼儿戏剧鉴赏的方法。
2. 能够进行幼儿戏剧的剧本改编。

【素质目标】

1. 认同与传承传统戏剧文化。
2. 探索教育戏剧的育人价值。

◎知识殿堂

一、幼儿戏剧概述

（一）幼儿戏剧的起源与发展

《幼儿园教育指导纲要》指出，幼儿园要“以游戏为基本活动”，要“寓教育于各项活动之中”。游戏与戏剧之间有着密切的联系。公元前4世纪，亚里士多德在《诗学》中表述了对戏剧本质的认识。他认为，一切艺术都是摹仿，戏剧是对各种生物的行动的摹仿。印度的第一部戏剧理论著作《舞论》也指明：“戏剧就是摹仿。”而摹仿正是幼儿的天性。在幼儿身上，我们显然愿意相信戏剧源自人类的摹仿本能。相较于成人，幼儿天生更喜爱扮演和幻想。角色游戏“过家家”是古往今来的幼儿都着迷的游戏。幼儿在游戏中表现出来的专注力、想象力和创造力等令无数教育家赞叹。戏剧契合了幼儿喜欢游戏的天性，接近幼儿认知，是幼儿体验世界的别样方式。

关于戏剧的起源，比较主流的看法有二：一为原始宗教的巫术仪式，如上古汉字中，“巫”“舞”“武”三字同源，可能是对一种祈求战斗胜利的巫术活动的合称，即戏剧的原始形态。二为劳动或庆祝丰收时的即兴歌舞表演，这种说法的主要依据是古希腊戏剧，它被认为是起源于酒神祭祀。

戏剧具有教育的效果，对于幼儿来说尤其如此，它对幼儿的语言、认知、创造力、审美情趣、社会适应性和情感等各个发展维度都能发挥其特有的价值，具有全方位、多层次、立体化的教育价值。所以幼儿戏剧是值得鼓励及推广的。在西方，它也被公认为对幼儿的启发和学习有着极佳的效果。

戏剧的教育效果得到发现和重视后，便有人开始致力于戏剧和教育综合运用的探索和研究。美国的儿童戏剧学者在二十世纪二三十年代提出了“创造性戏剧”的概念。创造性戏剧被界定为一种即兴的、非演出的、以过程为中心的戏剧形式，重表演的过程，不重表演的结果，主张通过文学故事戏剧化的想象、表达，促进幼儿个性发展，帮助幼儿理解自我和社会。

到二十世纪六七十年代，出现了“教育戏剧”这一概念。教育戏剧发源于英国，即以戏剧的形式进行幼儿教育，是指运用戏剧方法、戏剧元素以及戏剧技巧，在教学或社会文化活动中，让幼儿在戏剧实践中达到学习目标和目的。在欧美国家，教育戏剧是非常重要的培养学生全面素质和能力的教学方法，甚至被认为是最好的一种教学手段。20世纪90年代，中国教育戏剧第一人李婴宁将教育戏剧从英国引入中国。近年来，教育戏剧在我国逐步得到认可和发展。

戏曲是中国传统的戏剧形式，是融文学、音乐、舞蹈、美术、武术、杂技以及表演艺术等为一体的综合性舞台艺术。作为我国传统文化中遗存最丰富、最具民族品格的艺术形式之一，戏曲集中华文化之大成，在世界艺术之林独树一帜。中国的戏曲与希腊悲剧和喜剧、印度梵剧并称为世界三大古老的戏剧文化。

中国戏曲主要由民间歌舞、说唱和滑稽戏三种不同的艺术形式综合而成。它起源于原始歌舞，是一种历史悠久的综合性舞台艺术样式。从先秦的“俳优”、汉代的“百戏”、唐代的“参军戏”、宋代的杂剧、南宋的南戏、元代的杂剧，直到清代地方戏曲空前繁荣和京剧的形成，经过800多年不断丰富、革新与发展，才逐渐形成比较完整的戏曲艺术体系。戏曲种类繁多，表演形式载歌载舞，有说有唱，有文有武，集“唱、念、做、打”于一体。据不完全统计，我国各民族、地区的戏曲剧种约有360多种，传统剧目数以万计。经过长期的发展演变，逐步形成了以京剧、越剧、黄梅戏、评剧、豫剧五大戏曲剧种为核心的中华戏曲。

中华优秀传统文化源远流长，博大精深，是中华文明的智慧结晶。党的二十大报告强调，必须坚持中国特色社会主义文化发展道路，增强文化自信，增强实现中华民族伟大复兴的精神力量。戏曲是中国文化瑰宝，我们要主动发掘戏曲的价值，在领悟戏曲的强大魅力中坚定文化自信，传承中国传统戏剧文化，并实现创造性转化和创新性发展。

（二）幼儿戏剧的概念

戏剧是人类文化高度发展和成熟之后才产生的一种顶峰式的艺术，它是以舞台表演为中心，融合了多种艺术形式的综合性舞台艺术。

幼儿戏剧是戏剧的一个分支，是专为幼儿创作的、反映幼儿生活、具有幼儿情趣的戏剧。我国戏剧源远流长，各地剧种丰富多样，专门供幼儿欣赏的戏剧则起步较晚。

通常所说的戏剧包括两个概念：一个是指以表演为中心的综合性舞台艺术；另一个则指戏剧中的文学要素——供演出用的剧本。

文学上的戏剧是指为戏剧表演所创作的脚本，即剧本，它是独立于诗歌、小说、散文之外的另一种文学体裁。本书所涉及的幼儿戏剧概念实际上是剧本——幼儿戏剧文学。幼儿戏剧文学既可以直接阅读，也可以用于排演。这里需要特别指出的是，幼儿戏剧不仅包括在正规剧场演出的剧作，而且包括在幼儿园、家庭中幼儿参与排演的剧作。

（三）幼儿戏剧的特征

幼儿戏剧作为戏剧大家庭的一员，具有一般戏剧文学的共同艺术特征，如讲究冲突、人物场景相对集中、人物语言的动作化和个性化等。作为专门为幼儿创作的戏剧，它又不可避免地带有幼儿的年龄特点，适应幼儿的身心特点，符合幼儿的接受能力及其独特的审美需求。具体来说，幼儿戏剧有以下三个特征。

1. 浓厚的游戏趣味

游戏是幼儿的天性，也是他们的重要活动，他们在游戏中认识和体验社会生活，正如著名作家高尔基所说：“游戏是儿童认识世界的方法，也是他们认识世界的工具。”正是适应幼儿的这一特点，幼儿戏剧不仅在内容上大多反映和表现了幼儿的游戏活动，而且在艺术形式上也都具备幼儿游戏的特点。如儿童文学家包蕾的《小熊请客》，就是讲述了具有不同性格特点的小动物在一起玩过家家游戏的故事，这与幼儿生活中的游戏何其相似。作者采用幼儿喜爱的小动物作为主人公，即小熊、小猫、小花狗、小公鸡，小熊是主人，他要请小动物们吃饭，他迎接小动物，然后一起赶走自私的狐狸。故事包含了幼儿平时喜欢玩的过家家和模拟战斗等游戏的内容，作者对幼儿的游戏内容进行了创造性的组合改编，使其更具文学性、趣味性，更适合幼儿排演。在幼儿戏剧中，有一些是由成人演出给幼儿观赏的，但大部分是由幼儿自己演出的。可以这样说，幼儿戏剧的演出，实际上就是一种经过组织的、具有戏剧艺术特点的高级游戏。

2. 单纯的戏剧冲突

没有冲突，就没有戏剧。戏剧冲突是戏剧的核心。戏剧冲突是戏剧反映生活、塑造人物和推动情节的基本手段。在实际生活中，幼儿之间很少发生直接的、激烈的矛盾冲突，所以，相较于成人戏剧中尖锐复杂的矛盾冲突，幼儿戏剧的冲突表现得较为单纯。

幼儿戏剧冲突的单纯性表现在内容与形式两方面。

从内容上讲，往往为幼儿能理解和接受的真与假、善与恶和美与丑等矛盾对立，或为角色生活经验、认知水平不足与现实的矛盾冲突，或是角色内心的小冲突。如柯岩的童话剧《小熊拔牙》中，小熊贪吃时的内心冲突：“饼干拿一叠……唉，答应过不吃它。糖球抓一把……唉，也答应不吃它。这罐甜蜂蜜，哈，没说过不吃它。这筒果子酱，哈哈，妈妈也忘了提它。”小熊答应妈妈不吃这不吃那，但他的心里还是想吃好东西。于是，小熊找到妈妈没提到的食物吃了起来。小熊“到底吃还是不吃”的内心纠结，就是戏剧的冲突。

又如日本幼儿独幕剧《回声》反映了幼儿对回声的误会而导致的冲突。大郎发现山对面有个声音和自己说一样的话，就好奇地问对方是谁，无论大郎说什么，回声都回答同样的话，于是两个人就吵了起来：

大郎 我才是大郎哪！

回声 我才是大郎哪！

大郎 不！你不是大郎。

回声 不！你不是大郎。

大郎 是大郎！

回声 是大郎！

大郎 哎呀！你真讨厌！

回声 哎呀！你真讨厌！

……

大郎 去你的！

回声 去你的！

大郎 你！小狗。

回声 你！小狗。

两个声音闹得不可开交时，妈妈从窗户探出头来告诉大郎：“你好好跟他说说试试，他也就好好跟你说啦。可别像刚才那样粗声粗气的啦！”于是大郎又向着大山说：“别生气啦！刚才我不对啦！咱俩做朋友吧。你来这儿玩吧。”大山也客气地邀请大郎。这使大郎明白了一个道理：“妈妈，刚才我照你说的那样，和和气气地跟他说话，那孩子就跟我好啦。”这出戏表面上表现了大郎的无知和稚气，但良好教育不动声色地融入了幼儿的心里：要想别人尊重你，首先要尊重别人。

幼儿戏剧冲突的单纯性还体现在形式上，主要体现在戏剧结构单纯、紧凑，一般只有一条主线且十分鲜明，剧情紧紧围绕主线展开，不生枝节，很快入戏，情节开展迅速，设置悬念不多。

3. 动作化、口语化、个性化的人物语言

戏剧语言包括舞台提示和人物台词两部分。二者综合起来具有介绍戏剧情境，推动情节发展与过场连接，阐明主题，表现人物性格等多种作用。

舞台提示是剧本中简练的叙述性文字，用来交代戏剧发生的时间、地点、环境、氛围、人物肖像和性格特征，以及提示表情、动作等，所占篇幅极少，不是剧本的主体语言。戏剧真正的语言是台词，台词是剧本中角色所说的话。

台词包括对白、独白和旁白。在剧本里，作者不能对观众提示什么，人物形象的塑造依靠的是剧中人的一言一行。因为欣赏对象主要是幼儿，角色语言必须符合幼儿的年龄特征和审美情趣。因此，幼儿戏剧角色对话要求动作化、口语化和个性化，甚至常常用大幅度的、夸张的动作去表现人物的思想情绪和性格，让幼儿一听就明白，给他们留下鲜明而深刻的印象。

（1）动作化。所谓人物语言的动作化，亦称行动性，即能够同演出时人物的行动相配合，能够暗示和引起角色的动作反应，能够推动戏剧情节的发展。如《小熊拔牙》中小熊的一段独白：

妈妈上班了，啦啦啦，
现在我当家，啦啦啦，
先唱个小熊歌：
1234，哇呀呀呀，呀。
再跳个小熊舞：
5432，蹦蹦蹦蹦，哒！
唉呀，答应过妈妈洗脸呀。
先洗洗小熊眼，
再擦擦熊嘴巴；
熊鼻子抹一抹，
熊耳朵拉两拉；
熊头发梳三下，
……

从小熊的这段独白中可以明显地知道，小熊要做的动作是：洗熊眼睛、擦熊嘴巴、抹熊鼻子、拉熊耳朵、梳熊头发。也就是说，在演出中，小熊一边说这段话，一边要做出话语中相应的动作，这样的戏剧语言就具有动作性。

又如柯岩的《照镜子》写一个爱漂亮但不爱干净的小姑娘照镜子时的一系列台词，

人物配合台词的动作性语言扭身子、瞪眼睛、歪鼻子、吐舌头、戳镜子、掉眼泪，使人物的个性特征显露无遗：“咦，东一扭，咦，东边脏。哎，西一扭，哎，西边脏。扭来扭去没法躲，镜子一点不隐藏。”几乎是一句台词一个动作，很好地突出了人物的个性。

（2）口语化。所谓口语化，即人物语言与人们日常生活的语言接近，简短、易说、易懂，富于生活色彩。如在日本剧作家坪内逍遥的《回声》中，人物语言完全是口语。大郎表示疑问时说：“哎呀，你是谁呀？谁在那儿呀？”在回答问题时说：“我呀，是大郎。”生气了说：“我才是大郎哪！哎呀，你真讨厌！去你的！”不管大郎的心情如何，作者赋予人物的语言都是日常生活中最常用的语言，而这些语言很好地表达了人物的情感状态。

（3）个性化。所谓语言的个性化，即人物语言能够鲜明地表现出人物特定的年龄、经历、教养、情趣等，又能揭示出人物在特定环境下的心理状态。在戏剧中，人物语言承担塑造角色、刻画人物性格的作用，这就要求对角色语言反复锤炼斟酌，使之具有个性化特征。如在包蕾的《小熊请客》中，小狐狸一出场的独白就是典型的具有个性化特点的语言：“我的名字叫狐狸，一肚子的坏主意，人人见我都讨厌，说我好吃懒做没出息。（他抬头看了看太阳）太阳升得高又高，肚子里还没吃东西！”听完这段独白，狡猾而又好吃懒做的狐狸的个性形象就出现在眼前。

又如在张天翼的幼儿剧《大灰狼》中，有这样一段精彩的对话：

大灰狼 （鼓起勇气）我可不能放过这么个机会，她的妈妈不在家，她的姐姐也不在家。（整一整衣服，去敲门，手一抬，发现这不像人的手，又缩了回来，拿手绢包着，敲门。）三妞开门，三妞！

二妞和三妞 谁？

大灰狼 你姥姥来了。

三　妞 什么？听不明白。

二　妞 谁呀，这是？嗓音那么古怪。

大灰狼 三妞，是我——你姥姥。

三　妞 哈，是姥姥！怪不得喜鹊儿那么叫唤呢。

二　妞 （怀疑）姥姥怎么就来了呢？

大灰狼 噢，我本来要月底才来，可是我老惦记着三妞，我就说：“还是早点儿动身吧。”我走了三天，就到了这儿。

三　妞 是姥姥，是姥姥！开门吧。

二　妞 是吗？姥姥是什么样儿，我可忘了。我只知道姥姥会唱歌儿。

三　妞 姥姥你能唱歌儿吗？唱一个。

大灰狼 好。（有点为难，可是总得唱起来）摇，摇……（停一会儿）摇，摇……

二　妞 怎么了？

大灰狼 摇，摇……呃——摇到外婆桥。外婆留我吃糕糕，我可没吃着。

三　妞 没吃着？要吃你不会用手拿吗？

大灰狼 哎呀，不能用手拿，手上捧着两堆大麻花。

三　妞　把麻花搁进嘴呀。

大灰狼　哎呀，不能搁进嘴，嘴里叼着一条大羊腿。

三　妞　把羊腿吞进肚哇。

大灰狼　哎呀，不能吞进肚，肚里待着三十六串米糖葫芦——怎么也不让路。

三　妞　哟，有那么多吃的等着你呢。

大灰狼　可不是，这就是我的理想。

这段台词句式短小简单，非常生活化，把 9 岁的二妞、6 岁的三妞以及大灰狼的个性特征都突显出来了。

二、幼儿戏剧的分类与形式

幼儿戏剧有多种不同的分类。按照容量、场次来分，可分为多幕剧和独幕剧；按照题材内容来分，可分为现代剧、历史剧、神话剧、童话剧、民间故事剧等；按照演出条件来分，可分为舞台剧、街头剧（也称广场剧）、广播剧、学校剧、课本剧等；按照艺术表现形式来分，可分为幼儿话剧、幼儿歌舞剧、幼儿舞剧、幼儿木偶剧、幼儿皮影剧、幼儿广播剧、幼儿诗剧等。下面介绍五种常见幼儿戏剧。

（一）幼儿话剧

幼儿话剧是以人物对话、表情和动作为主要表现手段的戏剧样式，是幼儿戏剧中一种重要的、常见的表现形式。

话剧的“话”性要求戏剧以台词为主。幼儿话剧的台词是用幼儿容易理解而且规范生动、准确通俗的语言进行创作的，具有真实感和形象性。幼儿话剧的创作难度大，它一般要求直接从幼儿现实生活中取材，以生活本来面貌出现在舞台上，如坪内逍遥的《回声》，凌舒的《“小祖宗”和“小宝贝”》；也有以幻想的童话世界表现幼儿现实生活或者心灵世界的剧作，或者直接从童话改编而来的幼儿话剧，熊塞声的《骄傲的小燕子》，方园的《“妙乎”回春》，柯岩的《小熊拔牙》等都是其中的代表作。

（二）幼儿歌舞剧

幼儿歌舞剧是综合音乐、诗歌、舞蹈等艺术，以歌唱、舞蹈为主要表现手段，不用台词或者辅以少量台词的戏剧样式。幼儿歌舞剧由于载歌载舞，气氛欢快热烈，深受幼儿欢迎。黎锦晖的名作《麻雀与小孩》《三只蝴蝶》《小画家》，乔羽的《果园姐妹》，金近的《兔妈妈种萝卜》，柯岩的《照镜子》等都是幼儿歌舞剧的代表作。

（三）幼儿木偶剧

幼儿木偶剧是演员操纵木偶进行表演的戏剧形式，是一种最富儿童色彩的传统戏剧形式。演员控制特制的木偶表演各种动作，并有对白和歌唱。演出时，演员在幕后一边操纵木偶，一边说对白，并配以音乐。木偶剧具有独特的木偶情趣，可以表现人在舞台上做不到或难以做到的动作，又因无法惟妙惟肖地模仿真人的动作而产生滑稽夸张的“木偶”效果，这使善于幻想和“物我不分”的幼儿特别喜欢。

木偶剧对演出条件要求不太高，不需要动用很多的人力物力，只需少数会操作木偶的演员和木偶道具就能演出，而演出效果不会降低，同样可以使幼儿得到思想品德教育，语言、知识和艺术的熏陶。因此，木偶剧在幼儿园艺术教育中得到了广泛的运用。

图 7-1　木偶剧《石三伢子》剧照

木偶剧最适合表现童话剧。孙毅的《五彩小小鸟》、沈慕垠的《老公公种红薯》等都是为幼儿创作的木偶剧。而木偶剧《石三伢子》（图 7-1）则用生动活泼又极具乡土民俗风情的木偶表演，将毛泽东少儿时期善良、勇敢、志存高远的形象演绎出来。

根据制作和操作方式不同，木偶可分为布袋木偶（掌中操纵）、提线木偶（操纵者在上方）、杖头木偶（操纵者在低处），以及这三者的综合运用。幼儿木偶剧多采用布袋木偶和杖头木偶，因为它便于制作，也便于让幼儿学会操纵。另一种木偶表演形式，是人偶结合或者人偶同台演出，如《一只小黑猫》中的老爷爷由演员扮演或由演员戴老爷爷的面具表演，小黑猫和老鼠则由演员操作木偶来表演。

（四）幼儿皮影剧

皮影戏（图 7-2）又称“影子戏”或“灯影戏”，是我国特有的一种戏剧艺术，也是一种图案艺术。它是用纸、羊皮、牛皮、铁皮等材料，经过绘画、剪制和雕刻，制作成各具形象的皮影人物，利用灯光把这些人物的造型照在纱幔（屏幕）上，映出影子，再给它配上音乐与对白，表演出各种戏剧情节的艺术。它最大的特色是其侧面影像（五分脸或者七分脸）有影无形，像雾里看花，似有似无，具有一种朦胧美。这种艺术形式老少皆宜，尤其受幼儿的欢迎。幼儿皮影剧代表有《龟与鹤》《狐假虎威》等。

图 7-2　皮影戏表演

（五）幼儿广播剧

幼儿广播剧是适应电台广播的需要而产生的一种艺术形式。幼儿广播剧与其他借助舞台表演的戏剧的最大区别在于幼儿只能凭听觉进行欣赏，因此，戏剧角色间的对话和旁白解说成为推动剧情发展的主要手段，还要充分运用音乐伴奏、音响效果来烘托气氛。幼儿广播剧要求语言表达清晰生动、富于动作性，注重用语气、语调表达情感；配乐应当富有特色，能恰如其分地烘托意境；解说词应当帮助幼儿了解剧中情景和人物的动作状态。由于失去视觉这一媒介，幼儿广播剧在展开情节时获得了更大的时空自由，能充分调动幼儿的想象力。

◎技能指导

一、幼儿戏剧鉴赏

幼儿戏剧是一门综合的艺术，本书所说的幼儿戏剧鉴赏，是从戏剧文学的角度，对戏剧剧本进行阅读赏析。

（一）把握冲突，明确主题

戏剧冲突是戏剧的核心，是展现人物性格，推动剧情发展，揭示作品主题的重要手段。因此，欣赏戏剧的关键就是要把握住戏剧冲突。

幼儿戏剧的冲突一般较为单纯，常常是幼儿生活中充满幼儿情趣的矛盾——幼儿与客观世界的认识矛盾、理解错位以及朋友间相处时所发生的日常矛盾。幼儿戏剧的主题有对人有礼貌、珍惜友谊、互相帮助等基本道德培养以及对善与恶的认识等内容。

因幼儿注意力易分散，创作幼儿戏剧时作者会较集中地展现戏剧的冲突。而鉴赏戏剧时应尽快理清冲突的内容是什么，它是如何产生和发展的。理清戏剧冲突的发展变化过程就是鉴赏戏剧的情节结构的过程，进而深入领会作者所要表达的主题思想。

如黎锦晖的歌舞剧《麻雀与小孩》，讲述一个小男孩把一只嗷嗷待哺的小麻雀带回了家，让麻雀妈妈着急又悲伤地到处寻找的故事。最后小男孩想到自己的妈妈着急地找自己的情形才醒悟过来，将小麻雀送回麻雀妈妈身边。在这部作品中，冲突体现在小男孩的认知矛盾：小麻雀在家里不用风吹日晒，而且有粮食和小虫吃，可是“你为什么总想跑呢？”“为什么也不给我唱？”而麻雀妈妈发现自己的孩子不见了，内心是焦急担忧：“莫非撞见老死猫？还是那老鹰把她叼？往何处找？”二者围绕小麻雀的正确归属问题进行的心理活动成为戏剧冲突的焦点。最后，小男孩不仅放走了小麻雀，而且认识到虽然自己的出发点是为了小麻雀好，却忽略了小麻雀的主观意愿和麻雀妈妈的感受。剧作表现出仁爱、诚实、善良的主题，也表达了人与自然和谐共处的思想。

（二）欣赏戏剧语言

戏剧语言是构建剧本的基础。戏剧语言是人物心理活动与行为动作的外现，由此展开戏剧冲突，塑造人物形象，揭示戏剧主题。戏剧语言包括舞台提示和台词。舞台提示是一种叙述性的语言，主要用来说明人物的动作、心理，剧情发展的布景环境，人物之间的关系等，能直接展示人物的性格和戏剧的情节。舞台说明提示虽然是戏剧文学不可或缺的组成部分，但主要起辅助说明的作用。因此，鉴赏戏剧主要是品味台词。

品味台词，应关注以下两点：第一，抓住人物语言动作化、口语化和个性化的特点；第二，品味人物语言中蕴含的丰富的潜台词。剧本语言暗藏没有直接、明白表达出来的言外之意、弦外之音。优秀的台词往往意蕴丰富，耐人寻味，给人以深广的想象空间，能起到一石多鸟之效。如《小熊请客》中狐狸有段独白："哼！又是一个坏东西！（想了想）你们不带我去，我自己去。"这段独白暗示了剧情的后续发展。

（三）分析人物形象

幼儿戏剧所塑造的人物是否真实可信，是否有鲜明的个性，对人物的描写是否准确生动，是评价戏剧好坏的重要标准。幼儿戏剧通常注重塑造鲜明生动的人物，剧中人物大都是具体的、有血有肉的、有性格的人。幼儿戏剧中人物的感情色彩要更为强烈，这样能在很短的时间内给读者感情上的影响。在鉴赏幼儿戏剧时应侧重分析剧中人物之间的关系、人物之间的对比与陪衬等。

幼儿戏剧短小，刻画人物注重抓住某个侧面来反映其某方面的特征，而不太注意性格特征的全面性。但就其表现出来的某一瞬间或者某一片段来说，却是丰满而鲜明的，具体而生动的。人物的独特性指人物形象具有幼儿心理、幼儿情趣、幼儿幽默，所拟动植物的物性与人性结合完美，是立得起来的活生生的、独一无二的形象。如丁曲的《狐狸下蛋》中的小鸡就是一个丰满的形象：他知道狐狸狡猾，不相信狐狸的谎言，可又有着极强的好奇心，很想看看狐狸下蛋的新鲜事，因此不顾小鸭的反对坚持要过河去看狐狸下蛋，甚至还误会小鸭的好意，以为小鸭拦着他是想自己先睹为快，最后在事实面前才醒悟，真有点"小肚鸡肠"的"鸡性"。小鸡在那一个情节里的语言和行动所表现出来的性格特征是独特而丰满的，作者所要表达的让幼儿学会辨别真言与伪语，遇事善动脑筋勤思考、不轻易上当的思想主题也因此得到了彰显。

二、幼儿戏剧改编

幼儿戏剧的改编主要指选取其他文学作品，如诗歌、散文、童话、故事、图画故事、寓言、小说等的内容为题材，将原本单纯诉诸听觉或视觉的文学作品改编成集语言、音乐、舞蹈、绘画、表演等艺术形式为一体的综合性戏剧，供幼儿表演和欣赏之用。

（一）精心选择适合幼儿的剧本题材

因幼儿戏剧舞台表演受时空的限制，剧本情节要紧凑集中，戏剧矛盾要单纯突出，所以，并不是所有的文学作品都能改编成戏剧剧本。改编前一定要选那些人物形象鲜明生动，故事情节连贯，矛盾冲突紧张曲折，结构线索比较单纯，场景变化相对集中的故事进行改编。当然，作品的趣味性、感染力也是选择时必须考虑的因素。

如故事《小猫钓鱼》，以钓鱼为线索，情节完整。故事里小猫又想钓鱼又想去抓蝴蝶，扑捉蝴蝶的同时又不能钓鱼，构成了矛盾冲突，很有戏剧性。这样的故事就比较适合改编成幼儿戏剧。

（二）按幼儿戏剧的要求进行再创作

改编是一个再创作的过程。改编时既要尊重原作的主题、情节、人物，不随意增删，又要根据舞台演出的要求进行必要的改动。改编剧本的基本要求包括以下两点：

第一，原作的叙述性内容要尽量转化为人物的台词、动作和舞台提示。如环境描写改为舞台布景，人物的身份介绍、行动路线（含上下场）、表情动作、感情交流等改为剧中的舞台提示，有的则可以写进台词里。

第二，为角色设计典型化的戏剧动作，穿插必要的游戏舞台，包括观众可参与的游戏舞台。语言动作化是幼儿戏剧的一大特点，改编时要提炼台词，使它富有个性，富有动作性。

（三）戏剧文本的书写要规范

剧本语言是戏剧艺术创作的文本基础，是导演、编导与演员共同完成演出的依据，主要由台词和舞台提示组成。台词是剧中人物所说的话，包括对话、独白、旁白。舞台提示是剧本里的说明性文字。舞台提示包括剧情发生的时间、地点、服装、道具、布景以及人物的表情、动作、上下场等。写作剧本应注意如下书写规范。

1. 台词

台词包括话剧、歌舞剧的台词。话剧台词分为对白、独白和旁白。对白指的是角色间的对话。独白指的是台上角色独自说的话，用“独”提示。旁白指的是角色或者其他剧中人对观众说的话。歌舞剧台词就是剧中对唱、独唱、旁白的歌词。书写时，角色称谓与台词之间不加冒号，用空格表示即可，不用加引号。

2. 舞台提示

舞台提示包括人物提示、场景提示和角色提示三方面。人物提示包括介绍角色姓名、性别、年龄、身份、个性特点等，要放在标题下面。场景提示包括时间、地点、布景、角色上下场的说明，常用“【　】”标示。角色提示是对人物对白、独白、旁白、演唱时的表情动作、内心状态的具体提示，常用“（　）”标示，放在对白、旁白、独白、唱词的前面、中间或后面。

三、幼儿戏剧教学活动

【教学活动案例展示】

三只小鸡

听说村子外面的一块草地有不少好吃的虫子，三只小鸡想去那里找食吃。

可是草地在哪个方向呢？他们不知道。

小黑鸡肚子饿了，“叽叽”地叫着闯进牛栏，飞到老牛身上。他大声嚷嚷：“喂，快告诉我，草地在村子哪一边？”

老牛正闭着眼睛嚼草，被小黑鸡吓了一跳，“哞”地叫了一声：“谁跳到我身上啦？快走开！”

小黑鸡见老牛不肯告诉他，心想也许在西边，就向村西边跑去。

小白鸡扑打着翅膀跑进了牛栏，飞到拴牛的树桩上，粗声粗气地问："老牛，快告诉我，草地在村子哪一边？"

老牛慢慢睁开眼睛，瞪了小白鸡一眼，一句话也没说。又闭上了眼睛。

小白鸡没办法，心想也许在南边，就向村南跑去。

小花鸡走到牛栏边，轻轻地敲门："可以进来吗？"

老牛忙起身回答："请进来！"

小花鸡走进牛栏，敬了一个礼："牛伯伯，您好！请问草地在村子哪一边？"

老牛笑眯眯地说："在村子东边。出了村穿过小石桥就是草地，我常在那里吃草。"

小班语言活动：三只小鸡（文学活动）

【活动目标】

1. 熟悉故事内容，理解角色的性格特征，能用语言、动作表现角色。
2. 学习正确使用道具材料布置场景。
3. 学会与同伴协商合作，分享、体验共同表演的乐趣。

【活动准备】

1. 经验准备：熟悉故事内容，并能用语言和动作生动地表现角色。
2. 材料准备：桌椅若干，三只小鸡头饰、老牛头饰若干，大纸箱，故事音频。

【活动过程】

一、谈话引题，组织讨论，激发兴趣

1. 师：小朋友们有没有见过小鸡和老牛呢？你们喜欢它们吗？
2. 师：三只小鸡和一只老牛发生了什么事？小朋友想知道吗？请听老师讲一个故事。

二、教师通过提问帮助幼儿理解故事内容

1. 小黑鸡碰见老牛时，他怎么说？老牛是怎么回答的？
2. 小白鸡碰见老牛时，他怎么说？老牛是怎么回答的？
3. 小花鸡碰见老牛时，他怎么说？老牛又是怎么回答的？
4. 小花鸡为什么能找到草地？小黑鸡和小白鸡为什么找不到？

三、用不同的表情和动作表现富有个性的角色

讨论：有事请求别人帮助时，该怎么做？

四、师生共同讨论场景的设置和材料的使用

1. 教师介绍要用到的道具材料。
2. 师幼共同讨论场景的设置：草地、小桥、牛栏等。

五、进行幼儿戏剧表演

1. 幼儿自主协商角色分配。（角色的分配应共同商议，对有争执的角色应互相谦让或想办法解决。）

2. 师幼共同表演。

【活动延伸】

家园共育：小朋友回家和爸爸妈妈一起表演《三只小鸡》的故事。

◎实践任务

任务一：幼儿戏剧鉴赏

任务目标：掌握幼儿戏剧鉴赏的方法。

任务材料：剧本《"妙乎"回春》。

任务要求：

1. 两个学生分为一组，一起讨论鉴赏作品。
2. 共同讨论后，写出赏析内容。

任务二：幼儿戏剧改编

任务目标：能够熟练掌握幼儿戏剧改编的方法。

任务材料：绘本《我的幸运一天》。

任务要求：

1. 将绘本故事《我的幸运一天》改编为幼儿戏剧。
2. 格式书写符合戏剧文本规范。

◎经典推荐

一、经典幼儿戏剧作家推荐

（一）黎锦晖

黎锦晖（1891—1967），湖南湘潭人，儿童歌舞音乐作家，中国流行音乐的奠基人，"黎氏八骏"之一。自幼学习古琴和弹拨乐器。家乡民间音乐，湘剧、花鼓戏、汉剧等戏剧音乐对他影响至深。"五四"新文化运动时期，黎锦晖致力于改革语言文字，创造新教育和新文化，并创造了用音乐推广国语的独特方式。创作有《可怜的秋香》《好朋友来了》《谁和我玩》《吹泡泡》等 20 多首儿童歌舞表演曲，《麻雀与小孩》《葡萄仙子》《小小画家》等 11 部儿童歌舞剧。他开创了近现代儿童歌舞表演和儿童歌舞剧的崭新体裁，被誉为"中国儿童歌舞剧之父"。

《麻雀与小孩》是黎锦晖代表作之一，是其写作最早、修订时间最长的一部儿童歌舞剧。该剧歌词全部采用口语，动作模仿生活常态，将儿童道德品质的培养隐含在生动感人的寓言故事里，易于演出和吸引小观众。作品采用旧曲填词的方法，引用了《苏武牧羊》《银绞丝》等民间曲调；"飞飞舞"则配合歌曲形象，准确地表达了作品主题，流传久远。黎锦晖的儿童歌舞剧一般采用童话的方式，向幼儿传达真、善、美的道德情操，其中的歌曲大都亲切、好唱、好记，加以优美的舞蹈动作和真实的表演，对幼儿有很强的吸引力。

（二）张天翼

张天翼（1906—1985），原名张元定，字汉弟，号一之，笔名张天净、铁池翰，祖籍湖南湘乡，出生于南京。1926 年入北京大学预科，开始用张天翼一名写作，同年年底加入中国共产党。不久退学，先后任家庭教师、记者、编辑办事员、文书等职。1931 年加入中国左翼作家联盟，抗战爆发后，一直从事抗日救亡工作和文艺活动。1949 年后历任中央文学讲习所副主任、中国文学艺术界联合会委员、中国作家协会书记处书记、《人民文学》主编等职。张天翼既是我国著名的现代作家，又是很有成就的儿童文学家。著有长篇童话《大林和小林》《宝葫芦的秘密》《秃秃大王》，中篇小说《奇怪的地方》等，寓教育于生动活泼的故事讲述中，推动了中国儿童文学的发展。

1954 年，张天翼的儿童小说《罗文应的故事》获全国少年儿童文艺作品一等奖。《秃秃大王》和《大林和小林》被誉为继叶圣陶《稻草人》后中国童话史上的第二个里程碑。《宝葫芦的秘密》是中华人民共和国成立以来我国童话创作中的两项重要收获之一。为表彰他对我国儿童文学事业作出的贡献，第二届全国少年儿童文艺创作评奖授予张天翼荣誉奖。

（三）柯岩

柯岩（1929—2011），满族，原名冯恺，出生于河南郑州，当代儿童文学作家、诗人。她的幼儿文学作品主要有幼儿诗歌和幼儿戏剧。柯岩的幼儿诗歌极富幼儿情趣，情节曲折，具有很强的戏剧性，著名的有《“小兵”的故事》《小弟和小猫》《我的小竹竿》《坐火车》等。她创作的幼儿戏剧，因为游戏味浓厚，贴近幼儿生活和情趣而深受幼儿喜爱，如歌舞剧《照镜子》、话剧《小熊拔牙》《红灯、绿灯和警察叔》等都是幼儿戏剧中的精品。

柯岩的《小熊拔牙》被誉为幼儿童话剧的典范。故事情节生动、有趣、紧凑，讲述了小熊偷吃零嘴甜食，不得不靠各种小动物帮助拔牙，众人告诫小熊以后不要挑食，要好好刷牙。

（四）坪内逍遥

坪内逍遥（1859—1935），原名坪内雄藏，日本小说家、剧作家、评论家、翻译家。坪内逍遥从父亲那里学到了汉学。受到母亲的影响，11 岁左右在租书的小店大量阅读读本、草双纸之类的江户戏作、俳谐。初在私塾读中国古籍，继入外语学校学英语。曾任东京专门学校（早稻田大学前身）讲师。1885 年发表《小说神髓》，提倡新的写实主义文学，这是日本第一部重要的近代文学评论集。他为实践自己的主张而创作的长篇小说《当世书生气质》，用写实主义手法写当代学生生活，成为明治时代现实主义文学的先驱者。“小说”一词在日本普遍使用，乃自坪内逍遥提倡开始，相关概念传入中国，影响中国政治小说的发展。他编写的三集《家庭用儿童剧》,《学校用小剧本》等，对日本儿童剧的发展起了很大作用。1928年为庆祝坪内七十寿辰，并表彰他以戏剧运动为中心的在文艺上的多方面功绩，为他创立了戏剧博物馆。

二、经典幼儿戏剧推荐

（一）黎锦晖《麻雀与小孩》

第一场　教学

（开幕后，奏乐，老麻雀在前，小麻雀在后，一齐按大开门曲用轻快的跑跳步从台的右方上场。）

二雀合唱　飞飞飞飞飞飞，这个样子飞飞，飞飞飞飞，这个样子飞飞飞飞，慢慢飞。这边飞来，那边飞去，飞飞。

老雀唱　要上去就要把头抬。要转弯尾巴摆一摆。要下来斜着飞下来，照这样子飞到这里来！

小雀唱　来！

二雀合唱　飞飞飞飞飞飞，这个样子飞飞，飞飞飞飞，这个样子飞飞飞飞，慢慢飞。这边飞来，那边飞去，飞飞。

小雀唱　照这个样抬头向上飞，照这样转弯摆摆尾，照这样斜着向下飞，这个样子飞得对不对？

老雀唱　对！

老雀唱　你不要慌，你不要忙，飞了上去，要提防，老鹰老鸹很可怕，坏心肠，那你要提防。也有那猫大王，还有那蛇大娘，他们都能够爬上墙，他们都能够爬进房。你要时时刻刻放在心头上，我的女儿呀！

小雀唱　我的妈妈呀！

二雀合唱　喳叽喳叽喳叽喳叽喳叽叽叽喳。

老雀唱　我且去，打食呀，即刻就回家，喳叽叽叽喳。

（老麻雀唱完下场。小麻雀立在场中观望。小孩轻步上场。）

第二场　引诱

小孩唱　小麻雀呀！小麻雀呀！你的母亲，哪里去了？

小雀唱　我的母亲打食去了，还不回来，饿得真难受。

小孩唱　你是我的小朋友，我是你的好朋友，我家有许多小青豆，我家有许多小虫儿肉，你想吃东西和我一同走，我的小朋友。

小雀唱　我的好朋友。

小雀小孩合唱　走吧，走吧，走吧，走吧，走哇走哇走。我们是，好朋友，大家牵着手，走哇走哇走！

（小孩牵小麻雀从左方下场。老麻雀从右方上场，正得意理其食物，先含笑向四方寻找小麻雀。）

第三场　悲伤

（老麻雀寻女不见，先惊疑，再着急，再恐慌，后悲伤。一层层地表示出感情来，即用上曲舞蹈）

老雀唱　哎呀。不好了！女儿不见了。娇娇女儿年纪小，飞飞不会高飞上树梢。渺渺茫茫路远山遥。往何处找？静悄悄剩着空巢。时光不早，好不心焦！

（老麻雀唱到“往何处找”句，小孩偷偷地上场，躲在一旁观看，她唱到末句时，小孩轻轻地走近前来慰问。）

第四场　慰问

小孩唱　老麻雀，请你告诉我，你为什么这样不快乐？你为什么不进你的窝？你为什么叽叽地叫着？

老雀唱　我的小女儿，今天不见了。不知道飞到什么地方去了？有谁人给她东西吃。到夜里，有谁人招呼她睡觉。今天不回来一定活不了！

（老麻雀唱完转身向左，颓然跪下，以掌掩面。）

第五场　忏悔

小孩唱　这事做错了，越想越不应当。可怜那麻雀独自哭哭啼啼的多么悲伤！将心来比心，大家是一样，假如我不见了，我的母亲怎么样？一定要发狂，整天啼哭不能起床。再想我自己，关在一间屋子里，到了那时，也是哭哭啼啼的不由你不着急！

现在两只麻雀，母女两分离，叫不息，飞不息，两条性命都在我手里。再不放出来，我的良心也不依。

（小孩唱完上曲，立即从左方下场，将小麻雀带出来，小麻雀跟在小孩身后，低头走着，小孩忙向老麻雀接唱下歌。）

小麻雀你快来，我真对不起你。你的姑娘就在这里，请你抱回去。

第六场　团圆

老雀唱　可怜呀我的小宝宝，你的身体好不好？把我急坏了！

小雀唱　我的妈妈，我的身体好。这位小先生，和我很要好。小青豆，小虫儿，吃了一个饱。有吃有喝，可是关住了！玻璃窗，关得牢，谁都不能跑，我的妈妈呀！喏，幸亏这位先生开了房门带我出来了！

二雀合唱　幸亏这位先生开了房门带你（我）出来了！

老雀唱　我的女儿关在你的家，谢谢先生搭救她，此恩要报答。

小孩唱　麻雀奶奶，你说哪里话！原来我不好，骗她到我家。害苦了你两位险些急煞。该打，该骂，请你原谅吧！

二雀合唱　仁爱心，诚实话，品格很可嘉，不要客气呀！看！这时候，月明风静，草软花香，大家跳舞吧！

三人合唱　这时候，月明风静，草软花香，大家跳舞吧！

（二）张天翼《大灰狼》（节选）

人物 两只喜鹊（小甲和小乙）

大灰狼

妈妈

大妞（12 岁）

二妞（9 岁）

三妞（6 岁）

（幕还没开。两只喜鹊——小甲和小乙——一面“qia qia qia”地叫着，一面蹦蹦跳跳地上场。）

小甲 小乙，咱们来讲故事吧。我讲一个故事给你听。

小乙 什么故事？

小甲 大灰狼的故事。

小乙 大灰狼的故事——噢，我知道，我知道！我妈妈给我讲过。那个大灰狼可坏呢，不是吗？那个地方上的人，大家全都防着他。

小甲 可不是？那个地方上的狼都打没了，就只剩下了一条狼——

小乙 就是那条大灰狼。那条大灰狼可狡猾着呢，躲来躲去净躲着人。后来，找哇，找哇，老找他不着。

小甲 （不满意）谁找他呀？谁呀？还是听我说吧。你不知道，还有一个猎人呢，叫做——

小乙 叫做李大伯。

小甲 不价，叫李大爷。

小乙 不价，叫李大伯。李大伯还带了几个徒弟。

小甲 不价，叫李大爷。李大爷就带着那些个徒弟，要去打那条大灰狼，可是还没打着。

小乙 不价，叫李大伯。我全知道。后来有一天，王大婶家不见了一只羊羔。

小甲 可是这只羊羔怎么不见了的？是谁把它偷吃了的？——这你全都忘了说了。还是我来说吧。

小乙 哎哟，你净打岔，还说别人忘了说！那不是大灰狼偷去的么？不是么？

小甲 可是你说不明白。还是听我说吧。

小乙 不价，你知道的可没我多。

小甲 不价，我来给你说。

小乙 不价，我来给你说。

（两只喜鹊正在争执，小甲忽然看见了台下的观众，吃了一惊。）

小甲 哟，你瞧！

小乙 （看看台下，也吃了一惊）哟，这么多人坐在这儿呢！

小甲 干么呀，他们？

小乙 （仔细看看）哟，他们都瞧着咱们呢。

小甲　真的！（停一下）噢，我知道了。他们等着你表演呢。

小乙　胡说！我会表演什么？

小甲　你会！你会讲故事，你会讲大灰狼的故事。

小乙　嗯，我才不会呢。刚才不是你要说这个故事的吗？

小甲　可是我说不明白。还是听你说吧。

小乙　不价，我知道的可没你多。

小甲　不价，你来给大家说。

小乙　不价，你来给大家说。

小甲　（停一下）瞧你！别人没让你表演，你净抢着要表演。别人欢迎你表演了，你可又害起臊来了。

小乙　那么你呢？你不是也有这么个毛病？

小甲　（踌躇一会，下了决心）我说小乙，咱们还是好好儿给大家讲故事吧。来，勇敢点儿！

（两只喜鹊小声商量了一阵，小甲刚要开讲，后台可有一群喜鹊噪起来。七八嘴舌嚷着："哈，小甲小乙在这儿呢。""呵，他们正要讲大灰狼的故事呢。""得了得了，不用讲了，大灰狼自己上场来了：瞧，那不是？"于是台上两只喜鹊叫着唱着下场。灯光暗了下去。幕开。）

第一场

【山谷里，靠左有一条弯弯曲曲的小路。】

【在看不见的地方，有画眉儿的叫声，叫一句，应一句：不知道是两只画眉对唱呢，还是山谷的回声。有什么鸟儿飞离枝头，听见树叶沙的一声响。还夹着"咕咕！"——"咕咕！"】

【可是忽然喜鹊们"qia qia"地插了进来，从远到近，就把山谷里的歌声给打断了。】

【这群喜鹊吵得很：简直分辨不出他们是在谈天呢，还是在叫嚷。可是台上只看见两只喜鹊——小甲和小乙，停在一棵树上。其余的，我们只听见他们的声音。有一个最高音："他来了！他来了！"

"哪儿？哪儿？"

"对了对了，那不是？"

喜鹊们的声音小了起来，只是在喊喊喳喳。

"别吱声！咱们都躲起来，听听他说什么。"

渐渐静了下来。可是还有谁忍不住——"嘻嘻！"

"别笑！"】

小乙　只有我没吱声。

小甲　嘘！你这不就是吱了声了？

小乙　我吱声了吗？

小甲　嘘！说话就是吱声。所以就不应当说话。你得记住这个道理：该说话的时候才说话，该不说话的时候就得闭着嘴。现在就该闭着嘴，像我一样。懂吗？要是不闭着嘴……

小乙　那么你呢？

后台　嘘！

【大灰狼上。他四面张望着，生怕遇着人。只要听见一点响动，他就得吓一跳，疑神疑鬼地东看看，西看看。他试探地向左方走去，忽然发现那里有一条小路，又赶紧缩了回来。竖起耳朵听听。很静。正在这时候，什么地方画眉儿叫了一声。】

大灰狼　这是什么鸟！——就那么爱叫！（向小路那方张望张望）还好，没人听见。（对着画眉叫的方向）你想引人注意，把人引到这儿来发现我，是吧？可是你有什么好处，我问你？

【别处又有一只画眉儿的应声。大灰狼向那个方向瞪了一眼。】

大灰狼　（咕哝）净是些坏东西！净跟我过不去！

【静了一下。一阵微风吹过，树叶簌簌地一阵响。】

大灰狼　（一跳）嗯，留神！（听听，嗅嗅。点点头）好，风儿我记住你！连你都要做我的对头！

【大灰狼聚精会神地听了一会儿。又没有动静了。】

大灰狼　真得处处提防！谁都对我不怀好意。连我自己的肚子都不跟我好了。只要我一睡下，我的肚子就“咕咕咕”地叫，把我吵醒。我对它还是挺和气的，我问它：“肚咋肚咋，你闹什么？”我肚子就说：“哼，还问呢！你不摸摸，看我瘪成个什么样儿！我要吃羊，没羊。我要吃牛，没牛。跟你当肚子可真倒透了楣，还不如去跟小耗子当肚子呢。”

声音　Gegegege！

大灰狼　谁！（仰起头来四面看了一会。发现了）呸，这小啄木鸟！你笑什么？难道你还比我强？

【大灰狼轻蔑地掉过脸去，不理他。坐下。四面张望一会儿，听听。打个呵欠。瞌睡来了。】

声音　咕咕！（大灰狼猛地睁开眼睛，侧着脑袋用心听着）咕咕！

大灰狼　哼，又是哪个小鸟儿！我当我肚子真的又叫起来了呢。可是我的肚子的确有点泄气。我跟它说来的，我说：“干什么是去跟小耗子当肚子？有什么意思？跟狼当肚子才威风呢。”我肚子就说：“威风威风，里面空空。你要是学学小耗子偷东西，比净做狼还好一点儿呢。”

后台　嘻嘻！

大灰狼　（跳起来退了两步）又是谁？（用眼睛四面找了一会儿）可不能大意！到处都有我的敌人。

小乙　哈，去学小耗子！

大灰狼　（看见了）噢，噢！当是谁呢。你——我可不怕。

小甲　学学小耗子偷东西，嘻嘻！

大灰狼　谁学小耗子？狼那么伟大，去学小耗子？小耗子能算什么！不说别的，耗子洞就只那么一点点大，狼进得去么？

小甲 怎么，你还想住现成的耗子洞么？

小乙 对了。你要学小耗子那么偷人家东西，先就得学小耗子那么打洞。

大灰狼 呸，你们净侮辱我！“学小耗子那么打洞”！什么话！一个威风凛凛的狼——教他偷偷儿溜进别人家里，到墙脚下去吭哧吭哧打地洞，这能行么？洞一打，别人一开门就得瞧见：“咦，这是什么？”那怎么办，你们说？不说别的，人家房间里好好儿的——可忽然来了这么挺老大个的大窟窿，也不十分雅观哪。那不是又得怪我？

小甲 那么，他还学不了小耗子。

小乙 那么，他比小耗子还不如。

大灰狼 （狠狠瞧了他们一眼，可是没办法）你们敢下来么？你们敢来跟我斗么？

小甲、小乙和后台的喜鹊们 （七嘴八舌）怎么不敢？敢！敢！咱们跟他斗！

小甲 啄他！

小乙 啄他耳朵！

小甲 不价，该啄他眼睛。

小乙 不价，还是啄他耳朵。

大捉狼 慢着！慢着！（停一下）咱们先得把规矩说好。要斗——就得在地上走着斗，谁也不许飞。谁飞，算谁输。

小甲 那不干！干么不许飞？

小乙 咱们偏许飞！

大灰狼 这可不公平。要是许飞，那我怎么办呢？我又没有翅膀。你们这些个鸟儿啊，哼，就都有这么一种可恶的坏习惯，一个不留神就呼儿的一声飞掉，让人家扑个空。这简直是一种很不道德的行为。让鸟儿长出一对翅膀——这根本就不合理！

（小甲和小乙答不上来，你看看我，我看看你。后台喜鹊们也嘁嘁喳喳议论起来。）

小甲 咱们怎么办呢？

小乙 你看呢？

小甲 不许飞——咱们就只能待在地下让他来抓，让他来咬。

小乙 那不行。要不许，就都不许。也不许抓，也不许咬。谁抓了咬了，算谁输。

大灰狼 什么！“也不许抓，也不许咬”？要斗——当然就得抓，就得咬。

小甲 这可不公平。要是许抓许咬，那我们怎么办呢？

小乙 我们可没有你那号爪子，也没有你那号牙。

大灰狼 那活该！什么公平不公平！谁让你们没有那号爪子那号牙的？谁没有，谁认定倒霉。我反正照我的习惯做：要抓就抓，要咬就咬。哼，还想破坏我的习惯呢！——这简直是一种很不道德的行为！

小甲 那咱们就飞，叫他抓不着，叫他咬不着。

小乙 那咱们就飞来飞去地啄他耳朵，顺便——我同意啄他眼睛一下。

大灰狼 啊哈，你们这批小鸟儿！真的要跟我斗，啊？（看看形势）得了吧，我还是饶了你们。要是真的斗了起来，别人就得笑话我：“大狼和小鸟儿打架！”

这成什么话！（走开）

小甲 嗨，别逃！转来！

小乙 让他逃吧。让他先跑五里。

大灰狼（停步。回过头来，斜着眼睛看着树上）让我先跑五里？

……

（三）柯岩《小熊拔牙》

人物 狗熊妈妈
小狗熊娃娃
小白兔医生
小黄狗
小花猫
大尾巴松鼠
美丽的小鸟

妈妈 我是狗熊妈妈。

小熊 我是狗熊娃娃。

妈妈 我长得又胖又大，

小熊 我就像我妈妈。

妈妈 妈妈要去上班，

小熊 小熊在家玩耍。

妈妈 不对，你要先洗洗脸……

小熊 嗯嗯……好吧，洗一下。

妈妈 不对，你还要刷牙……

小熊 嗯嗯，好吧，刷一下。

妈妈 不对，要好好地刷。还有……

小熊 还有，还有……什么也没啦！

妈妈 不对，想想吧！……不自己拿饼干？
……不自己拿……

小熊 好啦，好啦，都知道啦——不自己拿饼干，不自己吃甜瓜；不许抓糖球，还不许打架……

（小熊用脑袋把妈妈往门口顶，妈妈疼爱地戳一下他的额头，出去了。）

小熊 妈妈上班了，啦啦啦，现在我当家，啦啦啦；先唱个小熊歌：1、2、3、4，喳呀呀呀，呀。再跳个小熊舞：5、4、3、2，蹦蹦蹦蹦，跶！

小熊 唉呀！答应过妈妈洗脸呀。先洗洗小熊眼，再擦擦熊嘴巴；熊鼻子抹一抹，熊耳朵拉两拉；熊头发梳三下，嗯，就不爱刷牙。那——那就不刷吧！
饼干拿一叠……唉！答应过不吃它。糖球抓一把……唉！也答应不吃它。这罐甜蜂蜜，哈！没说过不吃它。这筒果子酱，哈，妈妈也忘了提它。

先吃一匙蜜，再来它一匙酱，哈，多鲜哪！哼！匙子才舀一点点，不如盛一盘，越吃越想吃，干脆添一碗。一匙，一盘，一大碗，吃完挨个儿舔三舔……

小熊吃得真高兴，小熊吃得肚子圆，啦啦啦，甜到舌头底，啦啦啦，甜到牙齿尖。咦，咝，咝，咝，——怎么甜变了酸？酸到舌头底、酸到了牙齿尖。唉呀呀！嘶，嘶，嘶，怎么酸变了疼？疼得没法儿办。哎哟，哎——哟！疼得小熊直打转，疼得小熊直叫唤。

（小白兔上）

兔医生 身穿白衣裳，手提医药箱，每天给人去看病，小兔大夫真正忙。

小熊 大夫，大夫，快来呀！我牙齿疼得像针扎……

兔医生 你先别哎哟，别直着嗓子叫，张开嘴巴来，让我瞧一瞧。哎，你的牙齿真不好，唔，这一颗要补一补，唔，这一颗嘛，要拔掉。你坐好，呀，我够不着，你怎么长得这么高？搬个板凳当梯子，爬上去给你打麻药。你坐好，别害怕，钳子夹牢才能拔！……拔呀，拔呀，拔不动它，唉！你这颗牙齿怎么这么大？！

小熊 唉唷唷，快拔掉，你怎么长得这样——小？！

二人 小狗小狗快快来，

小狗 汪汪汪，我来了。

三人 帮助快把牙拔掉。拔呀，拔呀，拔不动……你这颗牙齿怎么这么重？！

小熊 唉唷唷，快拔掉，疼得小熊眼泪冒。

三人 小猫小猫快快来，

小猫 喵喵喵，我来了，

四人 帮助快把牙拔掉。拔呀，拔，唉呀！（众差一点跌倒）

兔医生 呀！夹碎了……你这颗牙齿都烂透了。

小熊 唉唷唷，快拔掉，疼得小熊双脚跳。

四人 松鼠松鼠快快来，

松鼠 吱吱吱，我来了。

五人 帮助快把牙拔掉。拔呀，拔，还是拔不动，你这颗牙齿可真要命。

小熊 唉唷唷，快拔掉，我实在疼得不得了。

五人 小鸟，小鸟，快快来！

小鸟 叽叽叽，我来了。

六人 帮助快把牙拔掉，拔呀，拔呀，拔不掉，一二，一二，一二，哎哟，哎哟，哎哟总算拔掉了。

兔医生 现在还疼吗？

小熊 嘻，一点儿也不疼了。

兔医生 好，现在涂上一点药，以后牙齿要保护好；不然一颗一颗都要烂，一颗一颗都要这样来拔掉。

小熊 嗯嗯，我不来，嗯嗯，我不干——为什么光叫我牙疼，你们牙齿都不烂？！

兔医生 我们从来不挑食，

小狗 汪汪汪，从来不多吃甜饼干。

小猫　妙妙妙，也不偷把蜂蜜吃。

松鼠　吱吱吱，也不偷把果酱舔。

小鸟　也吃菜，也吃饭；

小猫　也吃鱼，

小狗　也吃蛋，

松鼠　也吃胡萝卜，

小鸟　也吃棒子面……

众　阿姨给什么吃什么，牙齿每天刷几遍。

小熊　那……以后我也不挑食，每天也把牙齿刷几遍。

众　早一遍，晚一遍。

小熊　嗯，早一遍，晚一遍。

众　（示范）这样刷，这样刷。

小熊　（学样）嗯，里里外外全刷遍。

兔医生　说到一定要做到，省得把牙全拔完。

小熊　是！说到一定要做到。

众　省得把牙齿全拔完。

（四）[日]坪内逍遥《回声》（陈政译）

对面是高山，山旁一轩农家，一个孩子和母亲到这里过暑假。

大郎　（五六岁。高高兴兴地跳出来）真高兴！真高兴，妈妈叫干的活儿都干完啦，这回光剩下玩儿啦。（说着，高高兴兴地，这儿那儿地跑跳着。）

大郎　万岁！万岁！

[山那边响起了回声]

回声　万岁！万岁！

[大郎吃了一惊，奇怪地望着。]

大郎　（自语）唉呀！这是谁呀？（大声地）谁在那儿哪……

[山那边重复着。]

回声　……谁在那儿哪？

大郎　（自语）唉呀！山那边也问啦！（大声地）你是谁呀？

回声　你是谁呀？

大郎　我呀，是大郎！

回声　我呀，是大郎！

大郎　我才是大郎哪！

回声　我才是大郎哪！

大郎　不！你不是大郎。

回声　不！你不是大郎。

大郎　是大郎！

回声　是大郎！

大郎 唉呀！你真讨厌！

回声 ……呀！你真讨厌！

大郎 讨厌！

回声 讨厌！

大郎 去你的！

回声 去你的！

大郎 你！小狗。

回声 你！小狗。

[妈妈从窗里探出头来。]

妈妈 大郎！你跟谁那么粗声粗气的……

大郎 （要哭的样子）妈妈！山那边有个坏孩子，净这个那个的学我。

妈妈 那，你跟他说什么啦？

大郎 我跟他说："讨厌！去你的！小狗！"

妈妈 你好好跟他说说试试，他也就跟你好好说啦。可别像刚才那样粗声粗气的啦！啊？[妈妈缩回头。]

大郎 （向山那边）噢依——

回声 噢依——

大郎 别生气啦！刚才我不对啦！

回声 别生气啦！刚才我不对啦！

大郎 咱俩做个朋友吧。

回声 咱俩做个朋友吧。

大郎 你来这儿玩儿吧。

回声 你来这儿玩儿吧。

大郎 到这儿来！

回声 到这儿来！

大郎 我过不去！

回声 我过不去！

大郎 那咱们就这样说话吧。

回声 那咱们就这样说话吧。

大郎 行吗？

回声 行吗？

大郎 好吧。

回声 好吧。

[妈妈又从窗口探出头来。]

妈妈 大郎，吃饭啦，快回来吧。

大郎 哎！（向山那边）我吃饭啦，不说啦！

回声 ……吃饭啦，不说啦！

大郎 再见。

回声 再见。

妈妈 大郎快点呀，你还在那儿磨蹭什么哪！

大郎 妈妈，刚才我照你说的那样，和和气气地跟他说话，那孩子就跟我好啦。

妈妈 嗯，你看是不！你跟人家好好的，人家也跟你和和气气的吧？可得好好记住点儿。来吧，来吧，快回来吧。

◎思考与练习

1. 思考：幼儿戏剧有哪些主要特点主要体现在哪几方面？联系读过的剧本谈一谈。
2. 排演儿童剧《小熊请客》。

探寻八　幼儿影视动画综合实践

◎学习目标

【知识目标】

1. 了解幼儿影视动画的起源、发展、概念与特征。
2. 掌握幼儿影视动画的分类与形式。
3. 熟悉幼儿影视动画的经典作品。

【技能目标】

1. 掌握幼儿影视动画鉴赏的方法。
2. 能够对幼儿影视动画进行欣赏并指导。

【素质目标】

喜欢幼儿影视动画作品，欣赏幼儿影视动画中生动的故事情节和人物形象，提高艺术想象力和审美能力。

◎知识殿堂

一、幼儿影视动画概述

（一）动画的起源与发展

动画是一种综合艺术，集绘画、电影、数字媒体、摄影、音乐、文学等众多艺术门类于一身。最早发源于19世纪上半叶的英国，兴盛于美国。1892年10月28日，埃米尔·雷诺首次在巴黎著名的葛莱凡蜡像馆放映光学影戏，标志着动画的正式诞生，埃米尔·雷诺被誉为“动画之父”。1906年，美国人詹姆斯·斯图尔特·布莱克顿制作出一部接近现代动画概念的影片《滑稽脸的幽默相》，该片被认为是世界上第一部动画片。1908年，法国人埃米尔·科尔首创用负片制作动画影片，从概念上解决了影片载体的问题，为动画影片的发展奠定了基础，科尔也被称作“现代动画之父”。1909年，美国人温瑟·麦凯用一万张图片表现了动画故事《恐龙葛蒂》，这是世界公认的第一部像样的动画短片。

欧洲较少制作动画连续剧，而喜欢在动画电影上进行试验和探索，欧洲的动画作品通常被称为“动画艺术短片”。欧洲动画的创新性突出，不少创作者把哲学、美学的艺术思潮带入动画创作，试图在有限的时间内表达丰富感情和无限哲思。

美国动画在世界动画史上占有重要地位，引领着世界动画的潮流和发展方向。美国动画以剧情片为主，多以大团圆结局，做到了雅俗共赏，适合绝大多数观众的审美口味。动画中的动物形象大都作大幅度的夸张，大头、大眼、大手、大脚，成为被世界各国广泛借鉴的卡通模式。华特·迪士尼逐渐把动画影片推向巅峰，在完善了动画体系和制作工艺的同时，还把动画片的制作与商业价值联系了起来，被人们誉为“商业动画之父”。

日本动画偏好超现实主义题材，常与日式漫画紧密联系。日本是世界动漫强国，其动漫发展的模式具有鲜明的民族特色而不失创新。在科技发达的当下，日本仍然坚持采用传统的手工绘制的方法，致力于动画叙事语言的研究。闻名世界的动画大师有手冢治虫、宫崎骏、大友克洋、押井守、高畑勋等。

中国动画起源于20世纪20年代。1922年，万氏兄弟制造出了中国第一部广告性质的动画短片《舒振东华文打字机》。其后拍摄的动画长片《铁扇公主》更是达到当时的巅峰。中华人民共和国成立后，著名漫画家特伟指导建立了上海美术电影制片厂，大批优秀动画相继出世，如《大闹天宫》《哪吒闹海》等。中国动画始终致力于创作具有本国特色的动画，坚持民族绘画传统，在改革开放以后世界动画的大潮中也未放弃这一宗旨。

（二）幼儿影视动画的概念

现代幼儿生活在一个文化多元的时代，有着广泛的信息接收渠道，如电影、电视、网络等，这都是幼儿感知世界、体验人生和娱乐休闲的有效方式。其中，动画以其独特的艺术形式和艺术魅力，成为幼儿生活必不可少的组成部分。

影视是电影、电视剧的统称，是最为喜闻乐见的大众视听艺术。影视属于综合艺术，它通过摄影、剪辑等多个艺术环节，把美术、音乐、雕塑、建筑、舞蹈、视觉形象与有声文学等联结成为统一的综合体。

动画是一种活动的、被赋予生命的图画，又称为美术片或卡通片。动画的英文为“animation”，意为生气，活力，富有生命力，特指电影、录像、电脑游戏的动画制作或动画片。中文的“动画”一词起源于日本。在二十世纪三四十年代，日本把用线条描绘的漫画式作品称为“动画”，20 世纪 50 年代后，日本则用“动画”来总称包含偶动画、线绘动画等影视作品。近几年来，随着计算机技术的开发和运用，“动画”泛称各种不同制作类型的动画影片形式。中国早期称动画片为“美术片”，现在遵照国际惯例称它为“动画片”。动画是运用绘画、漫画、电影、数字媒体、摄影、音乐、文学等众多艺术表现形式，把原本没有生命（不活动）的东西，制作成电影（或电视），使之成为有生命的东西。动画是电影或电视的类型之一。

幼儿影视动画，是指主要为 3～6 岁幼儿制作的，符合幼儿心理特点，为幼儿所喜爱、理解和接受的，以电影或电视为传播媒介的动画片。

（三）幼儿影视动画的特征

动画片深受幼儿喜爱。动画片所营造的神奇的氛围，所塑造的夸张可笑的人物形象，所讲述的离奇动人的故事情节，无一不吸引着幼儿。动画片也借助现代传媒迅速传播，占领了幼儿审美与娱乐的广大领域，深刻地影响着他们的生活观念。幼儿影视动画以其独特的想象、特殊的制作工艺、特有的传播方式，成就了当今艺术领域的辉煌。幼儿影视动画具有以下特征。

1. 动画形象直观夸张

幼儿影视动画自诞生以来，就塑造了无数或滑稽幽默、或端庄淑雅、或可憎可恨的动画角色造型。在幼儿面前提到动画片，幼儿总是能说出许多他们耳熟能详、超级喜爱的动画角色。动画片中直观、夸张的动画形象是吸引幼儿的要素之一。

动画片中的角色是以简单的线条进行突出，将对象进行变形，夸张地勾画，达到漫画式的造型效果。人物造型如此，拟人化的动物、植物、物品的造型更是如此。创作者运用夸张与拟人的表现手法改变了现实生活中动物的神态和表情，幼儿在观看时发现影视动画中的动植物比真实的动植物更可爱，这不仅消除了幼儿对某些动植物的恐惧，而且增强了他们对这些动植物的亲近感与好奇心。当现实生活中不会说话的动植物以可爱的、有思想的、搞笑的形象出现在幼儿面前时，幼儿对这种造型的新奇和崇拜可想而知。如《哈皮父子》（图 8-1）、《天线宝宝》、《米奇妙妙屋》中可爱的形象已经成为许多幼儿爱不释手的玩具娃娃。此外，动画中夸张、拟人化的造型表现手法突出了某些事物的具体特征，使现实中

图 8-1 《哈皮父子》（陈延炜画）

一些原本不易被幼儿注意和理解的事物，如动物的体型特征、生活习惯以及动植物之间复杂的食物链等，简明、浅显地展现在幼儿面前。

2. 故事情节单纯有趣

影视动画不同于一般的故事片，虽然动画片也在讲故事，但是它在内容上摒弃了繁杂的故事情节和人物关系，采用取巧的方式制造了故事最基本的矛盾冲突。在影视动画的叙事机制里，线索单一，情节简单，矛盾冲突集中，正迎合了幼儿的接受心理，幼儿容易看懂和理解。同时，影视动画还紧贴幼儿生活，从生活中提炼故事，并加入想象、梦幻等元素，大胆改造，使得故事生动、有趣。如《猫和老鼠》中猫和老鼠之间斗智斗勇的情节，无不扣住幼儿的心弦，让幼儿随着情节的发展或喜或忧，或紧张或放松，直到每一集故事结束，幼儿才会如释重负地开怀大笑。

3. 艺术手法充满幻想

幻想性是幼儿影视动画的一个显著特征。幻想根植于生活，往往又对生活作夸张的叙述和描绘而实现升华，因此，幻想中的事物比真实状态下的更活跃，更富有神奇色彩。幻想是幼儿影视动画的魅力所在，有了幻想，幼儿影视动画就能引起幼儿的惊奇感和兴奋感。因此，幼儿影视动画一方面可以利用具有幻想性的文学作品作为创作的底本，诸如童话、民间传说、科幻故事、魔幻小说等，以引起幼儿的情感共鸣；另一方面，还可以运用影视技巧来表现幻想，现代科技手段的运用让幼儿影视动画的幻想性呈现得更加完美与巧妙，大大提升幼儿影视动画的欣赏价值。如《花园宝宝》所呈现的世界就完全是幻想的：在夜的花园里，有可爱的花园宝宝、漫游的哈呼呼、讲秩序的小点点、跑来跑去的叮叮车和闪闪发亮的飞飞鱼。他们每天悠闲自得地在夜的花园里做着各种有趣的事情。动画片用幻想的形式创造了一个属于幼儿的梦的乐园，所以能让幼儿感到惊奇和有趣。

4. 动画技术新颖独特

无论是平面的绘画或是立体的形象塑造，也无论是采用夸张、变形或是象征手法的造型，就其本身而言都还是静止的艺术造型，只有当它们成为能够在屏幕上活动起来的影像（即动画），才具有了电影形象的特征和功能。而静止的造型转化为活动影像，需要一系列技术帮助实现。此外，动画作为一种特殊的造型艺术，除了借助现代化技术使其运动外，动画的造型与通常的美术造型的呈现方式也有着很大的不同。动画中所有的视觉形象，都不是直接供人观赏的，它还必须运用物理、化学等多种技术手段，形成光电影像，并通过屏幕才能发挥它所具有的视觉效果，离开了技术和相关的技术设备，动画就无法实现，动画艺术也就不复存在。由此可见，动画离不开技术的支撑，它是一种运用现代化技术活动起来的造型艺术，技术性是动画艺术最重要的特性之一。科学技术的进步直接影响着动画的发展，因此，历来动画技术的进步都为动画艺术带来了新的面貌。现代计算机技术在动画中的运用，更是给动画带来革命性的变化甚至概念的延伸。近年来，动画艺术日新月异，高科技在其中发挥越来越重要的作用。如《哪吒之魔童降世》《功夫熊猫》等动画影片就运用现代化技术呈现了完美的造型艺术。

5. 动画视觉五彩缤纷

幼儿喜欢色彩鲜艳亮丽的物体，色彩、色调的搭配对幼儿的感知起到了很大的作用。心理学家指出：幼儿 3 岁就能辨别红黄蓝绿，4 岁开始区别各种色调和饱和色，5～7 岁对全部颜色有了辨别，并且能与名称联系起来。幼儿影视动画的特征之一就是色彩鲜艳亮丽，幼儿影视动画中的色彩要比普通故事片的色彩艳丽浓烈得多。一般电影、电视剧中的人物、景色的色彩坚持真实再现原则，基本保持了现实生活中的本色。而幼儿影视动画中的色彩则是鲜艳亮丽的色块组合，这种简单而对比非常鲜明的色块在自然生活中是极为少见的，而这恰恰能吸引幼儿的注意力，色彩层次越丰富的动画对幼儿越具有吸引力。几乎每一部幼儿动画都是一幅幅色彩亮丽的图画，可以说幼儿动画首先冲击幼儿的就是影片中亮丽的色彩。如《玩具总动员》《小鹿斑比》《里约大冒险》等。

6. 动画音乐悦耳动听

幼儿影视动画和其他影视作品一样，是一种视听艺术。音乐也是幼儿影视动画的重要元素。与故事片一样，每一部幼儿影视动画都有属于自己的主题音乐。这些主题音乐大都朗朗上口，使幼儿易学易记。优秀影视动画，其主题曲一出，幼儿就知道是哪部影视动画，足以看出音乐的影响力。如《喜羊羊与灰太狼》的主题曲几乎每位幼儿都耳熟能详，只要音乐一响起，幼儿就能手舞足蹈地跟着旋律舞动。

二、幼儿影视动画的分类与形式

动画片是幼儿影视的主要表现形式。幼儿影视动画的分类有各种不同的角度和不同的标准：根据制作技术分，可分为传统动画和电脑动画；根据播放形式分，可分为动画电影和动画电视；根据表现手法分，可分为剪纸片、木偶片和折纸片等。

（一）根据制作技术划分

1. 传统动画

19—20 世纪的大部分影视动画都以传统动画的形式出现，它主要以手工绘图的方式在纸板上制成动画，被称为“经典动画”或“手绘动画”，如幼儿百看不厌的《米老鼠和唐老鸭》《猫和老鼠》《小鹿斑比》《小熊维尼》等。我国最早的长篇动画《铁扇公主》和第一部彩色动画长片《大闹天宫》都是典型的、有代表意义的传统动画。

2. 电脑动画

电脑动画是目前动画的主流，是借助计算机来完成制作的动画形式。电脑动画的原理与传统动画相似，但更加精确便捷，只要给出适当的数据，电脑便会自动根据运算推出接下来的画面，实现无间断的流畅动作。电脑动画亦可分为二维（2D）和三维（3D）动画两种。如国产动画片《喜羊羊与灰太狼》是 2D 动画代表；《秦时明月》《大圣归来》则是 3D 动画代表。

（二）根据播放形式划分

1. 动画电影

随着幼儿影视市场的开拓，现在国内很多电影院大量放映动画电影。动画电影除了在画面视觉上追求华美精致，听觉上也非常悦耳动听。动画电影的大成本制作，综合了专业电影配乐家对电影进行主题曲、插曲及片尾曲的设计，专业动画设计师对作品的画面进行各种技术化的处理，所以整部动画影片显得很有气势。如我国的《大闹天宫》《哪吒闹海》《哪吒之魔童降世》，美国梦工厂的《穿靴子的猫》《疯狂原始人》《功夫熊猫》系列，美国迪士尼的《海底总动员》《玩具总动员》《超人总动员》《冰雪奇缘》《疯狂动物城》系列，日本宫崎骏的《龙猫》《天空之城》《千与千寻》等都是深受幼儿喜爱的动画电影。动画电影在电影中呈快速增长的趋势，深受观众的欢迎。一方面，它不需要人工费力拍摄，许多人的肢体无法完成的动作都可以通过动画来完成；另一方面，动画电影具有强大的阵容，它凝聚了丰富的想象力，可以无限夸张地表达想法，所以给电影的制作者以更多的发挥空间。而这就是动画电影的强大优势。

2. 动画电视

动画电视是幼儿接触最多的动画，可进一步分为单元剧型和连续剧型。单元剧型动画整部剧架构在同一个背景下，以独立的开头和结尾为一集的特色，前后集之间没有绝对的联系或只有微弱的联系。如《猫和老鼠》《熊出没》《喜羊羊与灰太狼》《天线宝宝》《花园宝宝》《米奇妙妙屋》《托马斯和朋友》《巧虎》等。连续剧型是具有连续剧情的类型，类似于电视剧。连续剧型动画通常被认为是由 1974 年播映的《宇宙战舰大和号》开始，这部作品虽然也具有单元剧特性，但在故事进行中，各角色和大和号战舰都持续变化，使前后剧情产生连续性，调换顺序会造成不连贯，使得这种原本在真人电视剧上使用的制作方式也被导入动画界。如《黑猫警长》等。

动画电视因为制作成本风险比较小，能广泛通过电视等媒介来播放，并且能针对不同的年龄层进行制作，所以常见的动画电视可以比较清晰地显示出适合哪一个年龄层的观众欣赏。考虑到幼儿的年龄特点，动画电视节目播出的时间一般都控制在 10～25 分钟左右，短的只有 5 分钟。

（三）根据表现手法划分

1. 剪纸片

剪纸片又称剪纸动画，是指运用剪纸造型表现故事情节的美术片。摄制时按剧情需要，将人物和景物的活动分解为若干个循序渐进的不同姿态，平放在玻璃上，由人操纵，依次扳动关节，采用逐格摄影的方法拍摄下来，通过连续放映而形成活动的影像。1958 年制作的《猪八戒吃西瓜》是我国第一部剪纸片。1962 年由万古蟾导演，胡进庆造型设计的《人参娃娃》堪称典范。又如《葫芦兄弟》，颇具民间传说特色。

2. 木偶片

木偶片主要由木偶戏发展而来。每一个木偶都活灵活现，在舞台上一举手一投足，关节的细微之处都透着逼真和喜剧的效果。当木偶戏被搬上动画屏幕时，它远比一般的动画好看。20 世纪 80 年代，木偶片成为孩子们的“宠儿”。1958 年根据张乐平漫画拍摄的《三毛流浪记》就是木偶片形式。《阿凡提的故事》也是颇受欢迎的木偶片。

3. 折纸片

折纸片主要运用了折纸工艺，将硬纸片通过折叠、粘贴的方式，制作成各种立体的动物和背景。制作时，将纸片绘上不同的色彩，折叠成所需要的形象，串上细铁丝等作为活动的关节。折纸动画因角色动作中充满了稚气，深受少年儿童喜欢。1960 年，我国第一部折纸动画片《聪明的鸭子》问世，它标志着一种新的美术片形式在我国诞生。

◎技能指导

一、幼儿影视动画鉴赏

幼儿影视动画深受幼儿喜爱，其活泼可爱的人物形象，引人入胜的故事情节，温馨浪漫的环境深深吸引着幼儿。鉴赏幼儿影视动画，应从幼儿影视动画的特征入手，主要有以下五个方面。

（一）主题内容的新颖性

美国电影理论家波尔克指出："任何一部影片首先需要考虑的是主题。如果观众抓不住影片讲的是什么，那就很难指望他们去评论、分析和研究它。"幼儿影视动画的观众是活泼好动的孩子，幼儿影视动画作品的主题要新颖、集中且感人，才能吸引观众。如电影《雪孩子》以乐观的情感基调，把小雪人美丽纯洁的心灵、舍己为人的形象烘托得淋漓尽致。影片无须刻意说教，而爱的种子已悄然播在幼儿的心田。

（二）人物动作的典型性

动作性是影视动画的本质属性之一，是影视动画作品构成冲突、推进剧情的根本动力。幼儿观看影视动画时，最关心的是人物的命运和故事情节的发展，而这都是通过人物一系列的动作来实现的。因此，幼儿影视动画中的动作不仅要有典型性，还要真实、细腻，让幼儿不仅看到人物外在的举动、神情，还能透过这些表情、动作看到人物的内心世界和隐藏的感情变化。我们可以看到幼儿影视动画的人物往往有一些经典动作，而这些动作也往往成为幼儿模仿的对象，如男孩子爱模仿《变形金刚》中汽车人变形，以及模仿《西游记》中孙悟空举起金箍棒的威武动作；而女孩子则喜爱模仿诸如《巴啦啦小魔仙》中的变身动作。

（三）人物形象的可视性

可视性是影视语言转化为视觉形象的关键。这一特点是由影视动画以画面为单位、以蒙太奇为结构、以视觉接受为主要审美方式的本质所决定的。这就要求影视动画的语言不能像其他文学作品那样朦胧、间接、抽象和多义，而是必须做到确定、直接、具体、单义。由于幼儿年龄小，注意力难集中，幼儿影视动画更应当强调可视性，除了背景设置要有特色外，在造型上也多运用夸张手法突出形象特点，以吸引幼儿的注意力，如头顶只有三根毛的三毛、眼放金光的孙悟空、有着美丽大眼睛的芭比、憨态可掬的维尼、踩着风火轮的哪吒等。

（四）人物语言的趣味性

游戏是幼儿的天性，幼儿对事物的关注也往往因喜爱而引发。从这个角度来说，幼儿影视动画要吸引幼儿的注意力，让幼儿发自内心地欣赏、接受，他们才能真正融入剧情中去。幼儿影视动画的趣味性主要体现在作品构思和语言的喜剧性上。幼儿影视动画在文学表现上，多采用夸张、巧合、对比、误会、重复等制作喜剧的惯常手法，以彰显童心，贴近幼儿的审美趣味。如《喜羊羊与灰太狼》中，一门心思抓羊的灰太狼总是聪明反被聪明误，不是偷鸡不成蚀把米，就是自作自受地被自己设的圈套击中。而每集结尾灰太狼总会大喊一声“我一定会回来的”，这句不断重复的誓言和灰太狼永远抓不到羊的对比给幼儿带来了无限欢乐。又如《西游记》中，每次唐僧、八戒、沙和尚师徒三人碰到危险时，孙悟空总会从天而降，并大喊一声“俺老孙来也”，这句话就常常成为男孩子们玩抓小偷游戏时的口头禅，也给幼儿带来无尽的快乐。

（五）蒙太奇结构的跳跃性

蒙太奇结构方法在幼儿影视动画中具有非常重要的作用。就画面与画面的衔接而言，一个镜头只能静态呈现一个事物，而两个镜头的组合会制造事物间的联系和动态效果，许多镜头串接在一起成为一个“系列”，就会形成情节，从而表达出更加深刻丰富的美学意义。蒙太奇打破时空限制的艺术思维方式，使幼儿影视动画具有更大的灵活性和跳跃性。不同类型的蒙太奇会使幼儿影视动画产生跳跃性。在对比式蒙太奇中，紧密连接的两个场景之间内容和形式的强烈反差可形成跳跃性，如电影《小鬼当家》开头，妈妈为寻找能返回美国的机票急得近乎疯狂，而同时凯文却在家享受没有大人监督、指责的快乐，兴奋得也几近疯狂，两相对比，既充分展现了母爱之情，又表现了幼儿热爱自由的天性。

二、幼儿影视动画教学活动

【教学活动案例展示】

大班语言活动：萝卜回来了（影视讲述活动）

【活动目标】

1. 理解以“萝卜”为线索串联成的充满爱心的喜剧故事。
2. 能够完整讲述萝卜回来的经过。
3. 体验相互关心、与人分享的美好情感。

【活动准备】

1. 经验准备：幼儿的分享经验。
2. 材料准备：动画片《萝卜回来了》、幻灯片、音乐和动物饰画。

【活动过程】

一、谈话导入，引发兴趣

师：小朋友，看看老师扮演的动物是谁？（小兔子）小兔子最喜欢吃什么？（大萝卜）今天我们大家一起来观看小兔子与大萝卜的动画片吧！

二、完整地播放动画片《萝卜回来了》，理解内容

提问：刚才小朋友看的动画片叫什么名字？（《萝卜回来了》）

提问：动画片中总共有几个人物？（小兔、小鹿、小熊、小猴，共有 4 个人物）

提问：动画片讲了一个怎样的故事？（小动物们送萝卜的故事）

提问：动画片中小动物们为什么要送萝卜呢？让我们再来看看动画片。

三、分段欣赏

1. 欣赏《萝卜回来了》第一段。

小组讨论：天气这么冷，雪这么大，小兔的萝卜是从哪里来的？

提问：小兔子吃掉了小萝卜，它把大萝卜送给了谁？（鼓励幼儿用动作模仿）

师幼重复动画中的句子："天气这么冷，我把萝卜送给小鹿吃，小鹿一定会高兴的。"

2. 欣赏《萝卜回来了》第二段。

小组讨论：小鹿去了哪里呢？小鹿回来看见了萝卜，它怎么想？

师幼重复动画中的句子："天气这么冷，我把萝卜送给小熊吃，小熊一定会高兴的。"

3. 欣赏《萝卜回来了》第三段。

小组讨论：小熊去了哪里呢？小熊回来看见了萝卜，它怎么想？

提问：小熊吃饱了回来看见萝卜，又把萝卜送给了谁？

师幼重复动画中的句子："天气这么冷，我把萝卜送给小猴吃，小猴一定会高兴的。"

4. 欣赏《萝卜回来了》第四段。

小组讨论：小熊把萝卜送给了谁？小猴收下萝卜了吗？他们俩是怎么说的？

幼儿表演：请小朋友表演礼让的情节。

讨论：天气这么冷，雪这么大，小动物们都没有吃饱，但是，为什么它们都没有收下大萝卜呢？

小结：它们都很关心自己的朋友，最后决定把萝卜送给小兔。

5. 欣赏《萝卜回来了》第五段。

小组讨论：小猴和小熊把萝卜送给小兔时，小兔怎么说？

自由讲述：你能告诉小兔，萝卜为什么会回来吗？

小结：原来小动物们处处都为自己的朋友着想，送来送去，结果，小兔送出去的萝卜又被送回来了。现在它们好高兴啊！你们听，他们要唱歌了。

四、欣赏歌曲旋律，尝试编唱歌曲

1. 幼儿欣赏歌曲，熟悉旋律。（改编《找呀找》）

2. 幼儿学习编唱歌曲《萝卜回来了》。

启发：森林里还有好多小动物，它们也想和小朋友做游戏，你们能不能把它们也唱进《萝卜回来了》的故事里？

五、迁移经验，向同伴大胆表达自己的爱

提问：从萝卜回来的故事中我们知道，小动物们互相关心，共享快乐，这样才能得到更大的快乐。你有好东西的时候会怎么办？找到你的朋友，把你的想法告诉他。

小结：我们要学会关心他人，这个世界才会充满温暖，我们才会从中得到更大的快乐，生活也会更加美好！

【活动延伸】

请小朋友回去和好朋友一起分享、讲述《萝卜回来了》的故事，让大家都来互相关心、分享快乐，让我们把世界变得更美好。

◎实践任务

任务一：幼儿影视动画鉴赏

任务目标：掌握幼儿影视动画鉴赏的方法。

任务材料：动画电影《哪吒之魔童降世》、动画鉴赏表（8-1）。

任务要求：观赏《哪吒之魔童降世》，以小组为单位共同完成动画鉴赏表。

表8-1 动画鉴赏表

姓　名		班　级	
动画名称		制片商	
动画形象			
故事情节			
艺术手法			
动画技术			
动画视觉			
动画音乐			

任务二：幼儿影视动画赏析

任务目标：掌握幼儿影视动画赏析文章的写法。

任务材料：动画电影《大鱼海棠》。

任务要求：以宿舍为单位共同讨论，每人写一篇赏析文章。

◎经典推荐

一、世界动画大师推荐

（一）华特·迪士尼

华特·迪士尼（Walt Disney，1901—1966），美国著名导演、制片人、编剧、配音演员和卡通设计者，和其兄洛伊·迪士尼一同创办了世界著名的华特迪士尼公司。华特·迪士尼是一个成功的故事讲述者，一个实践能力很强的制片和一个很普通的艺人。他是世界级的娱乐业大亨，其名早随着米老鼠和唐老鸭一起进入了千家万户。他创作了世界上第一部有声卡通电影《威利号轮船》、第一部长篇卡通电影《白雪公主和七个小矮人》,《匹诺曹》《小飞象》《小鹿斑比》等作品都是影响世界、老少皆宜的优秀卡通影片。

（二）吉恩·戴奇

吉恩·戴奇（Gene Deitch，1924—2020），美国插画家、动画师、电影导演。1961—1962 年执导了 13 集《猫和老鼠卡通套装》，被观众认为是“风格最奇怪的猫和老鼠”。还曾执导 28 集《大力水手》。1958 年，他创作的动画短片《西德尼家族树》获得第 31 届奥斯卡金像奖最佳动画短片提名。1961 年，因执导《蒙罗》获得奥斯卡最佳动画短片，1964—1965 年，他执导的《如何避免交友》与《这是努尼克》分别获得当年的获得奥斯卡最佳动画短片提名。2004 年，戴奇获得了动画界最高奖项安妮奖的终身成就奖。

（三）手冢治虫

手冢治虫（1928—1989），本名手冢治，因喜爱昆虫而取了“手冢治虫”的笔名。日本漫画家、动画制作人。1947 年以漫画《新宝岛》奠定了日本漫画的叙述方式，创立了日本漫画意识形态，极大地扩张了新漫画的表现力。1952 年作品《铁臂阿童木》轰动日本，1953 年的《缎带骑士》则是公认的世界第一部少女漫画。作品《火之鸟》被普遍认为日本漫画界最高杰作。同时，他也是日本第一位导入助手制度与企业化经营的漫画家。2013 年，手冢治虫获得“最能代表日本的漫画家”称号。

（四）宫崎骏

宫崎骏（1941—　），日本著名动画导演、动画师及漫画家。1963 年进入东映动画公司，1985 年与高畑勋共同创立吉卜力工作室。宫崎骏的作品大多涉及人与自然的关系、和平主义，出品的动漫电影以精湛的技术、动人的故事和温暖的风格在世界动漫界独树一帜。2014 年，美国电影艺术与科学学院授予宫崎骏奥斯卡终身成就奖。2018 年，被洛杉矶影评人协会评选为 2018 年的终身成就奖获得者。代表作有《穿长靴的猫》《风之谷》《龙猫》《千与千寻》《哈尔的移动城堡》《天空之城》《魔女宅急便》《悬崖上的金鱼公主》等。

（五）万籁鸣

万籁鸣（1900—1997），号籁翁，艺名马痴，江苏南京人。中国剪纸艺术第一人，中国动画电影创始人之一，世界著名导演，著名的万家四兄弟之一。幼时自学绘画，1919 年入上海商务印书馆，先后在美术部、活动影片部任职。1925 年与弟万古蟾摄制的动画广告《舒振东华文打字机》，为中国动画片雏形。1926 年加入长城画片公司，兄弟合作摄制成第一部动画片《大闹画室》。1954 年任上海美术电影制片厂动画片导演。曾导演《野外的遭遇》《大红花》等彩色动画短片。1961—1964 年创作大型彩色动画片《大闹天宫》（上下集）。

（六）万古蟾

万古蟾（1900—1995），江苏南京人。中国动画电影创始人之一，中国动画学会顾问，著名的万家四兄弟之一。1920 年毕业于上海美术专门学校，1925 年进入上海商务印书馆活动影戏部。1926 年进入长城画片公司任美工。抗日战争爆发后，参与创作了《抗战歌》《抗战标语》等动画。1940 年创作了中国首部动画长片《铁扇公主》。1956 年任上海美术电影制片厂剪纸导演，创作了剪纸片《猪八戒吃瓜》。此后他又导演了《渔童》《济公斗蟋蟀》《猴龟分树》《人参娃娃》等动画。

（七）特伟

特伟（1915—2010），原名盛松，出生于上海。中国动画导演、编剧、画家。1951 年执导个人首部动画短片《小铁柱》。1960 年执导中国第一部水墨动画短片《小蝌蚪找妈妈》，获得第 1 届大众电影百花奖最佳美术奖。1963 年与钱家骏联合执导水墨动画短片《牧笛》，获得丹麦顾登塞国际童话电影节金质奖。1985 年与严定宪、林文肖联合执导动画电影《金猴降妖》，获得中国电影金鸡奖最佳美术片奖。1988 年执导动画短片《山水情》，获得第 1 届上海国际动画电影节大奖。1995 年，国际动画学会授予特伟"终身成就奖"，他也成为首个获此奖项的中国人。2010 年获得中国动漫艺术终身成就奖。

（八）徐景达

徐景达（1934—1987），别名阿达，出生于江苏苏州昆山，中国动画导演、编剧、美术设计师、特效师。1958 年自编自导个人首部动画短片《赶英国》。1960 年，因参与试验水墨动画片的创研工艺而获得国家文化部（今国家文化和旅游部）颁发的文化科学技术成果一等奖。1979 年执导中国第一部彩色宽银幕动画片《哪吒闹海》，获得第 3 届电影百花奖最佳美术片奖。1981 年，执导动画短片《三个和尚》，获得第 1 届中国电影金鸡奖最佳美术片奖。1984 年执导动画片《三毛流浪记》。1985 年，徐景达成为国际动画协会的首位亚洲理事。1986 年与马克宣联合执导动画短片《超级肥皂》，分别获得第 7 届中国电影金鸡奖最佳美术片奖和日本第 2 届广岛国际动画电影节教育片组二等奖。

二、经典动画作品推荐

（一）欧美动画作品

1.《白雪公主》：世界电影史上第一部长篇动画片，根据《格林童话》改编。该片获得第 11 届奥斯卡金像奖荣誉奖、第 6 届威尼斯电影节双年艺术大奖。该片不仅标志着迪士尼在商业上的最高峰，而且在电影史上占据重要的地位。完美的故事、布景、音响、导演、动画、配乐和色彩让观众身临其境地体验白雪公主的奇遇。

2.《小飞侠》：迪士尼最具有代表性、脍炙人口的卡通长片之一。小飞侠是一个永远长不大的孩子，他带领睡梦中的温蒂以及她的两个弟弟远离伦敦，来到神奇的梦幻岛，岛上有失落的孩子们、美丽的人鱼、豪爽的印第安酋长，还有无恶不作的胡克船长及他所率领的海盗们。在梦幻岛上发生了许多意想不到的事。

3.《狮子王》：最早的名字是《丛林之王》，影片描述的是非洲大草原上动物王国的生活，实际上它的主题超越任何文化和国界，具有深刻的内涵——生命的轮回、万物的盛衰，一切都必须依照自然规律。爱、成长、生命、自我救赎这类有深远意义的感性主题，在色彩鲜艳耀眼的非洲缀景上，如同金子般散发出永恒的亮丽光彩。在1995年的第67届奥斯卡颁奖晚会上，《狮子王》荣获最佳电影配乐及最佳原创歌曲两项大奖。

4.《花木兰》：迪士尼首次采用中国元素作为题材的电影，改编自乐府诗《木兰辞》，讲述了花木兰代父从军的故事。这部动画中的花木兰形象在美国动画界刮起一股中国风。

5.《猫和老鼠》：美国动画大师威廉·汉纳与约瑟夫·巴伯拉共同创作。汤姆是一只可爱的猫，喜爱恶作剧；杰瑞是一只机灵活泼的小老鼠。现实生活中二者是天敌，但作品却颠覆了传统，让汤姆和杰瑞相互为伴。两个好朋友常常互相打闹，却感情深厚。它们之间妙趣横生的故事深受大家的喜爱。

（二）日本动画

1.《铁臂阿童木》：作者是漫画大师手冢治虫。作为日本的第一部动画，此作令人感动，拥有经久不衰的魅力。阿童木可以说是热血少年的鼻祖，故事中贯穿始终的悲剧色彩令人回味无穷。

2.《哆啦A梦》：作者是著名漫画家藤子·F·不二雄。片中有老实的大雄、诡计多端的小夫、野蛮粗鲁的胖虎、温柔可爱的静香，当然也少不了时时刻刻会从自己的百宝袋中掏出各式各样的宝物、爱吃馅饼、害怕老鼠的猫型机器人哆啦A梦，正是他们构成了这个乐趣无穷的幻想时空。《哆啦A梦》掀起了一股无法抵挡的旋风，成为了成千上万幼儿心目中永恒的经典。

3.《聪明的一休》：一部世界著名的动画片，风靡整个亚洲地区，也是在我国最受欢迎的日本动画片之一。这部动画片讲述了聪明的一休年纪小小就出了家，平时他勤奋好学，热心助人，最爱动脑筋，解决日常生活中的问题。无论是将军、桔梗店老板还是新佑卫门先生，都难不倒他，他不仅让坏人们得到应有的惩罚，他的才智还常常令大人们佩服不已。这部动画片能教会幼儿许多生活常识。

4.《风之谷》：宫崎骏的代表性作品。该作品背景设定在未来，世界的产业文明达到巅峰后，经历一场称为“火之七日”的战争而毁于一旦。世界被一种由菌类和巨型昆虫构成的名叫腐海的新生态体系所掩盖，仅存的人类生活在小面积土地上，在巨型昆虫和会释放瘴气的腐海森林的包围和威胁下积极求存。

5.《樱桃小丸子》：作者是三浦美纪。根据自己童年时期的生活经历，她创造了小丸子这个可爱的小主角形象。故事讲述了小丸子生活和学习中，与家人、朋友、老师、同学之间发生的一桩桩趣事，每每令人捧腹，在逗乐的同时告诉幼儿亲情与友情的珍贵，成为寓教于乐的经典之作。

（三）中国动画

1.《山水情》：一部如散文诗一样优美的动画片。该片讲述了老琴师在归途中病倒，在荒村野渡遇到渔家少年，少年帮助老琴师康复后，老琴师传播琴技并赠予古琴，少年抚琴送老琴师离开的纯洁师生情故事。中国水墨技法运用于片中，祖国的大好河山在酣畅淋漓的墨色挥洒中得到展现，全片好似一部水墨风光片，让人心旷神怡。这是中国水墨动画的巅峰之作。

2.《三个和尚》：获得丹麦第 4 届欧登国际童话影片银质奖、第 32 届柏林国际电影节银熊奖、葡萄牙国际电影节最佳影片奖、第 1 届中国电影“金鸡奖”最佳美术奖、1980 年国家文化部优秀美术片奖。该部作品从头到尾都没有一句台词，其中的配乐大显功力，至今都能在音乐会上听到其插曲音乐的演奏。

3.《小鲤鱼跳龙门》：取材于儿童文学家金近先生创作的童话故事，由何玉门导演、上海美术电影制片厂发行。这部动画片向儿童讲述了不少道理——勇敢执着，团结就是力量，坚持就是胜利。这部影片获得第一届莫斯科国际电影节银质奖、1959 年国产新片评选最佳美术片奖。

4.《葫芦兄弟》：该片是由胡进庆、周克勤导演的剪纸动画连续剧。影片讲述了七只神奇的葫芦变幻出七个本领超群的兄弟，为救爷爷而与妖精斗智斗勇大显身手的故事。该片获原广播电影电视部 1991 年优秀影片奖、第 2 届全国影视动画展播荣誉奖、首届上海市优秀少儿读物评选奖励活动（影视类）三等奖、第 5 届中国儿童电影“金牛奖”优秀美术片奖。

5.《阿凡提的故事》：上海美术电影制片厂于 1980 年推出的木偶动画电影。该片以民间传说中的人物阿凡提为主角，以十几个小故事串起人物经历，趣味横生，充满机智。影片中的阿凡提倒骑毛驴，其滑稽而幽默的形象和机智诙谐的性格深受儿童的喜爱。阿凡提代表了劳动人民勤劳乐观、豁达向上的精神，富于智慧和正义感，因此也成为动画片中的经典人物。

6.《大头儿子和小头爸爸》：1995 年推出的动画作品，作者是郑春华。它围绕着大头儿子和小头爸爸之间的父子亲情，用许多微小而有趣的故事串成剧集。大头儿子是个活泼可爱的大脑袋小孩，小头爸爸是个关爱孩子、富有童心的成人。父子俩与围裙妈妈构成一个普通而又平凡的三口之家。作品是中国现代家庭教育典型的缩影，内容贴近幼儿的生活，台词幽默有趣。

7.《九色鹿》：根据敦煌壁画《鹿王本生》改编，讲述了经常帮助困难者的九色鹿在帮助了弄蛇人后，弄蛇人向国王告密出卖九色鹿，九色鹿用神力化险为夷，弄蛇人受到报应的故事。该片具有强烈的壁画风格，在艺术性上非常出色，不仅画面精美，而且故事情节也很有深度，传达了善与恶的辨别以及人性的复杂性。

8.《大闹天宫》：由上海美术电影制片厂制作的彩色动画长片。该片通过孙悟空闹龙宫、反天庭的神话故事，表现了孙悟空敢作敢当、机智乐观、大胆反抗天威神权的无畏精神和斗争性格。整部影片色彩浓重，造型奇异，场面雄伟壮丽，形象特征鲜明，情节跌宕有致，影响了几代人，是中国动画史上的丰碑。据不完全统计，从 1964 年《大闹天宫》被搬上动画荧幕起，除了在国内多次放映外，这部动画片曾向 44 个国家和地区输出、发行和放映。

9.《大耳朵图图》：由速达执导，叮当编剧，上海美术电影制片厂制作的电视动画片。该剧主要讲述了胡图图和小伙伴的成长故事。胡图图是一个淘气聪明、可爱又糊涂的三岁小孩，他天生快乐，心地善良，对周围的事物非常好奇，并且还有自己独特的见解和超强想象力，他的言行常常让人大跌眼镜。平凡小孩胡图图一家的有趣故事让父母看到孩子身上宝贵的品质，引起了广大观众的共鸣（图 8-2）。

图 8-2 《大耳朵图图》（陈延炜画）

10.《大鱼海棠》：2016 年上映的动画电影，讲述了掌管海棠花生长的少女椿，为报恩而努力复活人类男孩鲲的灵魂，成长为比鲸更巨大的鱼并回归大海，但这一过程却不断地违背神的规则而引发种种灾难，彼此纠缠的命运斗争故事。影片有着浓郁的中国画风，美轮美奂，意境悠长。剧情和人物的设定充满了想象力和创意，蕴含中国古典哲学的思辨。

◎思考与练习

1. 思考：幼儿影视动画的特征有哪些？请结合你熟悉的动画片加以阐述。
2. 选择一部经典的动画，结合其艺术特点，分析幼儿喜爱的原因。

参考文献

[1] 任继敏 . 幼儿文学创作与欣赏 [M] .2 版 . 北京：高等教育出版社，2015.

[2] 李哲 . 儿童文学 [M] . 武汉：华中师范大学出版社，2013.

[3] 李莹，肖育林 . 学前儿童文学 [M] .4 版 . 上海：复旦大学出版社，2020.

[4] 王丹丹，吕银才 . 幼儿文学作品选 [M] . 北京：首都师范大学出版社，2018.

[5] 徐红，敖伟，徐宏博 . 幼儿文学 [M] . 南京：东南大学出版社，2015.

[6] 赵燕 . 儿童文学 [M] . 长沙：中南大学出版社，2021.

[7] 阮晓莉 . 幼儿文学教程 [M] . 南京：南京师范大学出版社，2016.

[8] 金广海 . 幼儿文学阅读鉴赏 [M] . 西安：陕西师范大学出版总社有限公司，2022.

[9] 陈振桂 . 幼儿文学阅读与指导 [M] .2 版 . 长春：东北师范大学出版社，2019.

[10] 方卫平，王昆建 . 儿童文学教程 [M] .4 版 . 北京：高等教育出版社，2021.

[11] 蒋风 . 儿童文学史论 [M] . 太原：希望出版社，2002.

[12] 彭懿 . 世界图画书：阅读与经典 [M] . 南宁：接力出版社，2011.

[13] 松居直 . 我的图画书论 [M] . 季颖，译 . 长沙：湖南少年儿童出版社，1997.

[14] 韦苇 . 外国儿童文学发展史 [M] . 上海：少年儿童出版社，2007.

[15] 孙幼军 . 孙幼军论童话 [M] . 北京：海豚出版社，2013.

[16] 梅子涵 . 阅读儿童文学 [M] . 上海：少年儿童出版社，2005.

[17] 赵景深 . 童话概要 [M] . 北京：北新书局，1927.

[18] 汤森德 . 英语儿童文学史纲 [M] . 王林，译 . 长沙：湖南少年儿童出版社，2020.

[19] 佩德曼，雷默 . 阅读儿童文学的乐趣 [M] . 陈中美，译 . 上海：少年儿童出版社，2008.

[20] 刘金花 . 儿童发展心理学 [M] .3 版 . 上海：华东师范大学出版社，2013.

[21] 方先义 . 儿童戏剧 [M] . 北京：中国人民大学出版社，2018.

[22] 杨松楠 . 世界动画艺术概论 [M] . 北京：北京大学出版社，2010.

[23] 陈晖 . 经典绘本的欣赏与讲读 [M] . 北京：新星出版社，2012.

[24] 陈世明 . 婴幼儿文学教程：教育实践卷 [M] .2 版 . 北京：北京师范大学出版社，2016.

[25] 周兢 . 给 3—6 岁孩子的 60 本图画书 [M] . 深圳：海天出版社，2017.

[26] 教育部教师工作司 .《幼儿园教师专业标准（试行）》解读 [M] . 北京：北京师范大学出版社，2013.

[27] 幸福新童年编写组 .《幼儿园教育指导纲要（试行）》及相关法规汇编 [M] . 北京：首都师范大学出版社，2017.